KB076861

Arsène Lupin

17

La Femme aux deux sourires

아르센 뤼팽 전집 17

두 미소를 지닌 여인

1판 1쇄 펴냄 2016년 1월 29일
1판 3쇄 펴냄 2021년 4월 13일

지은이 모리스 르블랑
옮긴이 바른번역
감수 장경현, 나혁진
펴낸이 하진석
펴낸곳 코너스톤
주소 서울시 마포구 독막로 3길 51
전화 02-518-3919
ISBN 979-11-85546-80-3 04860

아르센 뤼팽
전집

17

Arsène   Lupin

두 미소를
지닌 여인

모리스 르블랑 지음 바른번역 옮김
장경현, 나혁진 감수

코너스톤
Cornerstone

차례

1

기이한 상처

이 비극적인 사건은 아득하게만 느껴지는 진실에 도달하기 위해 알아두어야 할 지극히 세부적인 일화까지 놓치지 않고, 일련의 정황들과 돌발적인 일들까지 모두 다 이야기한다 해도 단 몇 페이지 분량으로 요약할 수 있을 것이다.

정말이지 더할 나위 없이 자연스러운 분위기 속에서 벌어진 사건이었다. 커다란 일이 닥치기 전 운명이 이따금 은밀하게 울려주는 경고조차 전무했다. 폭풍을 예고하는 잔바람도 없었고 찜찜한 기운 역시 감돌지 않았다. 아주 사소한 일 같지만 그 일을 둘러싼 거대한 비밀을 감안해보면, 꽤 비장하기까지 한 이 사건을 얼이 빠진 채 멍하니 지켜본 사람들 중 단 한 명도 사전에 불길한 기운을 전혀 느끼지 못했다는 것이 의아할 정도였다.

사건의 자초지종은 이러했다. 드 주벨 부부는 오베르뉴에 위치한 자신들의 저택인 볼니크 성(적갈색 기와로 덮여 있고 망루를 갖춘 거대한 저택이다)을 방문한 손님들을 데리고 뛰어난 여가

수인 엘리자벳 오르냉이 비시에서 공연한 음악회에 참석했다. 이튿날인 8월 13일, 엘리자벳은 남편인 은행가 오르냉에게 이혼을 요구하기 전부터 알고 지내던 드 주벨 부인의 초대를 받아 비시에서 10여 킬로미터밖에 떨어져 있지 않은 그 성에 점심 식사를 하러 왔다.

무척이나 유쾌한 분위기가 이어졌다. 성주인 드 주벨 부부는 참석자 모두가 돋보이도록 친절하고 섬세하게 분위기를 이끌어갔다. 여덟 명의 손님들은 경쟁이라도 하듯 번뜩이는 재치와 기지를 발휘했다. 세 쌍의 젊은 커플과 퇴역 장군, 그리고 장 데를르몽Jean d'Erlemont 후작이 그 성에 초대받은 손님들이었는데, 특히 데를르몽 후작은 모든 여자가 호감을 느낄 만큼 매력적이고 풍채 좋은 40대 신사였다.

하지만 그날 그 자리에 모인 열 사람의 시선은 모두 엘리자벳 오르냉에게 향해 있었다. 저마다 그 여자에게 찬사를 바치며 환심을 사려고 애를 썼는데, 마치 엘리자벳의 시선을 사로잡고 엘리자벳을 웃게 하는 것이 대화의 유일한 목적인 듯했다. 하지만 정작 그 여인은 분위기를 좋게 만들거나 자신을 돋보이게 하려고 조금도 애쓰지 않았다. 아주 가끔씩 우아하고 적절한, 하지만 재기 발랄하지는 않은 무난한 말 몇 마디만 던질 뿐이었다. 하긴 그런들 뭐 어떠랴? 그 여인은 원체 아름다웠으니 말이다. 그 미모만으로도 모든 것을 상쇄시킬 수 있을 정도였다. 설혹 심도 깊은 이야기를 꺼낸다 할지라도 그 화려한 미모에 가려 그 이야기는 주목조차 받지 못할 터였다. 여자와 마주하게 되면 모두들 푸른 눈동자와 관능적인 입술, 빛나는 피부, 갸름한 얼굴 형태에 몰두하느라 여념이 없었다. 심지어 무대에서도 마찬가지였다. 여자는 열정적인 목소리와 뛰어난 예술적 재능을 지닌 가수였지만 일단 무대에 오르면 우선 그 미모로 단숨에 관중의 마음을 사로잡아 버렸다.

여자는 항상 단순한 원피스 차림이었다. 하긴 신경 써서 차려입는다고 해도 사람들은 우아한 몸매와 매력적인 몸짓, 눈부신 어깨를 보느라 의상에는 별다른 관심도 주지 않을 터였다. 한편 여자의 블라우스 위로는 루비와 에메랄드, 다이아몬드가 뒤섞여 찬란하게 빛을 발하는 멋들어진 목걸이가 늘어져 있었다. 누가 그 목걸이에 대해 찬사를 건넬라치면 여자는 미소를 지으며 이렇게 만류했다.

"무대용 보석일 뿐이에요…. 제가 봐도 참 잘 만든 모조품이긴 해요."

"진짜인 줄 알았는데…."

상대가 놀라자 여자가 말을 이었다.

"저 역시 그랬어요…. 모두들 그렇게 깜빡 속지요…."

점심 식사가 끝나자 데를르몽 후작은 꾀를 부려 여자를 따로 떼어내 단둘이 이야기할 기회를 만들어냈다. 여자는 몽롱한 표정으로 남자의 이야기에 귀 기울였다.

한편 다른 손님들은 안주인 주위에 모여 있었다. 안주인은 둘이 따로 떨어져 있는 것이 마땅찮은 기색이었다.

안주인은 이렇게 중얼대고 있었다.

"시간 낭비일 뿐이야. 수년째 엘리자벳과 알고 지내서 잘 아는데, 어떤 남자도 그녀의 마음을 훔칠 순 없어. 엘리자벳은 아름답지만 차가운 조각상이니까. 잘 해봐요, 신사분. 그럴듯하게 연기도 하고 최선을 다해 유혹해보시라고…. 그래 봤자 아무 소용 없겠지만."

마침내 성의 그늘이 길게 드리워진 테라스에 모두 모여 앉았다. 그들의 발아래에는 침상 정원沈床 庭苑이 있었고, 곧게 뻗은 정원에는 푸른 잔디와 노란 모래가 덮인 산책로, 잘 다듬은 주목이 심어진 화단이 햇볕 아래 길게 펼쳐져 있었다. 그 끝에는 망루와 누대, 성당, 옛 성의 잔해들이 구릉 위에 층층이 자리하고 있었는데, 그 구릉에는 월계수와 회양목, 호랑가시나무 덤불 사이로 난 길이 있었다.

장엄하고 위압적인 풍경이었다. 그곳에 모인 사람들은 그 엄청난 잔해 더미 너머에 가파른 절벽이 숨어 있다는 사실을 알았기에 그 광경을 보고 있자니 더욱 묘한 기분에 사로잡혔다. 보이지 않는 저 너머, 높이 50미터의 깎아지른 절벽 아래에는 영지를 감싸는 골짜기가 자리하고 있었고, 그 골짜기 깊숙한 곳에서는 급류가 포효하고 있었다.

엘리자벳 오르넹이 소리쳤다.

"정말 장관이군요! 마치 무대 세트를 옮겨놓은 것 같아요. 배경 그림이 살아 숨 쉬듯 살랑거리고 나무들이 태피스트리처럼 드리워진…! 아, 여기에서 공연한다면 얼마나 멋질까요."

드 주벨 부인이 말했다.

"그래도 노래 정도는 얼마든지 부를 수 있죠. 자, 어때요, 엘리자벳?"

"이런 광활한 곳에서는 목소리가 묻혀버릴 거예요."

장 데를르몽이 반박하고 나섰다.

"당신의 목소리는 예외일 겁니다. 대단히 아름다울 거예요! 부디 노래 부르는 모습을 이 자리에서 한 번만 보여주세요…."

여자는 겸연쩍은 미소를 지은 채 자신을 붙들고 간곡히 부탁하는 사람들 사이에서 이런저런 핑계를 대느라 진땀을 빼야만 했다.

"아니에요, 안 돼요…. 괜한 말을 꺼냈나 봐요…. 망신만 당할 텐데… 제가 얼마나 초라해 보이겠어요…!"

하지만 완강했던 태도는 점차 누그러지는 분위기였다. 후작은 여자의 손을 잡고 데려가려 했다.

"어서요…. 제가 길을 안내하겠습니다. 이리로 오십시오. 우리에게는 정말 커다란 기쁨이 될 겁니다…!"

여자는 조금 더 망설이더니 이윽고 결단을 내렸다.

"좋아요. 저 폐허 아래까지 동행해주세요."

결심을 굳힌 여자는 무대 위에서처럼 리듬감 있고 여유 있는 걸음걸이로 정원을 가로질러 갔다. 잔디밭을 지나서 돌계단 다섯 개를 오르니, 성의 테라스와 마주한 노대 같은 공간이 펼쳐졌다. 그곳에는 아까 것보다 좀 더 비좁은 또 다른 계단이 있었는데, 계단 난간 위에는 제라늄 화분과 오래된 돌 화병들이 번갈아 놓여 있었다. 왼편에는 식나무 가로수 길이 펼쳐져 있었다. 여자는 후작을 따라 장막처럼 드리워진 관목 숲 뒤로 사라졌다.

잠시 후, 이번에는 여자 혼자서 가파른 나머지 계단을 오르는 모습이 보였다. 그동안 장 데를르몽은 정원을 다시 가로질러 오고 있었다. 마침내 조금 더 높은 곳에 위치한 평지에서 여자의 모습이 드러났다. 그곳에는 성당의 고딕식 아치 세 개가 있었고, 그 뒤편으로는 송악으로 뒤덮인 성벽이 버티고 있었다.

작은 언덕을 밟고 서 있는 여자의 모습은 마치 받침대 위에 올라선 거대한 초인 같았다. 여자가 두 팔을 뻗으며 노래를 부르기 시작하자 파란 하늘을 지붕 삼아 화강암과 녹음으로 둘러싸인 거대한 원형 공간이 여자의 몸짓과 목소리로 가득 채워졌다.

드 주벨 부부와 손님들은 긴장된 얼굴로 여자에게 시선을 고정한 채 귀를 기울였다. 그들은 평생 잊지 못할 것 같은 예감이 들 정도로 강렬한 추억이 탄생될 때면 으레 느끼게 되는 벅찬 감동에 젖어 들었다. 성에서 일하는 고용인들과 영지의 성벽에 접해 있는 농장의 일꾼들, 이웃 마을에 사는 주민 10여 명 역시 문과 덤불숲 구석마다 모여들어 이 귀중한 순간순간을 음미하고 있었다.

엘리자벳이 부르고 있는 노래는 비교적 잘 알려지지 않은 곡이었다. 노래는 고음이었다가 때때로 풍성하고 비장한 저음으로 떨어졌는데, 어쨌든 전체적으로 보자면 희망과 생기가 요동치는 곡이었다. 그러다가 갑자기….

단, 이쯤에서 짚고 넘어가야 할 점이 한 가지 있으니, 여자는 더할 나위 없이 안전한 상황 속에서 노래를 부르고 있었고, 또 그러한 상황 속에서는 노래를 끝까지 이어가지 못할 이유가 전혀 없었다는 사실이다. 그 일은 별안간, 부지불식간에 일어났다. 그 순간 목격자들이 느꼈을 감정에는 다소간의 차이가 있을지 몰라도, 차후에 증언했듯 다음과 같은 생각이 확고했던 것은 모두들 매한가지였다. 즉, 그 사건은 폭탄이 터지듯 전혀 짐작할 수도, 예측할 수도 없이 순식간에 벌어졌다는 생각 말이다(목격자들의 진술서에는 이와 같은 표현이 공통적으로 들어가 있었다).

그렇다. 느닷없이 재앙이 들이닥쳤다. 마법 같은 목소리가 뚝 끊겼다. 아늑하게 둘러싸인 공간에서 노래를 부르고 있던 살아 있는 동상이 폐허로 이루어진 받침대 위에서 휘청거리더니, 비명 한 번 내지르지 않고, 공포에 질린 기색도 없이, 그 어떤 방어나 고통의 움직임도 보이지 않은 채 그대로 무너져버렸다. 그 순간 사람들은 확신했다. 그 어떤 사투도, 단말마의 고통도 없었으며, 자신들은 죽어가는 여자가 아니라 이미 죽음이 한순간에 덮치고 간 여자에게 달려가고 있다는 사실을….

아닌 게 아니라 높은 평지에 도착하고 보니 여자는 이미 핏기 없는 얼굴로 맥없이 뻗어 있었다…. 뇌출혈이었을까? 심장마비였을까? 아니었다. 여자의 어깨와 목에서 피가 철철 흐르고 있었으니 말이다.

사람들은 도착하자마자 붉은 피가 뿜어져 나오는 광경을 바라보며, 누군가가 깜짝 놀라 외친 소리를 듣고는 이해할 수 없는 한 가지 사실에 주목하게 되었다.

"목걸이가 사라졌다!"

당시 모든 사람들이 뜨거운 관심을 갖고 지켜보았던 이 사건의 수사 과정을 또다시 낱낱이 되짚는다면 그건 정말이지 지루한 일이 될 것이다. 게다가 수사는 아무런 성과도 내지 못한 채 금세 종결되고 말았다. 이 사건을 맡은 사법관과 경찰들은 처음부터 막다른 골목에 부딪쳐 헛된 몸부림만 쳐댔다. 그들 모두 깊은 무력감에 빠졌다. 사람이 죽었고, 누군가 물건을 훔쳐 갔다. 알 수 있는 것이라고는 그게 전부였다.

어쨌든 살인이 일어난 것만은 확실했다. 물론 무기도, 탄환도, 살인자도 찾지 못했다. 하지만 살인이 벌어진 사실에 대해서는 어느 누구도 이의를 제기할 생각조차 하지 않았다. 목격자 마흔두 명 가운데서 다섯 명이 희미한 빛을 보았다고 주장했다. 하지만 이 빛이 나타난 장소나 방향에 대해서는 다섯 명의 진술이 모두 제각각이었다. 나머지 서른일곱 명은 아무것도 보지 못했다고 주장했다. 뿐만 아니라 세 명은 총성을 어렴풋하게 들었다고 주장한 반면, 나머지 서른아홉 명은 아무 소리도 듣지 못했다고 진술했다.

여하튼 희생자의 몸에 상처가 있는 것으로 봐서 타살인 것만은 의심의 여지가 없었다. 그 상처는 한눈에 보기에도 매우 끔찍하고 섬뜩했는데, 왼쪽 어깨 꼭대기, 즉 목 바로 아랫부분에 참혹한 총상이 나 있었다. 총상이라고? 그렇다면 살인범은 폐허 어딘가에서 그 여가수보다 더 높은 곳에 자리를 잡았어야 했고, 총알은 희생자의 살을 깊숙이 파고들어 신체 내부를 손상시켰어야 했다. 하지만 실상은 그렇지 않았다.

찢겨진 채 피가 뿜어져 나오는 형태를 보아 그 상처는 오히려 망치나 곤봉 같은 둔기에 맞아 생긴 것 같았다. 하지만 도대체 누가 망치나 곤봉을 휘둘렀단 말인가? 범인이 그런 과격한 행동을 했다면 어찌 단 한 사람도 목격하지 못했단 말인가?

의문점은 비단 그뿐만이 아니었다. 목걸이는 대체 어디로 사라진 것일까? 살인과 도난 사건이 벌어졌다면 도대체 누가 이 각각의 사건을 저질렀단 말인가? 맨 꼭대기 층 창가에 모여 있던 하인 몇 명이 여가수가 평지에서 노래를 부르다가 쓰러지고, 시체가 되어 널브러진 모습까지 모두 지켜봤는데 범인은 무슨 수로 그들의 눈을 피해 그렇게 감쪽같이 사라질 수 있단 말인가? 누구든 낯선 이가 오고 가고, 덤불숲 사이로 미친 듯이 달아나는 광경 등을 마땅히 목격했어야 하지 않겠는가…? 더군다나 폐허 뒤편에는 오르내릴 수 없을 정도로 가파른 절벽이 자리하고 있는데…?

그렇다면 송악 덩굴 아래 엎드려 있거나 어디 구멍 속에라도 숨어 있는 것은 아닐까? 경찰들은 2주 동안 인근을 샅샅이 수색했다. 그리고 이미 몇 차례 눈부신 공적을 이뤄낸 바 있는 끈기 있고 야심만만한 젊은 형사인 고르주레까지 파리에서 불러들였다. 하지만 계속 허탕만 칠 뿐 수사는 제자리걸음을 면치 못했다. 결국 사건은 그렇게 마무리됐고 고르주레는 이를 갈며 절대 이 사건을 포기하지 않으리라 마음속으로 다짐했다.

이 비극으로 잔뜩 겁에 질린 드 주벨 부부는 다시는 돌아오지 않겠다는 뜻을 밝힌 뒤 볼니크 성을 미련 없이 떠나버렸다. 성은 가구까지 함께 매각에 들어갔다.

마침내 6개월 후 누군가 성을 매입했다. 하지만 공증인인 오디가 영감이 아주 은밀하게 계약을 진행시켰기에 매입자가 누군지는 전혀 알려지지 않았다.

하인들과 농장 일꾼들, 정원사들까지 모두 성을 떠났다. 단,

아치형 마차 출입구를 굽어보는 거대한 망루에 나이 지긋한 사내가 아내와 함께 들어와 살았다. 그 사내는 르바르동이라는 퇴역 군경이었는데, 성주가 신뢰를 바탕으로 제안한 이 새로운 직책을 수락했던 것이다.

마을 주민들은 사내에게 말을 시켜보았지만 헛수고일 뿐, 그들의 호기심은 조금도 충족되지 않았다. 사내는 빈틈없이 근무를 섰다. 마을 주민들은 웬 신사가 대중없이 1년에 한 번 정도 저녁 무렵 자동차를 타고 나타나 이튿날 밤 훌쩍 떠나는 모습을 몇 차례 목격했다. 아마도 르바르동과 무언가를 의논하러 온 성주일 터였다. 하지만 확신할 수 있는 건 아무것도 없었다. 더 이상 알 도리가 없었으니 말이다.

11년 후, 전직 군경 르바르동이 세상을 떠났다.

르바르동의 아내는 성 입구에 있는 망루에 홀로 기거했다. 남편만큼이나 말수가 적은 그 여인은 성 안에서 벌어지는 일에 대해 철저히 함구했다. 대체 무슨 일이 벌어지고 있는 것일까?

그리고 어느덧 또다시 4년이라는 세월이 흘렀다.

2
금발의 클라라

생 라자르 역. 플랫폼 접근을 차단하는 철책과 역내 중앙홀로 통하는 출입구 사이, 오고 가는 여행객들의 인파가 도착하는 사람과 떠나는 사람들로 나뉘어 소용돌이치듯 대혼잡을 이루더니 문과 통로를 향해 빠른 속도로 흘러가고 있었다. 화살표가 달린 원형 표지판들이 목적지를 가리키고 있었다. 검표원은 기차표를 확인하며 구멍을 뚫어주고 있었다.

이런 분주한 열기와는 동떨어져 보이는 사내 두 명이 산책을 하듯 느긋한 태도로 사람들 사이를 유유히 거닐고 있었다. 혼잡한 인파에는 눈곱만큼도 관심이 없는 것 같았다. 한 명은 통통하고 건장한 체격에 그리 호감 가지 않는 무뚝뚝한 인상의 사내였고, 다른 한 명은 야위고 볼품없어 보이는 사내였다. 두 사람 다 중절모를 쓴 데다 잘 다듬은 콧수염을 갖고 있었다.

두 사람은 아무런 표시도 없는 원형 표지판이 있는 출입구 옆에서 멈춰 섰다. 그곳에는 역무원 네 명이 대기하고 있었다. 둘 중 마른 사내가 역무원에게 다가가 정중하게 물었다.

"15시 47분 열차는 언제 오나요?"

역무원은 빈정대는 말투로 대답했다.

"15시 47분에요."

거구의 사내는 동료의 어리석은 행동을 나무라는 듯 어깨를 으쓱해 보인 뒤 이번에는 자신이 나서서 물었다.

"리지외에서 오는 열차가 맞습니까?"

"예. 368호 열차입니다. 10분 후에 도착할 거예요."

"연착되지는 않겠죠?"

"제시간에 도착할 겁니다."

두 사내는 걸음을 옮겨 저만치에 있는 기둥으로 가 기대어 섰다.

그렇게 3분, 4분, 그리고 5분이 흘렀다.

통통한 신사가 입을 열었다.

"이거 골치 아프군. 파리 경찰청에서 보낸 자가 아직도 보이지 않으니."

"그런데 그 사람이 꼭 필요한가요?"

"물론이지! 그 사람에게서 구인장을 건네받지 않으면 이제 곧 도착할 여자 승객을 무슨 수로 처리할 수 있겠나?"

"우리를 찾고 있지 않을까요? 우리 얼굴을 몰라서 헤매고 있을지도?"

"멍청한 놈! 그자가 자네, 플라망은 당연히 모르겠지…. 하지만 나, 고르주레, 수사반장 고르주레는 볼니크 성 사건 이후로 쭉 맹활약을 펼쳐왔다, 이 말씀이야."

플라망이라는 사내는 기분이 상해 슬쩍 이렇게 말했다.

"볼니크 성 사건은 이미 오래전 일 아닙니까. 벌써 15년도 더

전의 일이라고요!"

"그럼 생 토노레가의 도난 사건은? 내가 덫을 놓아 키다리 폴을 붙잡은 사건은? 뭐, 십자군 원정 시절의 일이라도 된다던 가? 불과 두 달 전 일이야!"

"예… 붙잡긴 붙잡았죠…. 하지만 어쨌든 여전히 도주 중이 잖아요, 그 키다리 폴이라는 자는…."

"어쨌거나 내 계책은 정말로 뛰어났어. 윗선에서 또다시 이렇게 날 찾을 만큼 말이야. 자, 여기를 봐. 근무 명령서에 내 이름이 똑똑히 적혀 있지 않나?"

사내가 지갑에서 종이 한 장을 꺼내 펼쳐 보이자 두 사람은 종이에 적힌 글씨를 함께 읽어 내려갔다.

파리 경찰청
6월 4일
근무 명령서
(긴급)

키다리 폴의 애인이자, 금발의 클라라라고 불리는 여인이 15시 47분 도착 예정인 리지외발 368호 열차에서 목격됐음. 고르주레 반장을 즉시 현장에 파견할 것. 구인장은 열차가 도착하기 전에 생 라자르 역에서 전달될 것임.

여자의 인상착의: 앞가르마를 탄 곱슬한 금발, 파란 눈동자. 20세에서 25세 사이. 예쁘장한 외모. 단순한 옷차림. 우아한 자태.

"보다시피… 내 이름이 적혀 있네. 내가 키다리 폴을 전담했으니 그자의 애인까지 나한테 맡긴 셈이지."

"그 여자를 아십니까?"

"잘 몰라. 그래도 키다리 폴과 함께 함정에 몰아넣고 문짝을 부쉈을 때 잠깐 볼 기회가 있었어. 그런데 그날 일진이 좀 나빴지. 내가 놈을 묶는 동안 여자가 창문으로 뛰어내렸고 내가 그 사실을 깨닫고 얼른 여자를 뒤쫓는 틈을 타 이번에는 키다리 폴이 탈출해버렸으니까."

"그럼 그때 혼자 계셨던 겁니까?"

"세 명이었네. 하지만 키다리 폴이 진작 다른 두 사람을 박살내버렸거든."

"정말 대단한 놈이군요!"

"어쨌거나 이 몸이 그놈을 붙잡았다, 이 말씀이야…!"

"저라면 그놈을 놓치지 않았을 겁니다."

"이 친구야, 자네였다면 다른 두 사람처럼 초반에 박살이 났겠지. 게다가 자네는 멍청하기로 명성이 자자한 친구가 아닌가."

사실 이 같은 독설은 고르주레 수사반장이 즐겨 사용하는 말버릇의 결정적인 논거라고 할 수 있었다. 그에게 있어 부하들은 모두 멍청이였으며, 자신은 허점이 하나도 없는 데다 일단 전투에 참여하면 직접 매듭을 짓고야 마는 대단한 인물처럼 여기며 우쭐대곤 했던 것이다.

플라망은 기가 꺾인 듯 이렇게 말했다.

"어쨌든 반장님은 운이 참 좋은 겁니다. 볼니크 성 사건을 기점으로 해서… 키다리 폴과 클라라 사건까지 맹활약을 펼치고 계시니… 그래도 한 가지 아쉬운 점이 있는데, 그게 뭔지 아십니까?"

"뭔가?"

"아르센 뤼팽을 체포하는 일이요."

고르주레는 툴툴대며 말했다.

"그자를 간발의 차로 두 번이나 놓쳤지. 세 번이나 실수하는 일은 없을 거야. 볼니크 사건에 관해서라면 그 사건에서 절대 눈을 떼지 않고 있네…. 키다리 폴에게 하듯이 말이야. 금발의 클라라로 말할 것 같으면…."

고르주레는 동료의 팔을 덥석 붙잡았다.

"저길 봐! 기차가 들어오는군…."

"하지만 구인장이 아직 없잖아요…!"

고르주레는 주위를 빙 둘러보았다. 다가오는 사람이 아무도 없었다. 이런 낭패가 있나!

저만치 선로 끝에서 열차 한 대가 육중한 가슴팍을 들이밀며 달려오고 있었다. 열차는 플랫폼을 따라 길게 차체를 늘어뜨리며 속도를 줄이더니 마침내 멈춰 섰다. 문이 열리고 승객들이 우르르 쏟아져 나왔다.

출구로 몰려든 여행객들은 역무원의 통제에 따라 길게 줄을 섰다. 고르주레는 플라망이 섣불리 나서지 않도록 통제했다. 그럴 필요가 무엇이겠는가? 출구는 어차피 한 개뿐이니 승객들은 일단 이곳으로 모여든 후 흩어지게 돼 있다. 누구라도 기다렸다가 이 출구를 지나갈 수밖에 없는 것이다. 게다가 인상착의가 그토록 자세히 묘사된 여인을 못 알아볼 턱이 있겠는가?

아니나 다를까, 마침내 여자가 모습을 드러내자 두 형사는 그 즉시 확신할 수 있었다. 분명 문제의 그 여자였다. 의심의 여지없이 금발의 클라라로 불리는 바로 그 여자였다.

"그래, 맞아. 알아보겠어. 이 앙큼한 것, 이번에는 절대로 빠져나가지 못할 거다."

과연 무척이나 예쁜 얼굴이었다. 미소를 살며시 머금은 채 살짝 겁에 질린 표정을 짓고 있는 여자는 앞가르마를 탄 웨이브 진 머리에 밀려서도 눈에 띄는 선명한 파란색 눈동자를 지니고 있었다. 또 언제라도 웃을 준비가 돼 있는 고운 입술을 살짝살짝 움직일 때마다 새하얀 치아가 반짝거렸다.

여자는 흰 아마로 된 깃이 달린 회색 원피스 차림이어서 마치 앳된 기숙생 같아 보였다. 여자는 되도록 눈에 띄지 않으려는 듯 조심스럽게 행동했다. 자그마한 여행용 가방과 손가방 하나가 손에 들려 있었는데, 둘 다 깨끗한 상태였지만 매우 소박한 제품이었다.

"아가씨, 차표를 보여주세요."

"차표요?"

정말이지 난처한 상황이었다. 차표라고? 차표를 어디에다 끼워놓았지? 호주머니? 손가방? 아니면 여행용 가방? 발이 묶인 채 당황하는 모습을 보고 내심 재미있어하는 뒷사람들 때문에 민망해지고 주눅이 든 여자는 일단 여행용 가방을 내려놓고 손가방을 열어 뒤적여댔다. 그러다 마침내 한쪽 소매의 접힌 부분에서 핀으로 얌전히 꽂아놓은 차표 한 장을 찾아냈다.

여자는 두 줄로 늘어선 사람들을 헤치고 출구 밖으로 빠져나 갔다.

고르주레가 으르렁거렸다.

"제길! 구인장이 없다니 재수 더럽게 없군. 단번에 붙잡을 수 있었는데!"

"그래도 일단 붙잡고 보죠."

"바보 같은 놈! 미행을 할 거야. 섣부르게 나서지 마, 알겠나? 이제부터 여자의 발뒤꿈치를 바짝 뒤쫓는다."

하지만 고르주레는 이미 자기 손아귀에서 교묘히 빠져나간 적이 있는 그 여자의 '발뒤꿈치를 바짝 뒤쫓기'에는 원체 신중 한 인물이었다. 그런 여자에게는 낌새를 눈치챌 빌미를 조금 도 제공해서는 안 되었기에 고르주레는 멀찌감치 떨어져서 여 자를 뒤쫓았다. 금발의 클라라는(진짜인지 연기인지 모르겠지만) 생전 처음으로 생 라자르 역의 중앙 홀에 발을 들여놓은 사람 처럼 머뭇거렸다. 여자는 감히 누구에게 물어볼 엄두도 못 내 고 되는대로 발길을 옮겼다. 고르주레가 중얼거렸다.

"정말 강적이야!"

"예, 뭐가요?"

"역에서 나가는 법을 몰라 저러고 있는 게 아니야! 누군가 미 행을 할까 봐 주의를 기울이느라 주저하는 거라고."

"그리고 보니 쫓기는 사람 같습니다. 게다가 또 얼마나 상냥 하고… 우아해 보이는지…!"

"헛물켜지 마, 플라망! 저 여자를 좋아하는 남자가 한둘이 아 니야. 키다리 폴도 저 여자에게 미쳐 있을 정도라고. 자, 드디어 계단 쪽으로 가고 있군…. 서두르지."

여자는 계단을 내려가 밖으로 나와 로마 광장 앞에서 택시를 불러 세웠다.

고르주레 역시 서둘렀다. 여자는 손가방에서 봉투 하나를 꺼내 운전사에게 주소를 읽어주고 있었다. 여자가 나지막이 내뱉은 말까지 용케 알아들을 수 있었다.

"볼테르 제방 63번지로 가주세요."

여자는 택시에 올라탔다. 고르주레 역시 택시를 불렀다. 하지만 하필 그 순간 그토록 애타게 기다리던 파리 경찰청의 밀사가 다가왔다.

"아! 당신이군, 르노? 구인장은 갖고 왔소?"

"여기 있습니다."

경찰청 요원은 윗선의 지시대로 고르주레에게 몇 가지 보충 사항을 전달했다.

마침내 요원이 떠났지만 자신이 불렀던 택시는 이미 저만치 멀어져 갔고 클라라가 탄 택시는 광장 모퉁이를 돌고 있었다.

그러고 나서도 3~4분을 더 허비해야 했다. 하지만 무슨 상관이랴! 주소를 알고 있지 않은가!

마침내 또 다른 택시를 잡아 탄 고르주레는 운전기사에게 서둘러 행선지를 밝혔다.

"기사 양반, 볼테르 제방 63번지로 갑시다."

그런데 사실 두 형사가 기둥에 기대서 368호 열차를 기다릴 때부터 누군가 그들 주위를 어슬렁대고 있었다. 나이가 꽤 지긋한 남자였는데, 구릿빛 피부에 수염이 덥수룩한 야윈 얼굴이었고, 기장이 지나치게 긴 데다 여기저기 기운 외투 차림이었다. 그 사내는 고르주레가 행선지를 말한 그 순간, 용케도 두 형사의 눈을 피해 택시 곁으로 슬그머니 접근했었다.

그리고 이번에는 자신이 부랴부랴 택시에 올라타며 짤막하게 지시를 내렸다.

"기사 양반, 볼테르 제방 63번지."

3
중이층에 사는 남자

볼테르 제방 63번지에는 고풍스러운 회색 건물의 전면에 기다란 창문이 나 있는 개인 저택이 센 강을 따라 자리하고 있었다. 1층 거의 전체와 중이층中二層 4분의 3은 골동품 가게와 서점이 차지하고 있었지만 2층과 3층은 데를르몽 후작의 널찍하고 호화로운 개인 아파트였다. 후작의 가문은 100년도 훨씬 넘는 세월 동안 이 건물을 소유해왔다. 대부호였던 데를르몽 후작은 최근 투자에 실패하는 바람에 약간 상황이 어려워져 하인과 그 밖의 고용인들을 다소 감축해야 했다.

후작이 건물 중이층에서 방 네 개짜리 숙소를 따로 떼어내 세를 놓은 것도 다 이런 연유에서였다. 후작의 대리인은 눈치껏 두둑한 사례금을 얹어 준 한 남자에게 세를 내주었다. 그렇게 해서 약 한 달 전부터 라울이라는 남자가 세입자로 들어왔는데, 그 남자는 이곳에서 잠을 자는 일은 거의 없이 오후에 와서 한두 시간 정도 머물다 가곤 했다.

그 남자의 숙소는 건물 관리인의 방 바로 위이자 후작의 개인 비서가 쓰는 방 바로 밑에 위치했다. 어두컴컴한 현관을 지나면 바로 거실이 나왔다. 그리고 오른쪽에는 침실이, 왼쪽에는 욕실이 있었다.

그날 오후, 거실은 비어 있었다. 가구는 무척이나 단출했고, 그나마 있는 가구들도 되는대로 끌어다 모아놓은 것 같았다. 무척이나 어수선했고, 아늑한 분위기라곤 조금도 느껴지지 않았다. 흡사 일시적인 상황에 떠밀려 왔다가 마음이 바뀌면 훌쩍 떠나버리는 야영지 같았다.

센 강의 눈부신 풍경이 내다보이는 두 창문 사이로 푹신하고 널찍한 등받이가 있는 안락의자 하나가 출입문을 등진 채 놓여 있었다.

안락의자 바로 오른쪽에는 자그마한 원탁이 있었고, 그 위에는 술잔 보관함 모양의 자그마한 상자 하나가 놓여 있었다.

벽에 바짝 붙어 있는 괘종시계의 비좁은 상자 속에서 종소리가 네 차례 울려 퍼졌다. 그리고 2분이 흘렀다. 뒤이어 마치 극장에서 막이 오르는 것을 알리듯 천장에서 규칙적인 간격으로 세 차례 두드리는 소리가 났다. 이어서 세 차례 더 같은 소리가 났다. 그러더니 갑자기 술잔 보관함 쪽에서 다급한 벨소리가 울렸다. 흡사 전화벨 소리 같았지만 그보다는 좀 더 은밀하고 둔탁한 소리였다.

정적이 흘렀다.

그리고 처음부터 다시 되풀이됐다. 발 구르는 소리 세 번, 둔탁한 전화벨 소리… 하지만 이번에는 금세 그치지 않고 마치 오르골에서 음악이 흘러나오듯 끊임없이 벨 소리가 상자에서 새어 나왔다.

"이런 젠장! 빌어먹을!"

누군가 잠에서 막 깨어나 잠긴 목소리로 투덜거렸다.

창문 쪽으로 등을 돌린 널찍한 안락의자의 오른쪽에서 팔 하나가 쑥 나오더니 원탁 위에 놓인 상자로 천천히 뻗어가 상자 뚜껑을 열고 그 안에 있는 수화기를 집어 들었다.

수화기는 안락의자 반대편으로 옮겨갔고, 안락의자에 푹 파묻혀 있어 그 모습이 보이지 않는 사내는 보다 또랑또랑한 목소리로 툴툴대며 말했다.

"그래 날세, 라울… 내가 눈 좀 붙이는 게 그렇게 못마땅한가, 쿠르빌? 자네 사무실과 내 사무실에 직통전화를 놓을 생각을 한 내가 멍청한 놈이지! 보나마나 딱히 할 말도 없겠지? 쳇, 그럼 난 잠 좀 자겠네."

라울은 수화기를 내려놓았다. 하지만 발 구르는 소리와 함께 전화 벨소리가 또다시 들려왔다. 결국 사내는 체념하듯 수화기를 다시 집어 들었다. 그렇게 중이층에 사는 라울과 데를르몽 후작의 개인 비서인 쿠르빌의 은밀한 대화가 본격적으로 이루어졌다.

"말해보게…. 맘껏 주절대보라고… 후작은 지금 집에 있나?"

"예. 그리고 발텍스 씨가 방문했다가 방금 떠났습니다."

"발텍스! 발텍스, 그자가 오늘 또 왔단 말인가? 제길! 정말 기분 나쁜 놈이야. 분명 우리와 똑같은 목표를 좇는 데다 우리보다 훨씬 더 많은 내용을 알고 있을 테니까. 뭔가 엿들은 건?"

"전혀요."

"자네는 늘 그 모양이지. 그 주제에 왜 날 깨운 거야? 잠 좀 자게 내버려 두지, 젠장! 이따 5시에 황홀한 올가와 차를 마시러 가기 전까지 한숨 푹 잘 수 있었는데."

라울은 다시 수화기를 내려놓았다. 하지만 잠이 완전히 달아난 모양이었다. 여전히 의자에 파묻혀 있긴 했지만 담배를 꺼내 불을 붙였으니 말이다.

곧 푸르스름한 연기가 둥그런 원을 그리며 등받이 위로 떠올랐다. 괘종시계는 4시 10분을 가리키고 있었다.

그 순간 느닷없이 현관 쪽 출입문에서 초인종 소리가 울려 퍼졌다. 그러자 초인종이 울리면 자동으로 작동되는 무슨 장치가 있는지 두 창문 사이, 돌림띠 아래로 판자 하나가 미끄러지듯 내려왔다.

자그마한 벽거울 크기의 직사각형 판자였는데 영화관의 스크린처럼 빛이 들어오는 유리로 덮여 있었다. 그 화면에 앞가르마를 탄 곱슬한 금발을 지닌 웬 아가씨의 매력적인 얼굴이 떠올랐다.

라울은 자리에서 벌떡 일어나며 중얼거렸다.

"아! 무척 예쁜 아가씨로군."

라울은 여자의 얼굴을 다시금 물끄러미 바라보았다. 혹시나 했는데… 아니었다. 확실히 모르는 얼굴이었다. 한 번도 본 적 없는 여자였다.

용수철이 달린 장치를 작동시키자 판자가 제자리로 스르르 올라갔다. 그리고 이번에는 거울에 비친 자신의 모습을 들여다보았다. 서른다섯 살 정도로 보이는 휜칠하고 우아하며 완벽한 옷차림을 한 멋진 신사 한 명이 서 있었다. 이런 남자라면 찾아온 손님이 제아무리 절세미인이라 해도 자신 있게 맞을 만했다.

라울은 현관으로 달려갔다.

금발의 방문객은 층계참 양탄자에 여행용 가방을 내려놓고 한 손에는 봉투를 쥔 채 얌전히 기다리고 있었다.

"무슨 일입니까, 부인?"

"부인은 아닌데요."

여자는 나지막한 목소리로 대꾸했다.

라울은 곧바로 정정했다.

"무슨 일입니까, 아가씨?"

"여기가 데를르몽 후작 댁이 맞나요?"

라울은 방문객이 층수를 착각했음을 단번에 알아챘다. 하지만 여자가 현관 쪽으로 두세 걸음 내디딘 동안 라울은 잽싸게 여행용 가방을 대신 들어주며 태연하게 대답했다.

"예. 바로 접니다, 아가씨."

여자는 문턱에서 문득 멈춰 서더니 당황한 얼굴로 중얼거렸다.

"아…! 그런데 후작님은… 연세가 꽤 드신 분인 걸로 아는데…."

라울은 단호한 어조로 말했다.

"제가 후작의 아들입니다."

"하지만 그분에겐 아들이 없는데…."

"그것도 아닌가요? 뭐, 그럼 제가 후작의 아들이 아니라고 칩시다. 사실 그런 건 전혀 중요한 문제가 아니니까요. 어쨌든 이 몸은 후작과 아주 잘 지내는 사이입니다. 안타깝게도 개인적인 친분이 있는 건 아니지만요."

라울은 능숙하게 여자를 안으로 들어오게 한 뒤 문을 닫았다. 그제야 여자는 앙칼지게 응수했다.

"아니, 그냥 가야겠어요…. 층수를 잘못 찾아왔나 봐요."

"그냥… 숨이나 좀 돌리세요…. 여기 층계가 가파르기로는 절벽 못지않으니…."

남자가 워낙 유쾌하고 능청스럽게 말하는 통에 여자는 거실에서 나가려 하면서도 새어 나오는 미소를 감출 수 없었다.

하지만 그 순간 층계참에서 또다시 초인종 소리가 울리더니 다시금 두 창문 사이에서 화면 하나가 나타나 콧수염이 풍성한 무뚝뚝한 얼굴 하나를 보여주었다.

"제기랄! 경찰이군! 저자가 여기에 무슨 일로 온 거지?"

라울이 화면을 끄며 소리쳤다.

여자는 느닷없이 나타난 그자의 얼굴을 보자 안절부절못했다.

"부탁입니다. 그냥 나가게 해주세요."

"하지만 저자는 고르주레 수사반장입니다! 야비한 녀석! 끈질긴 놈…! 저 면상을 본 적이 있거든요…. 저자가 당신을 봐서는 안 됩니다. 절대 보지 못하게 할 겁니다…."

"저 사람이 절 봐도 아무런 상관이 없어요, 선생님… 그냥 여기서 나가겠어요."

"절대 안 됩니다. 아가씨. 당신을 위험에 빠뜨릴 순 없어요…."

"하지만 전 위험에 빠지지 않을 거예요."

"아니요, 그렇지 않아요…. 자, 내 침실로 건너가 계십시오. 왜요, 꺼림칙하십니까…? 그럼 이렇게라도…."

남자는 갑자기 재미있는 생각이 떠올랐는지 느닷없이 웃음을 터트리고는 정중하게 손을 내밀어 여자를 널찍한 안락의자에 앉혔다.

"꼼짝 말고 가만히 계십시오, 아가씨. 여기에 이러고만 있으면 아무도 당신을 보지 못합니다. 3분 후면 자유의 몸이 될 거고요. 은신처로 내 침실은 싫다고 했지만 이 안락의자 정도는 수락하시겠죠?"

여자는 얼떨결에 상대의 말에 따랐다. 남자의 유쾌하고 해맑은 태도에는 결단과 권위 역시 서려 있었기 때문이다.

라울은 만족감을 표시하려는 듯 제자리에서 폴짝 뛰어올랐다. 더할 나위 없이 유쾌한 분위기 속에서 새로운 모험이 시작되려는 찰나였다. 그는 문을 열어주러 갔다.

고르주레 반장이 동료인 플라망을 이끌고 들이닥치더니 다짜고짜 거친 말투로 소리쳤다.

"분명 여기에 여자 한 명이 있을 거요. 관리인이 지나가는 모습을 보았고 초인종 소리도 들었다고 했으니."

라울은 무작정 들어오려는 고르주레의 앞을 슬며시 막아서며 한껏 공손히 말했다.

"실례지만 누구신지…?"

"파리 경찰청의 고르주레 수사반장이요."

라울은 흥분한 목소리로 소리쳤다.

"고르주레! 그 유명한 고르주레! 아르센 뤼팽을 거의 붙잡을 뻔했다던 그분!"

고르주레는 거드름을 피우며 말했다.

"그리고 언젠가는 그자를 꼭 붙잡을 사람이기도 하지요. 하지만 오늘은 다른 목적이 있어서 왔소…. 아니, 그보다는 다른 사냥감을 찾으러 왔다고 해야겠군. 방금 여자 한 명이 올라오지 않았소?"

"금발의 여자요? 아주 예쁘고?"

"뭐, 보는 사람에 따라선…."

"그럼 아니군요. 제가 본 여자는 정말 예뻤거든요. 눈이 번쩍 뜨일 정도로… 그 감미로운 미소하며… 더없이 상큼한 얼굴…."

"지금 여기 있습니까?"

"여기서 나간 지 3분도 채 못 되었습니다. 초인종을 누르고는 저보고 볼테르 **대로** 63번지에 사는 프로생 씨가 아니냐고 묻더군요. 그래서 잘못 찾아왔다고 말해준 뒤 볼테르 **대로**까지 가는 길을 자세히 알려주었죠. 그리고 여자는 곧 떠났고요."

"쳇, 재수 더럽게 없군."

고르주레는 기계적으로 주위를 한번 휙 둘러보고는 안락의자에 힐끗 시선을 던진 뒤 문 쪽을 유심히 쳐다보았다.

"문을 열어볼까요?"

라울이 선수를 쳐 제안했다.

"필요 없소. 그리로 가면 곧 찾게 될 테니."

"고르주레 반장님이라면 안심입니다."

"동감이오."

고르주레는 순진하게 대꾸를 한 뒤 모자를 도로 눌러쓰며 이렇게 덧붙였다.

"그 여자가 자기 나름대로 간교한 꾀를 부리지만 않았다면… 내가 보기엔 아주 요망한 계집이었으니!"

"요망하다니요? 그 사랑스러운 금발의 아가씨가요?"

"그렇고말고. 아까 생 라자르 역에서도 수배에 오른 그 여자가 탄 기차가 도착했을 때, 거의 다 붙잡은 셈이었는데… 그 여자가 내 손아귀에서 빠져나간 게 이번이 벌써 두 번째란 말이오."

"제가 보기에는 아주 차분하고 꽤 괜찮은 여자 같던데!"

고르주레는 발끈하며 자기도 모르게 불쑥 내뱉었다.

"글쎄, 보통 여자가 아니라니까! 그 여자가 누군지 아시오? 바로 키다리 폴의 애인이올시다!"

"뭐라고요? 그 유명한 강도요? 도둑질에다… 어쩌면 살인까지 저질렀을지 모를… 반장님이 거의 체포할 뻔했던 그 키다리 폴 말입니까?"

"그리고 내가 기필코 붙잡을 놈이지. 놈의 애인, 그 교활한 금발의 클라라와 함께 말이오."

"그럴 리가! 그 아리따운 금발의 아가씨가 지난 6주간 신문 지면을 화려하게 장식하고 경찰들이 백방으로 찾아 헤매던 그 클라라라니…."

"바로 그 여자라오. 그러니 그 여자를 붙잡는 일이 얼마나 중요한 사안인지 이제 아셨을 거요. 자, 플라망, 이제 가지? 선생, 볼테르 **대로** 63번지 프로생 씨 댁, 이 주소가 분명하오?"

"정확합니다. 그 여자가 제게 그렇게 물어봤어요."

라울은 무척이나 친절하고 정중하게 반장을 배웅했다.

그리고 층계 난간에 기대 몸을 숙인 채 이렇게 소리쳤다.

"행운을 빕니다. 그리고 이왕이면 뤼팽 나리도 붙잡아주십시오. 그놈들 모두 사기꾼에다 한통속이니."

다시 거실로 들어서자 여자는 불안에 시달려 낯빛이 살짝 창백해진 채 이미 자리에서 일어나 있었다.

"어디 편찮으십니까? 아가씨?"

"아무것도… 아무것도 아니에요…. 그저, 경찰들이 역에서 날 기다리고 있었다니…! 내가 수배에 올랐다니…!"

"그럼 아가씨가 금발의 클라라, 그 유명한 키다리 폴의 애인이 맞습니까?"

여자는 어깨를 으쓱해 보였다.

"전 키다리 폴이 누군지도 모르는 걸요."

"신문을 안 읽으시나 보죠?"

"거의 그런 편이에요."

"당신 이름이 금발의 클라라는 맞고요?"

"그 이름도 몰라요. 제 이름은 앙토닌이에요."

"그렇다면 뭐가 두려우신 겁니까?"

"두려워할 건 아무것도 없어요. 그래도 어쨌거나 사람들이 절 체포하려 하잖아요…. 체포하려고…."

여자는 자신이 어린아이처럼 겁을 먹고 있다는 사실을 갑자기 깨달은 듯 문득 말을 멈추더니 미소를 지어 보였다.

"지방에서 올라오자마자 복잡한 일에 휘말려 제정신이 아니었나 봐요. 그럼 이만 가보겠습니다."

"뭐가 그리 바쁘십니까? 잠깐만요. 아가씨께 해야 할 말이 아주 많아요! 정말 환하게 웃으시는군요…. 그 황홀한 미소…
입가를 살짝 올리며 짓는 그 미소 말입니다."

"전 아무 소리도 못 들었어요. 그럼 이만."

"세상에! 아가씨를 구해줬는데 어떻게 이렇게 나오실 수
가…."

"절 구해줬다고요?"

"물론이죠! 감옥… 중죄 재판소… 교수대까지. 이 정도면 뭔
가 보상을 바랄 만하지 않습니까. 데를르몽 후작 댁에 어느 정
도 계실 예정인가요?"

"한 30분 정도?"

"좋아요. 그럼 나오실 때까지 지키고 있겠습니다. 그리고 여
기서 친구 대 친구로 차나 한잔하는 겁니다."

"여기서 차를 마시자니요! 오! 선생님! 실수를 빌미로 이거
너무하시네요…. 제발 이러지 마세요."

자신을 올려다보는 여자의 눈빛이 너무나 순수했기에 라울
은 자신이 무리한 제안을 한 것 같아 더 이상 고집을 부리지 않
았다.

"당신이 원하든 원하지 않든, 아가씨, 우리는 운명적으로 다
시 만나게 될 겁니다…. 그리고 내가 당신을 우연히 도울 테
지요. 이런 만남에는 언제나 내일이 약속돼 있기 마련이거든
요…. 숱한 내일이…."

라울은 층계참에 멈춰 서서 층계를 오르는 여자의 뒷모습을
바라보았다. 여자는 뒤를 돌아보더니 상냥하게 손 인사를 보냈
다. 라울은 속으로 중얼거렸다.

'그래, 정말 사랑스러운 여자야… 아! 저 상큼한 미소! 그런데 후작 댁에는 무슨 볼일이 있어서 온 거지? 뭐하며 사는 여자일까? 무슨 비밀이 있는 거지? 저 여자가 키다리 폴의 애인이라니! 키다리 폴과 함께 모종의 일에 연루됐을 수야 있겠지…. 하지만 키다리 폴의 애인이라니… 경찰들이나 그런 터무니없는 얘기를 지어내는 법이라고…!'

라울은 불현듯 볼테르 대로 63번지에 갔다가 허탕을 친 고르주레가 다시 이리로 돌아와 여자와 마주칠지도 모른다는 생각이 들었다. 그것만은 무슨 수를 써서라도 막아야 했다.

그런데 자기 아파트 안으로 들어선 라울은 갑자기 이마를 탁 치며 중얼거렸다.

"젠장! 잊고 있었군…."

그러고는 전화기 쪽으로 부랴부랴 달려갔는데, 이번에는 숨겨놓은 전화기가 아니라 시내와 통하는 일반 전화기였다.

"방돔 00-00번! 여보세요…! 급합니다, 아가씨. 여보세요…! 베르비츠 양장점입니까…. 왕비 폐하가 거기 계시겠죠? (무척 다급한 말투로) 왕비 폐하가 지금 그곳에 계시냐고 물었습니다…. 옷을 입어보고 계시다고요? 그럼 라울한테서 전화가 왔다고 좀 전해주세요…."

그리고 명령조로 이렇게 덧붙였다.

"다른 말은 필요 없소…. 그저 왕비 폐하께 전화가 왔다고 알리란 말이오! 안 그러면 폐하께서도 몹시 언짢아하실 테니!"

라울은 신경질적으로 전화기를 툭툭 두드리며 초조하게 기다렸다. 마침내 수화기 저편에서 목소리가 들려왔다. 라울은 곧장 입을 열었다.

"올가, 당신이야? 나야, 라울. 엉? 뭐? 옷을 입다 말고 나왔다고…? 그래서 반쯤 벗은 상태라고? 하, 누군가 지나가다 슬쩍 엿본다면 그 친구는 정말 횡재하는 거로군, 황홀한 올가! 당신은 유럽에서 가장 아름다운 어깨를 지닌 여자가 아닌가. 그래도 올가, 제발 R 발음은 그렇게 좀 굴리지 마…! 내가 하고 싶은 마르ㄹㄹ이 뭐냐고? 거참, 이것 봐, 나도 따라하게 되잖아…. 여하튼 오늘 차를 마시러 갈 수 없게 됐어…. 이런, 다르ㄹㄹ링, 진정해. 다른 여자 때문이 아니야. 이르ㄹㄹ 때문이라고…. 이런, 그게 아니르ㄹㄹ라니까…. 이봐, 자기… 좋아, 오느르ㄹㄹ 저녁… 함께 식사하자고…. 내가 데르ㄹㄹ리러 갈까…? 아르ㄹㄹ았어… 자기…."

라울은 수화기를 내려놓고 살짝 열린 문 뒤로 달려가 은밀히 밖을 살피기 시작했다.

4
2층 남자

　데를르몽 후작은 서재에 있는 책상 앞에 앉아 서류를 정리하고 있었다. 널찍한 서재에 책이 빼곡히 꽂혀 있었는데 후작은 그곳에 있는 책들을 거의 읽지 않았지만 그 책들의 멋들어진 장정은 무척이나 좋아했다.

　볼니크 성에서 참극이 일어난 이후 장 데를르몽은 지난 15년 동안 그 햇수보다 더 많은 세월을 먹은 듯했다. 머리는 하얗게 셌고, 얼굴에는 주름이 움푹 패여 있었다. 이제 어떤 여자의 마음도 녹일 수 있었던 예전의 그 미남 데를르몽이 아니었다. 타인의 환심을 사려는 욕망으로 생기발랄하던 모습이 이제는 근엄하다 못해 때로는 수심이 가득해 보였다. 그래서 후작이 드나드는 클럽과 살롱의 사람들은 그가 재정적 어려움을 겪고 있을 거라 짐작했다. 하지만 자세한 내막은 그 누구도 알지 못했다. 장 데를르몽은 쉽게 속마음을 터놓는 사람이 아니었으니.

　출입문 쪽에서 초인종 소리가 들렸다. 후작은 가만히 귀를 기울였다. 하인이 문을 두드린 뒤 서재로 들어와 웬 아가씨가 만나기를 청한다고 전했다.

"유감이지만 시간이 없다고 전하게."

하인은 나갔다가 금세 돌아왔다.

"자꾸 고집을 부리는데요, 후작님. 자기가 리지외에 사는 테레즈 부인의 딸이라면서 어머니의 편지를 갖고 왔답니다."

후작은 잠시 망설였다. 그는 기억을 더듬으며 혼잣말을 되뇌었다.

"테레즈… 테레즈…."

그러더니 갑자기 다급한 어조로 지시를 내렸다.

"들어오라고 하게."

후작은 자리에서 벌떡 일어나 젊은 여자에게 다가가며 두 팔을 내밀고 상냥하게 손님을 맞이했다.

"어서 오십시오, 아가씨. 물론 당신 어머님을 기억하고 있습니다…. 그런데 어머님을 쏙 빼닮으셨군요! 머리카락도… 살짝 수줍은 표정도… 무엇보다 사람들이 무척이나 좋아하던 그 미소까지…! 그래, 어머님께서 보내서 오신 겁니까?"

"엄마는 이미 5년 전에 돌아가셨어요, 후작님. 돌아가시기 전에 후작님께 편지 한 통을 쓰셨는데, 제가 전해드리겠다고 해서… 도움이 필요할 때 전해드리라고 하셨어요."

여자는 진중한 어조로 말을 했고 그 밝던 얼굴에는 슬픔의 그늘이 살짝 드리워졌다. 여자는 자신의 어머니가 직접 주소를 적어놓은 편지 봉투를 건넸고 후작은 봉투를 열어 편지를 훑어보고는 소스라치게 놀라더니 저만치 물러가서 편지를 정독하기 시작했다.

만약 제 딸을 위해서 뭔가를 해주실 수 있다면 그렇게 해주세요…. 그 아이도 알고 있는 과거를 생각해서, 하지만 그 아이는 어디까지나 당신이 내 친구라고만 알고 있어요. 그러니 부탁건대 그 사실을 밝히지 말아 주세요. 앙토닌은 제가 그랬던 것처럼 무척 자존심이 강한 아이니 당신에게 일자리 정도만 부탁할 거예요. 고마움을 전하며.

— 테레즈

후작은 한동안 아무런 말도 하지 않았다. 그러는 동안 머릿속으로는 프랑스 중부의 한 온천 도시에서 아름답게 시작됐던 그 달콤한 모험을 떠올리고 있었다. 당시 가정교사였던 테레즈는 어느 영국 가족을 따라 그 도시로 내려왔다. 장 데를르몽에게 있어 그 모험은 시작과 동시에 끝나버린 한낱 변덕스러운 불장난에 지나지 않았다. 원체 태평하고 이기적인 성격이었던 그는 그토록 자신을 믿고 따르며 모든 것을 바친 그 여인을 한순간도 진심으로 대하지 않았다. 따라서 그가 간직한 기억이라곤 기껏해야 몇 시간 동안의 희미한 추억이 전부였다. 그런데 테레즈에게는 이 모험이 훨씬 더 진지하고, 자신의 온 인생을 걸 만큼 중요한 사건이었단 말인가? 자신이 아무런 해명도 없이 훌쩍 떠나버린 뒤 그 여인은 고통과 부서진 삶, 그리고 이 아이를 홀로 떠맡아왔단 말인가…?

후작은 그러한 사연을 전혀 모르고 있었다. 그도 그럴 것이 테레즈는 지금껏 단 한 통의 편지도 보내지 않았던 것이다. 그런데 그 어느 때보다 난처한 상황인 지금에서야 과거사를 담은 이 편지가 느닷없이 불쑥 나타나다니… 후작은 커다란 당혹감에 휩싸인 채 여자에게 다가가 넌지시 물었다.

"올해 몇 살이죠, 앙토닌?"

"스물세 살이에요."

후작은 솟구치는 감정을 다스렸다. 시기가 일치했던 것이다. 그리고 희미한 목소리로 여자가 한 말을 되풀이했다.

"스물세 살이라!"

다시금 침묵에 빠지지 않도록, 또한 테레즈의 부탁대로 아가씨가 수상한 낌새를 눈치채지 않도록 후작은 얼른 이렇게 말을 이었다.

"난 당신 어머니의 친구였습니다, 앙토닌. 그것도 절친한 친구…."

"그때 얘기는 하지 말아 주세요. 부탁입니다, 후작님."

"어머님께서 그 시절에 관한 뭔가 좋지 않은 추억을 갖고 계셨나 보군요?"

"엄마는 아무런 말씀도 하지 않으셨어요."

"알겠습니다. 그래도 한 가지만 더 묻죠. 혹시 어머님께서 힘들게 살진 않으셨나요?"

여자는 단호한 어조로 대답했다.

"아주 행복하셨어요, 후작님. 그리고 제게도 온갖 기쁨을 주셨고요. 오늘 제가 이렇게 찾아온 이유는 다름이 아니라, 저를 맡아준 사람들과 더 이상 마음이 맞지 않아서예요."

"무슨 얘기든 털어놓아요, 아가씨. 지금 무엇보다 중요한 건 아가씨의 장래를 돌보는 일이니까요. 그래, 바라는 게 뭡니까?"

"누구에게도 신세를 지지 않는 거예요."

"그러니까 독립적인 생활을 하고 싶다, 이 말인 거죠?"

"그렇다고 타인의 지시에 따르기 싫다는 건 아니에요."

"특별히 할 줄 아는 게 있나요?"

"못하는 거 빼고 전부요."

"거참, 많다면 많고 적다면 적군요. 그럼 내 비서로 일하면 어떻겠소?"

"이미 비서가 있으시잖아요?"

"그렇긴 하죠. 하지만 그다지 미덥지 못한 사람입니다. 문 뒤에 서서 몰래 엿듣고 서류를 뒤지곤 하거든요. 그 사람 대신 내 비서로 일해요."

"다른 사람의 일자리까지 빼앗고 싶진 않아요."

"이런, 까다로운 아가씨로군."

데를르몽 후작이 미소를 지으며 말했다.

두 사람은 가까이 붙어 앉아 한참 동안 이야기를 나누었다. 남자는 다정한 눈길로 주의 깊게 여자의 말에 귀 기울였고 여자는 긴장이 풀린 듯 편안한 모습이었다. 그러면서도 여자는 이따금 경계하는 태도를 보여 후작을 의아하게 만들곤 했다. 결국 후작은 보채지 않고 여자를 차차 알아가며 생각할 수 있는 시간을 얻기로 여자와 합의했다. 후작은 이튿날 자동차를 타고 출장을 가기로 되어 있었고 그 후에도 20일 동안 외국에서 체류할 예정이었다. 여자는 여행에 동행하자는 후작의 제안을 받아들였다.

여자는 쪽지에다 파리에서 묵게 될 민박의 주소를 적어주었고 후작은 이튿날 아침 여자를 데리러 가겠다고 약속했다.

서재를 나온 후작은 여자의 손에다 입을 맞추었다. 그런데 하필 그 순간 쿠르빌이 그 옆을 쓱 지나갔다. 후작은 그저 짤막하게 이렇게 말했다.

"곧 또 봐요, 귀여운 아가씨. 날 다시 만나러 와주겠죠?"

여자는 자그마한 가방을 챙겨 들고 계단을 내려갔다. 어찌나 경쾌하고 행복해 보이는지 금세 노래라도 부를 것 같은 분위기였다.

하지만 다음 순간, 여자는 너무나 순식간에 벌어진 뜻밖의 상황에 부딪쳐 일관성 없는 이런저런 감정에 휩싸인 채 크게 동요할 수밖에 없었다. 마지막 계단에 발을 내디뎠을 때(층계는 꽤 어두컴컴한 편이었다) 중이층 문틈으로 희미한 목소리가 새어 나오고 있었는데, 그중 몇 마디 말이 여자의 귀로 흘러들어 왔다.

"날 보기 좋게 골탕 먹이셨군, 선생…. 볼테르 대로 63번지는 있지도 않은 주소였소…."

"그럴 리가요, 반장님! 그래도 볼테르 대로라는 거리는 존재하겠죠?"

"아울러 내가 여기에 왔을 때까지만 해도 내 호주머니에 얌전히 들어 있던 중요한 서류 하나가 어떻게 된 건지 알고 싶소."

"구인장 말인가요, 클라라 양을 체포하기 위한?"

그 순간 아가씨는 커다란 실수를 저지르고 말았다. 고르주레 반장의 목소리를 알아들은 여자는 위층으로 살그머니 올라가는 대신 비명을 지르며 아래층으로 내달렸던 것이다. 비명 소리를 들은 수사반장은 몸을 돌려 달아나는 여자를 보고는 곧장 달려가 덮치려고 했다.

하지만 곧 억센 두 손에 손목이 붙들려 현관 안으로 끌려 들어와야 했다. 반장은 자신만만하게 저항했다. 갑자기 적으로 돌변한 상대보다 자신이 훨씬 더 체격도 좋고 근육도 우람했기 때문이다. 하지만 고르주레는 곧 아연실색할 수밖에 없었다. 상대에게서 벗어나기는커녕 힘없는 어린아이처럼 질질 끌려가고 있었으니. 화가 머리끝까지 치솟은 반장이 버럭 소리를 질렀다.

"아니, 이 양반이. 이거 놓지 못하겠소?"

라울은 또박또박 말했다.

"하지만 날 따라오셔야죠…. 구인장이 내 집에 있고, 또 반장님께서 찾으셨으니."

"구인장 따윈 아무래도 상관없소."

"아니에요! 내 생각은 다릅니다! 난 당신에게 구인장을 꼭 돌려줘야겠습니다. 찾지 않으셨습니까."

"이런, 맙소사! 저 계집이 지금 도망치고 있단 말이오."

"그럼 당신 동료가 저 밖에 없단 말인가요?"

"있기야 있지. 저기 거리에. 하지만 원체 덜떨어진 친구요!"

고르주레는 순식간에 현관 안으로 옮겨져 닫힌 문에 가로막힌 포로 신세가 되고 말았다. 반장은 분을 못 이겨 발을 구르고 끔찍한 욕설을 중얼거렸다. 문에 몸을 부딪치고 자물쇠를 마구 흔들었지만 문은 꿈쩍하지 않았고 자물쇠도 특수 제작한 것인지 열쇠만 무한정 헛돌 뿐, 좀처럼 열릴 기미가 보이지 않았다.

"자, 여기 찾으시던 구인장입니다, 수사반장님."

라울이 천연덕스럽게 말했다.

고르주레는 당장이라도 상대의 멱살을 틀어쥘 태세였다.

"이런 뻔뻔한 인간! 이 구인장은 내가 여기 처음 왔을 때 내 외투 호주머니 속에 있었소."

라울은 침착하게 대꾸했다.

"그럼 떨어졌겠죠. 아까 바닥에서 주웠거든요."

"거짓말! 어쨌든 볼테르 대로니 어쩌니 해가며 날 골탕 먹인 건 부인하지 못할 거요. 당신이 날 그리로 따돌렸을 때 그 계집은 여기서 멀지 않은 곳에 있었겠지?"

"생각보다 더 가까운 곳에 있었죠."

"뭐라고?"

"실은 이 방 안에 있었거든요."

"그게 무슨 말이오?"

"당신을 등지고 있는 저 안락의자에 앉아 있었어요."

고르주레는 팔짱을 낀 채 똑같은 말을 중얼거렸다.

"이런, 세상에! 세상에! 저 안락의자에 앉아 있었다고… 어떻게 감히…? 이런, 뭐야, 당신 미쳤소? 대체 누구 맘대로…?"

"내 선량한 마음대로요. 이봐요, 형사 나리. 당신도 꽤 선량한 사내일 겁니다. 부인도 있고, 자식도 있을 테지요…. 그런데 당신 같으면 그 아름다운 금발의 아가씨를 감옥에 처넣도록 순순히 내어주었겠습니까! 당신이 나였어도 똑같이 행동했을 겁니다. 산보 좀 하라고 볼테르 **대로**로 내보냈을 거란 말입니다. 좀 솔직해져 봐요."

고르주레는 기가 막혀 숨이 막힐 지경이었다.

"그 여자가 여기 있었어! 키다리 폴의 애인이 여기 있었다고! 이제 당신 큰일을 치르게 생겼어, 이 어리석은 양반."

"큰일을 치러야겠지. 키다리 폴의 애인이 여기 있었다는 사실을 당신이 증명해낸다면 말이야. 그런데 과연 그 사실을 입증해낼 수 있느냐, 바로 그게 문제 아니겠나."

"당연하지. 당신 입으로 실토했으니…."

"그건 이렇게 우리 단둘이 마주 보고 있을 때나 하는 얘기이고, 밖에 나가면… 어디 그럴 수야 있나."

"내가 수사반장으로서 증언을 하면…."

"설마, 풋내기처럼 된통 당했다는 사실을 만천하에 공포할 용기가 있을 리가."

고르주레는 정신을 차릴 수가 없었다. 자신에게 맞서는 것을 즐기는 듯한 이 별난 놈은 대체 누구란 말인가? 당장이라도 상대에게 이름을 묻고 신분증을 요구하며 심문을 벌이고 싶었다. 하지만 이 묘한 인물에게 왠지 모르게 자꾸만 압도당하는 기분이 들었다. 고르주레는 그저 이렇게 툭 내뱉었다.

"그러니까 그 키다리 폴의 애인과 친한 사이란 말이지?"

"내가? 고작 3분 정도 본 사이인데."

"그럼 왜?"

"그런데 그 여자가 마음에 들더라고."

"그게 충분한 이유가 된다고 생각하나…?"

"물론이지. 난 내가 좋아하는 사람들을 누가 괴롭히는 걸 원체 못 참는 성격이거든."

고르주레는 주먹을 불끈 쥐고 라울을 향해 휘둘렀지만 라울은 아랑곳하지 않고 재빨리 현관문으로 다가가 세상에서 제일 허술한 자물쇠를 다루듯 단번에 풀어냈다.

수사반장은 다시 모자를 눌러쓰고 활짝 열린 문을 나섰다. 상체를 내밀고 얼굴을 잔뜩 찌푸린 그 모습은, 일단 작전상 후퇴하여 복수의 기회를 노리는 자의 전형적인 모습이었다.

그로부터 5분 뒤, 창문을 통해 고르주레와 그의 동료가 천천히 멀어져 가는 모습을 확인한 라울은 당분간은 금발의 아리따운 아가씨에게 아무런 위험도 닥치지 않으리라 마음을 놓으며 천장을 가볍게 두드려 데를르몽 후작의 비서인 쿠르빌을 자신의 거처로 불러들였다. 라울은 방 안에 들어선 쿠르빌을 덥석 붙잡고 다짜고짜 질문을 던졌다.

"위층에서 금발의 예쁘장한 아가씨를 보았나?"

"예, 선생님. 후작이 안으로 들이던데요."

"엿들었지?"

"예."

"그래, 뭔 얘기를 나누던가?"

"아무 소리도 안 들리던데요."

"이런 멍청이!"

라울은 고르주레가 플라망을 나무라듯 쿠르빌을 타박했다. 하지만 라울의 말투에는 애정과 호의가 묻어 있었다. 쿠르빌은 점잖은 신사였는데 각진 하얀 수염에 흰색 나비넥타이, 언제나 검은 프록코트 차림인 그는 지방 법관이나 추도식 사회자 같은 인상이었다. 쿠르빌은 정확한 발음에 적절한 어휘를 써가며 다소 과장된 어조로 자신의 의사를 표명하곤 했다.

"후작님과 그 아가씨는 아무리 귀가 밝은 사람이라도 전혀 알아들을 수 없을 정도로 아주 나지막한 목소리로 얘기를 나눴습니다."

"이 친구야, 자네의 그 성당지기 같은 웅변을 듣고 있자면 소름이 다 돋을 지경이야. 그냥 내가 묻는 말에나 대답하게."

쿠르빌은 그 독설을 친근함의 표시로 받아들일 줄 아는 사람이었기에 그저 정중하게 허리를 숙였다.

라울은 말을 이었다.

"쿠르빌, 난 웬만하면 내가 도와준 일을 상대방에게 거론하지 않아. 그래도 이 말은 좀 하고 넘어가야겠네. 자네를 잘 알지 못했을 적, 단지 자네의 그 멋들어진 흰 수염을 보고 내 아주 좋은 인상을 받아 자네와 자네의 연로하신 부모를 가난에서 구제해주었고, 그것도 모자라 자네로 하여금 내 곁에서 아주 편안한 삶을 누릴 수 있게 해주었지."

"선생님, 한없이 감사한 마음입니다."

"잠자코 있게. 내가 이런 얘기를 꺼낸 건 자네한테 무슨 말을 듣자는 게 아니라 이 몸이 좀 할 말이 있어서니까. 하던 이야기를 이어가겠네. 그 후 난 자네에게 몇 가지 일을 시켰고, 자네는 예사롭지 않은 미숙함과 눈에 띄는 무지함으로 그 은혜를 갚아왔지. 그건 아마 자네도 깨끗이 인정할 걸세. 그렇다고 불평을 늘어놓으려는 건 아니야. 자네의 하얀 수염과 더할 수 없이 정직해 보이는 그 면상에 대한 내 찬탄의 마음은 조금도 사그라지지 않았으니까. 하지만 이건 짚고 넘어가세. 지금으로부터 몇 주 전, 난 데를르몽 후작을 온갖 음모로부터 보호하려고 자네를 지금 그 자리에 앉혀놓았어. 그 자리에서 자네가 해야 할 일은 그저 비밀 서랍을 뒤지고, 수상쩍은 서류를 가로채고, 대화 내용을 은밀하게 엿듣는 거였지. 그런데 자네는 지금껏 뭘 했나? 쥐뿔도 없지 않나. 게다가 후작의 의심까지 산 게 분명하고 말이야. 뿐만 아니라 내가 잘 때를 귀신같이 잘도 맞춰 직통전화기로 전화를 걸어선 기가 찰 정도로 허튼소리를 정보랍시고 늘어놓지. 상황이 이러하니….”

“상황이 이러하니 저를 해고하십시오.”

쿠르빌이 처량하게 말했다.

“아니, 그 대신 이제부터 내가 직접 나설 생각이네. 지금껏 만나본 적 없이 더할 수 없이 아름다운 금발의 아가씨가 이 사건에 연루돼 있으니 말이야.”

“이런 말씀을 드리기 조심스럽지만, 올가 왕비 폐하가 계시지 않습니까?”

“보로스티리아의 왕비 폐하는 이제 내 알 바 아니야. 이제 내게는 금발의 클라라라고 불리는 앙토닌만이 중요해. 모든 것이 신속히 진행돼야 하네. 발텍스라는 작자가 무슨 일을 꾸미고 있는지, 후작이 어떤 비밀을 감추고 있는지, 그리고 왜 하필 오늘에서야 키다리 폴의 애인이라는 여자가 느닷없이 나타난 건지 모두 다 알아내야 한단 말일세.”

“애인이라고요…?”

“더 이상 알려고 하지 말게.”

“그럼 대체 전 뭘 알아야 하는 겁니까?”

"자네가 내 곁에서 수행하고 있는 역할을 둘러싼 진실."

쿠르빌은 중얼거렸다.

"왠지 모르는 편이 나을 것 같군요⋯."

라울은 엄한 어조로 말했다.

"결코 진실을 두려워해서는 안 되네. 자네, 내가 누군지 아나?"

"아니요."

"괴도 아르센 뤼팽일세."

쿠르빌은 그저 잠자코 있었다. 어쩌면 라울이 자신에게 그같은 진실을 폭로한 사실을 내심 원망하고 있는지도 몰랐다. 하지만 정직한 성품을 지닌 쿠르빌에게 제아무리 가혹한 진실을 들이민다 할지라도, 그가 품고 있는 라울에 대한 고마운 마음과 그의 눈에 비친 라울의 위엄은 조금도 사그라지지 않을 터였다.

라울은 계속해서 이야기를 이어나갔다.

"그러니 여느 때처럼 이번에도 난 이 에를르몽Erlemont(장 데를르몽Jean d'Erlemont의 가문을 뜻함. 프랑스에서는 성 앞에 de(d')라는 단어를 붙여 귀족을 나타낸다 – 옮긴이) 사건에 무작정 뛰어들었다는 사실을 알고 있으라, 이 말일세⋯. 어디로 가는지도 알지 못하고, 사건의 내막도 전혀 모른 채, 그저 몇몇 실마리만 가지고, 나머지는 온통 내 행운의 별과 직감에 맡긴 채 모험에 뛰어드는 거지. 이번 경우에는 말이야, 내 정보통에 의해 장 데를르몽이라는 자가 파산할 지경이 되어 자신의 성과 지방에 있는 영지들을 하나씩 매각하고, 심지어 자신의 서재에서 가장 귀한 서적 몇 권까지 팔아 치워 일부 귀족 사회에 적잖은 충격을 던져준 사실을 알게 되었네. 내가 조사한 바에 따르면 여행광이었던 그의 외조부는 용맹한 콘키스타도르(스페인어로 정복자라는 뜻으로, 16세기 초 멕시코와 페루를 정복한 에스파냐인에 대한 호칭 – 옮긴이) 같은 분으로 인도에 광활한 땅을 소유하고 있었으며, 나바브(인도에서 부자가 된 유럽인 – 옮긴이)라는 호칭과 지위를 지니고 있었지. 그리고 프랑스로 돌아와 억만장자로 명성을 떨쳤으나, 얼마 지나지 않아 세상을 떠나고 말았네. 자기 딸에게, 다시 말해 후작의 어머니에게 막대한 재산을 물려주고 말이야. 그 재산이 어떻게 됐을까? 그가 고용하고 있는 하인의 규모는 여전히 상당한 수준이지만, 뭐, 그래도 장 데를르몽이 모두 탕진해버렸다고 생각할 수도 있을 걸세. 하지만 내가 우연히 입수한 문서를 읽어보면 또 다른 식으로 생각해볼 수도 있지. 그 문서란 건, 4분의 3가량이 찢어진 꽤 오래된 편지인데, 이런저런 부차적인 내용들 가운데 후작의 서명과 더불어 다음과 같은 내용이 눈에 띄더군."

내가 당신에게 맡긴 임무는 여전히 완수될 기미가 보이지 않는군요. 내 외할아버지의 재산이 아직도 오리무중이다, 이 말입니다. 우리가 맺은 두 가지 합의 사항을 기억하고 계시겠지요. 절대적인 보안 유지, 당신 몫은 10퍼센트이며 최대 100만 프랑… 하지만 정말이지 통탄스럽군요! 난 신속한 결과를 기대하고 당신 회사에 이 일을 의뢰했습니다. 그런데 시간만 흘러갈 뿐….

"이 편지 조각에는 아무런 날짜도 주소도 적혀 있지 않네. 물론 회사란 흥신소를 뜻하는 거겠지. 하지만 대체 어느 흥신소란 말인가? 난 그곳을 찾느라 귀중한 시간을 허비하는 대신 훨씬 더 효율적인 방법을 택했지. 즉, 후작과 협력하고 자네를 현장에 투입하기로 한 거야."

쿠르빌은 용기를 내 물었다.

"선생님. 이왕 후작과 협력하기로 마음먹으셨다면 후작에게 모든 사실을 털어놓고 그 10퍼센트를 받는 조건으로 직접 이 일을 맡으시는 편이 훨씬 더 효율적이지 않을까요…?"

라울은 쿠르빌을 매섭게 노려보았다.

"이런 멍청이! 일개 흥신소에 100만 프랑을 사례금으로 제안할 정도면 이 건의 규모는 필시 2000만에서 3000만 프랑에 달할 거야. 그 정도는 돼야 이 몸이 나서지."

"하지만 협력을 하시겠다고…?"

"내게 있어 협력이란 이 몸이 모든 걸 가진다는 뜻이네."

"그럼 후작은요…?"

"10퍼센트를 갖게 될 걸세. 처자식도 없는데 그 정도면 횡재하는 거지. 단, 그러기 위해서는 내가 직접 이 사건에 손을 담가야 하네. 그러니 자네, 언제 날 그 집 안으로 들여보내 줄 텐가?"

쿠르빌은 난처한 기색을 띠며 조심스레 반박했다.

"그건 꽤 심각한 일인데요. 저 또한 개인적인 입장이 있을 거라 생각지 않으십니까, 후작에 대한…?"

"배신을 하게…. 내 허락하지. 이 친구야, 뭘 어쩌겠나, 가혹한 운명이 자네를 의무와 은혜, 후작과 아르센 뤼팽 사이에 놓이게 한 것을. 자, 선택하게."

쿠르빌은 눈을 질끈 감고 대답했다.

"오늘 저녁 후작은 시내에서 식사를 하고 새벽 1시나 돼야 돌아올 겁니다."

"하인들은?"

"저처럼 위층에서 거주하고 있죠."

"자네 열쇠를 이리 주게."

다시금 양심의 갈등이 일었다. 지금까지 쿠르빌은 자신이 후작을 보호하는 일에 협조하고 있는 것이라고 스스로를 합리화할 수 있었다. 그런데 아파트 열쇠를 넘겨주고 도둑질을 돕고 가공할 사기 행각에 동참하다니… 섬세한 영혼을 지닌 쿠르빌은 주저했다.

라울은 손을 내밀었다. 결국 쿠르빌은 열쇠를 건네주었다.

라울은 심술궂게도 소심한 쿠르빌을 휘두르는 것을 내심 즐기며 이렇게 말했다.

"고맙네. 이따 10시쯤에는 자네 방 안에 틀어박혀 있게. 그리고 혹시 하인들이 뭔가 눈치챈 것 같으면 나한테 즉시 내려와서 알리고. 하지만 그럴 일은 없을 거야. 그럼 내일 보세."

쿠르빌이 물러나자 라울은 황홀한 올가와 저녁 식사를 하기 위해 외출 준비를 하려 했다. 하지만 깜빡 잠이 들어버렸고 밤 10시 반이 되어서야 눈을 떴다. 라울은 잽싸게 달려가 수화기를 붙잡고 트로카데로 팔라스와 전화 연결을 요청했다.

"여보세요…. 여보세요…. 트로카데로 팔라스인가요? 왕비 폐하의 거처를 연결해주세요. 여보세요…. 여보세요…. 전화를 받으신 분은 누구시죠…? 타이피스트…? 쥘리, 당신이로군? 잘 지냈어? 그나저나 왕비께서 날 기다리시지? 좀 바꿔줘…. 아! 이런, 성가시게 왜 이러시나…. 불평이나 하라고 널 왕비 곁에 붙여놓은 게 아니란 말이야…. 얼른 왕비께 가서 알려…. (잠시 침묵이 흐른 후 라울은 다시 입을 열었다) 여보세요… 여보세요… 올가, 당신이야…? 사실은 말이야, 약속했던 일이 생각보다 늦게 끝났어…. 그래도 정말 다행이야. 일이 잘 마무리됐거든. 이런, 아니야, 다ㄹㄹㄹ링, 내 잘못이 아니야…. 금요일에 함께 점심 식사 어때…? 데ㄹㄹㄹ리ㄹㄹㄹ러 갈게…. 화난 거 아니지? 나한테는 당신이 무엇보다 먼저인 거 아ㄹㄹㄹ잖아…. 그래, 내 사ㄹㄹㄹ랑… 오ㄹㄹㄹ가!"

5
불법 침입

아르센 뤼팽은 밤에 일을 하러 나설 때 절대로 짙은 회색이
나 어두운색 옷 같은 특별한 차림을 하지 않는다. 그는 이렇게
말한 바 있다.

"난 그냥 있는 그대로 하고 나서지. 호주머니에 손을 찔러 넣
고 무기 하나 없이 평온한 마음으로 담배를 사러 나가듯 말이
야. 내 양심 역시 자선사업을 하려는 사람처럼 편안하기 그지
없다네."

기껏해야 어쩌다가 스트레칭을 하거나 소리 내지 않고 제자
리 뛰기를 하거나 물건을 쓰러뜨리지 않고 어둠 속을 걷는 연
습을 하는 것이 고작이었다. 그날 저녁, 라울은 바로 그렇게 몸
을 움직였다. 몸이 가벼웠다. 모든 것이 순조로웠다. 어떠한 상
황이 닥쳐도 거뜬히 헤쳐나갈 수 있을 정도로 정신적으로나 육
체적으로나 최상의 컨디션이었다.

라울은 건과자 몇 개를 집어 먹고 물 한 잔을 들이켠 뒤 층계
로 나갔다.

시각은 11시 15분이었다. 밖은 칠흑 같은 어둠에 휩싸인 채

정적만이 가득했다. 있지도 않은 세입자와 마주칠 일도 없었고 잠자리에 든 하인과 맞닥뜨릴 일도 없었다. 게다가 쿠르빌이 위층에서 경계를 서고 있지 않은가. 이런 안전한 상황에서 작업을 하게 되다니, 얼마나 신이 나는지! 문짝을 부수거나 자물쇠를 강제로 열 필요조차 없다. 열쇠가 있으니까. 길을 찾느라 헤맬 일도 없다. 도면까지 입수한 상태니까.

따라서 라울은 자기 집처럼 편안히 후작의 집 안으로 들어가 복도를 지나 서재에 도착해 전등을 켰다. 자고로 주위가 환해야 작업이 잘되는 법.

두 창문 사이에 놓인 커다란 거울이 방에 막 들어선 자신의 모습을 비추고 있었다. 라울은 거울에 비친 자신에게 정중하게 인사를 건넨 뒤 다른 사람보다는 자기 자신을 위한 연극 한 편을 펼친다는 생각으로 우아한 몸짓을 취해보았다.

그리고 자리에 앉은 다음 주위를 둘러보았다. 풋내기처럼 동요하거나 서랍을 정신없이 뒤지거나 서재를 난장판으로 만들면서 아까운 시간을 낭비해서는 안 된다. 그렇다. 우선 눈으로 주위를 훑으며 생각을 해야 한다. 정확한 비율을 파악하고, 용적을 가늠하고, 규모를 측정해야 한다. 저 가구가 저런 윤곽을 띨 리가 없을 텐데. 저 안락의자가 저런 겉모습을 하고 있을 리가 없을 텐데. 쿠르빌 같은 사람에게야 비밀 장소가 보이지 않겠지만 뤼팽 같은 사람에게는 제아무리 은밀한 공간이라도 속속들이 눈에 띄기 마련이다.

그렇게 10분 동안 주위를 자세히 둘러본 라울은 자리에서 일어나 책상으로 곧장 걸어가더니 무릎을 꿇고 반들반들한 목재를 더듬으며 구리로 된 몰딩 부분을 살펴보았다. 그런 다음 다시 일어나 마술사처럼 요상한 몸짓을 하고는 서랍 하나를 열어 완전히 책상에서 빼냈다. 그리고 서랍의 한 면은 밀고 한 면은 잡아당기며 무슨 말을 중얼거리고는 혀까지 찼다.

갑자기 철컥 소리가 났다. 두 번째 서랍이 안쪽에서 불쑥 튀어나왔다.

라울은 또다시 혀를 차며 속으로 중얼거렸다.

'거봐! 이래서 내가 나서야 돼…! 그 흰 수염 멍청이는 40일 동안 아무것도 못 찾았는데 난 40초면 충분하잖아. 그런 놈한테 일을 맡기다니, 내가 순진했지!'

하지만 자신의 발견이 진정 의미가 있는 것인지, 어떤 구체적인 성과를 올린 것인지, 일단 확인해봐야 했다. 사실 라울은 앙토닌, 그 젊은 아가씨가 후작에게 가져온 편지가 있기를 바랐다. 하지만 편지는 그곳에 없었다.

우선 큼지막한 누런 봉투에 1000프랑짜리 지폐 10여 장이 들어 있는 것이 눈에 띄었다. 하지만 그건 함부로 손댈 수 있는 것이 아니었다. 이웃이자 집주인이며, 유서 깊은 프랑스 귀족 출신 나리의 돈을 훔칠 수는 없는 법! 라울은 일종의 거부감을 느끼며 돈 봉투를 밀쳐놓았다. 간단히 조사해본 결과 그것 말고는 편지와 사진 몇 장이 전부였다. 하나같이 여자에게서 온 편지와 사진뿐이었다. 한때 잘나갔던 사내의 기념물 같은 것이리라. 후작은 그것들이 마치 자신의 모든 행복과 사랑을 의미하는 과거의 흔적 같아서 차마 태워버리지 못했으리라.

잠깐, 편지라고? 그렇다면 일단 모두 읽어보고 흥미로운 내용이 있는지 찾아보아야 한다. 하지만 편지 양도 만만치 않은 데다, 허탕 칠 가능성도 다분했고, 왠지 꺼림칙한 일이기도 했다. 자신 역시 사랑에 쉽게 빠지는 바람둥이다 보니, 여인들의 은밀한 속내와 고백을 몰래 파헤치는 일 따위는 예의상 하고 싶지 않았다.

하지만 무슨 수로 사진까지 안 보고 넘어갈 수 있겠는가? 100여 장은 족히 넘는 사진들… 하루, 또는 한 해 동안 벌어졌을 모험들… 애정과 열정의 증거들… 하나같이 아름다고 우아하며, 사랑스럽고 애교스러운 여인들이었다. 앞날을 기대하는 눈빛, 자신의 모든 것을 내맡긴 듯한 태도, 때로는 슬픔이, 때로는 불안이 묻어나는 미소… 사진에는 이름과 날짜, 헌사, 그리고 둘 사이의 관계를 짐작할 만한 이런저런 글귀들이 적혀 있었다. 지체 높으신 귀부인, 예술가, 순진한 아가씨, 이들 모두가 불현듯 어둠 속에서 모습을 드러냈다. 이 여인들은 서로를 알지는 못하지만 실은 모두 이 남자와의 추억을 공통으로 지닌 매우 가까운 사이였던 것이다.

라울은 사진들을 전부 살펴보지는 않았다. 그보다는 두 겹의 종이로 덮인 채 서랍 깊숙한 곳에 특별히 보관돼 있는 좀 더 커다란 사진에 관심이 갔다. 당장 사진을 꺼내 종이를 펼쳐보았다.

라울은 넋을 잃고 말았다. 그야말로 절세미인이 그곳에 있었다. 미녀들에게서도 가끔, 아주 드물게 찾아볼 수 있는 개성적인 매력과 특별한 인상을 전부 지닌 정말이지 비범하게 아름다운 여인이었다. 살짝 드러난 어깨는 눈이 부셨고, 자태나 머리 모양으로 미루어 보건대 대중 앞에 나서거나 무대 위에 서는 일이 꽤 익숙한 여자 같았다.

"분명 예술가일 거야."

라울은 그렇게 단정 지었다.

라울은 사진에서 좀처럼 눈을 떼지 못했다. 혹시 이름이나 무슨 정보가 적혀 있지 않을까 하는 마음에 사진을 뒤집어보았다. 그리고 곧장 소스라쳤다. 우선 그가 놀란 이유는 가로로 큼지막하게 적힌 '엘리자벳 오르냉'이라는 서명과 그 밑에 적힌 다음과 같은 짧막한 글귀 때문이었다.

죽음을 넘어 당신에게로

엘리자벳 오르냉이라니! 라울은 당대의 예술계와 사교계를 훤히 꿰뚫고 있었기에 이 유명한 여가수의 이름을 모를 리가 없었다. 비록 15년 전에 벌어진 일을 세세한 부분까지 모조리 기억할 수야 없었지만 그 아름다운 여인이 야외 정원에서 노래를 부르던 도중 수수께끼 같은 부상을 입고 죽었다는 사실 정도는 알고 있었다.

그렇다면 엘리자벳 오르냉 역시 후작의 숱한 애인들 중 한 명이란 뜻일 테고, 후작이 별도로 이 여자의 사진을 특별하게 보관한 점으로 미루어 보아 그녀가 후작의 인생에서 어느 정도의 비중을 차지했는지까지 충분히 짐작할 만했다.

게다가 두 겹의 종이 사이에는 봉하지 않은 채 끼워져 있는 자그마한 봉투 하나가 있었다. 그 속에 들어 있는 내용물을 보자 라울은 정신이 번쩍 들면서 한 번 더 놀라지 않을 수 없었다. 내용물은 모두 세 가지였다. 머리카락 한 움큼, 여자가 처음으로 후작에게 사랑을 고백하며 첫 데이트를 수락하는 내용이 담긴 열 줄짜리 편지, 그리고 여자의 또 다른 사진 한 장. 그런데 그 사진에는 엘리자벳 발텍스라는 이름이 적혀 있었다. 라울은 몹시 의아했다.

사진 속 여자의 모습은 아주 앳돼 보였다. 발텍스는 필시 은행가인 오르냉과 결혼하기 전 여자가 사용했던 처녀 적 성일 터였다. 날짜를 보니 더 이상 의심의 여지가 없었다.

라울은 생각했다.

'그렇다면 서른 살가량 돼 보이는 지금의 그 발텍스는 엘리자벳 오르냉의 사촌이든 조카든, 여하튼 친척일 테고, 그래서 그 발텍스라는 자가 데를르몽 후작에게 접근해 돈을 뜯어내고 있다는 얘기로군. 후작은 거절할 엄두를 못 내고 있고. 그렇다면 그자는 그저 빌붙으려는 놈팡이일 뿐일까? 아니면 뭔가 또 다른 동기가 있는 것일까? 내가 더듬대며 찾아가는 목적지를 그자는 훨씬 더 유리한 패를 쥐고 추구하고 있는 것은 아닐까? 수수께끼로군. 하지만 그래 봤자 결국 내가 밝혀내고야 말 수수께끼일 뿐이지. 이 몸이 이미 이렇게 수수께끼의 한복판에 뛰어들었으니.'

라울은 다시금 조사에 착수하려고 나머지 사진들을 집어 들었다. 그런데 그 순간 예기치 않은 상황이 발생해 하던 일을 멈출 수밖에 없었다. 어디선가 소리가 들렸던 것이다.

가만히 귀를 기울여보았다. 가볍게 삐걱거리는 소리 같았는데, 여하튼 무척 생소한 소리였다. 그 소리는 층계 쪽 출입문에서 들렸다. 누군가 열쇠를 꽂았다. 열쇠가 돌아갔다. 출입문이 서서히 열렸다. 서재로 이르는 복도를 슬며시 걸어오는 소리가 희미하게 들렸다.

그러니까 누군가 서재를 향해 다가오고 있는 것이다.

라울은 5초 만에 서랍을 원위치로 돌려놓고 전등을 껐다. 그리고 옻칠을 한 네 쪽짜리 병풍 뒤로 가서 몸을 숨겼다.

사실 라울은 이런 긴박한 상황을 즐겼다. 우선 위험을 무릅쓰는 데서 오는 쾌감이 있었고, 아울러 새로운 관심거리, 즉 자신에게 유리한 무언가를 낚아챌 수 있으리라는 기대감 또한 쏠쏠했다. 예컨대 지금 외부인이 슬그머니 후작의 집에 침입한 거라면 오밤중에 그자가 이 집을 방문한 목적을 자신이 몰래 알아낼 수 있지 않겠는가. 이 얼마나 큰 횡재란 말인가!

누군가 조심스레 문손잡이를 움켜잡았다. 아무 소리도 없이 문짝이 서서히 열렸지만 라울은 그 미세한 움직임을 여지없이 감지해냈다. 곧이어 희미한 램프 불빛이 새어 들어왔다.

라울은 병풍 틈새를 통해 어떤 형체가 걸어 들어오는 모습을 지켜보았다. 확실하지는 않지만 느낌상 몸에 착 달라붙는 치마를 입은 날씬한 여자 같았다. 모자는 쓰고 있지 않았다.

걸음걸이와 어렴풋한 실루엣을 보니 그 느낌이 틀리지 않았음을 알 수 있었다. 여자는 문득 걸음을 멈추고 고개를 좌우로 돌렸다. 방향을 잡는 모양이었다. 그리고 책상으로 곧장 걸어가 불빛을 이리저리 비추고는 뭔가를 찾아낸 듯 책상 위에 램프를 올려놓았다.

라울은 속으로 중얼거렸다.

'그래, 의심의 여지가 없어. 저 여자는 이미 비밀 서랍에 대해 알고 있는 거야. 딱 봐도 뭘 알고 행동하는 사람 같잖아.'

아니나 다를까(여자의 얼굴은 여전히 어둠에 가려 보이지 않았다) 여자는 책상을 빙 돌아가 허리를 숙이더니 문제의 서랍을 빼내 들고 정확하게 장치를 조작해 안에 있는 서랍을 튀어나오게 했다. 그다음부터는 라울이 했던 그대로 행동했다. 즉 지폐는 본체만체하고 사진을 들여다보았는데 그 사진들을 살펴보고 특별한 사진 한 장을 찾아내는 것이 여자가 이곳에 온 목적인 것 같았다.

여자는 신속하게 일을 진행했다. 한눈 한 번 팔지 않았다. 그저 무언가를 찾아 분주한 손길로 열심히 사진을 넘길 뿐이었다. 하얗고 가느다란 손이 눈에 어렴풋이 들어왔다.

마침내 여자는 무언가를 찾아냈다. 눈대중으로 판단컨대, 중간 크기, 다시 말해 13×18 규격의 사진인 듯했다. 한참 동안 사진을 들여다본 여자는 사진을 뒤집어 뒷면에 적힌 내용을 읽더니 한숨을 푹 내쉬었다.

여자가 원체 열중하고 있었기에 라울은 이 틈을 이용해보기로 했다. 라울은 쥐도 새도 모르게 스위치로 다가가 몸을 숙이고 있는 여자의 형체를 주의 깊게 바라본 뒤 단번에 전등을 켰다. 그러고는 질겁한 채 비명을 지르며 달아나는 여자를 향해 얼른 달려갔다.

"줄행랑칠 필요 없어. 예쁜 아가씨. 조금도 해치지 않을 테니까."

라울은 여자에게 다가가 팔을 덥석 붙잡았다. 그리고 저항하는 상대의 고개를 돌려 얼굴을 확인했다.

"앙토닌!"

라울은 그날 오후 자신의 집을 실수로 방문했던 아가씨의 얼굴을 알아보고는 얼이 빠진 채 중얼거렸다.

재고의 여지가 없는 사실이었다. 앙토닌, 순진한 얼굴과 해맑은 눈빛으로 자신의 마음을 사로잡았던 그 시골 처녀가 분명했다! 지금 그 여자가 잔뜩 경직된 얼굴로 어쩔 줄 몰라 하며 자신 앞에 서 있었다. 이 뜻밖의 상황에 너무나 기가 찬 나머지 라울은 이죽거리기 시작했다.

"그러니까 아까 후작 댁을 찾아왔던 이유가 바로 이거였군! 정찰에 나섰던 거였어…. 그리고 저녁이 되자 이렇게…."

여자는 무슨 말인지 이해하지 못한 듯 이렇게 더듬거렸다.

"난 안 훔쳤어요…. 돈에는 손도 대지 않았다고요…."

"그건 나도 마찬가지요…. 그렇다고 당신이나 나나 성모 마리아께 기도를 드리려고 이곳에 온 건 아니잖아."

남자는 여자의 팔을 꽉 움켜잡았다. 여자는 낑낑대며 벗어나려고 애를 썼다.

"도대체 누구세요. 전 당신을 모르는데…."

남자는 웃음을 터트렸다.

"아! 이거 섭섭하군. 뭐요! 오늘 중이층의 내 자그마한 거처에서 만났으면서 지금 내가 누구냐고 묻는 거요? 기억력이 무지 안 좋은가 보군! 그래도 난 당신에게 꽤 깊은 인상을 남겼다고 생각했는데, 아름다운 앙토닌!"

여자는 앙칼지게 대꾸했다.

"내 이름은 앙토닌이 아니에요."

"물론 그렇겠지! 내 이름도 더 이상 라울이 아니라오. 우리 같은 사람들은 직업상 수십 개의 이름을 갖고 있는 법이니까."

"무슨 직업을 말하는 건가요?"

"도둑!"

여자는 발끈했다.

"아니에요! 말도 안 돼! 내가 도둑이라니!"

"이런! 당신이 돈이 아니라 사진을 훔친 건 그만큼 그 사진이 가치가 있다는 뜻 아니겠소. 그리고 이렇게 생쥐처럼 몰래 들어와야만 그 사진을 손에 넣을 수 있었을 테고…. 자, 내게도 좀 보여주시지. 좀 전에 호주머니에 집어넣은 그 귀중한 사진 말이오."

남자는 여자를 힘으로 제압하려 했다. 여자는 자신을 옥죄고 있는 남자의 억센 팔 안에서 버둥거렸다. 몸싸움에 흥분한 남자는 여자를 끌어안으려 했지만 여자는 있는 힘껏 남자의 팔을 뿌리쳤다.

"젠장! 새침데기로군. 키다리 폴의 애인이 이렇게나 정숙한 여자인 줄 그 누가 상상이나 했겠어?"

여자는 당황한 표정으로 중얼거렸다.

"뭐라고요? 그게 무슨 말이죠…? 키다리 폴이라니… 그게 누군가요…? 무슨 말인지 도통 모르겠군요."

남자는 반말로 여자에게 말했다.

"아니, 당신은 그자를 아주 잘 알고 있어. 아름다운 클라라."

여자는 점점 더 당황한 기색을 띠며 되뇌었다.

"클라라… 클라라… 그게 누구죠?"

"잘 생각해봐… 금발의 클라라를 모르겠나?"

"금발의 클라라?"

"좀 전에 고르주레한테 붙잡힐 뻔했을 때는 이렇게까지 놀라지 않았잖아. 앙토닌이든 클라라든 정신 좀 차리고 내 얘기를 들어봐. 내가 당신의 적이었다면 오늘 오후 경찰의 손아귀에서 당신을 두 번이나 빼내주진 않았겠지…. 그러니 자, 웃으라고, 아름다운 금발의 아가씨… 당신의 미소는 정말이지 황홀하니까…!"

여자는 온몸에 힘이 빠진 듯 착 가라앉아 있었다. 창백한 뺨을 타고 눈물이 흘러내렸다. 자신의 두 손을 다시금 붙잡고 부드럽게 어루만지는 라울을 밀쳐낼 힘도 없었다. 그 손길을 기겁하며 뿌리칠 수도 없었다.

"진정해, 앙토닌… 그래, 앙토닌… 그 이름이 더 맘에 드는군. 키다리 폴에게는 클라라일지 몰라도 내게는 앙토닌이라는 이름의 시골 처녀로 남아줘. 그 편이 백배는 더 좋으니까! 이런, 울지 마… 모든 일이 다 잘될 거라고! 키다리 폴이 당신을 괴롭히고 있는 거지? 그리고 당신을 찾는 중일 테고…? 그래서 두려운 거지? 두려워하지 마…. 내가 있으니까… 그저 나한테 다털어놓으라고…."

여자는 힘없이 중얼거렸다.

"난 할 말이 없어요…. 아무 말도 할 수 없다고요…."

"그냥 말해, 아가씨."

"싫어요… 난 당신을 알지도 못하는 걸요."

"그래, 당신은 날 모르지. 그래도 날 믿고 있잖아. 솔직해져 봐."

"그럴지도 모르죠…. 이유는 알 수 없지만… 왠지…."

"왠지 당신을 보호해줄 수 있을 것 같지? 선행을 베풀 것 같지 않아? 하지만 그러기 위해서는 우선 당신이 날 도와줘야 해. 어떻게 키다리 폴이랑 알게 된 거지? 여기에 왜 온 거야? 그 사진은 뭣 때문에 찾은 거고?"

여자는 아주 나지막한 목소리로 말했다.

"부탁이에요. 더 이상 묻지 말아 주세요…. 때가 되면 말씀드릴게요."

"아니, 지금 당장 말해야 돼…. 하루… 아니, 한 시간만 허비해도… 엄청난 손실이라고."

남자는 여자를 계속해서 어루만졌고 여자는 개의치 않아 했다. 하지만 은근슬쩍 손등에 입을 맞춘 뒤 입술로 팔을 더듬어 올라가자, 여자가 너무나 지친 기색으로 그만둬 달라고 간청하는 바람에 라울은 어쩔 수 없이 그 뜻대로 해줄 수밖에 없었다. 반말도 더 이상 하지 않았다.

"약속해줘요…."

라울이 말했다.

"다시 만나겠다고요? 예, 약속할게요."

"그리고 날 믿겠다는 약속도?"

"예, 그럴게요."

"그전에 내가 도울 일이라도?"

여자는 기다렸다는 듯 얼른 답했다.

"예, 있고말고요. 저와 함께 가주세요."

"뭐 두려운 거라도 있는 겁니까…?"

여자가 파르르 떨고 있는 것이 느껴졌다. 그녀는 목소리까지 죽여가며 말했다.

"오늘 저녁 여기에 들어올 때 누군가 이 집을 감시하고 있다는 느낌을 받았어요."

"경찰인가요?"

"아니요."

"그럼 누가?"

"키다리 폴… 그리고 그의 동료들…."

여자는 잔뜩 겁에 질린 표정으로 그 이름을 말했다.

"확실합니까?"

"아니요…. 하지만 꽤 멀리 떨어진 곳에서… 제방 난간에 몸을 기대고 있는 자세가… 그 사람 같았어요…. 그자와 주로 함께 일하는 공범도 봤어요. 소위 아랍인이라고 불리는 인물이죠."

"키다리 폴을 본 지는 얼마나 됐죠?"

"한 몇 주 됐어요."

"그렇다면 당신이 오늘 이곳에 오리라는 건 알지 못했겠군요."

"예."

"그럼 그자가 거기서 뭘 하고 있던가요?"

"그자 역시 집 주위를 배회하고 있었어요."

"다시 말해 후작 주위를 맴돌았던 거군요…? 당신과 같은 이유로 그랬던 겁니까?"

"모르겠어요…. 한번은 제 앞에서 후작을 죽도록 증오한다고 말한 적이 있긴 했어요."

"어째서요?"

"모르겠어요."

"그자의 공범들을 알고 있나요?"

"그저 아랍인만 알아요."

"접선 장소는 어디죠?"

"몰라요. 아마도 몽마르트르의 어느 술집에서 만날 거예요. 언젠가 아주 작은 목소리로 그 술집 이름을 말하는 걸 들은 적이 있거든요…."

"그 술집 이름을 기억합니까?"

"예…. 에크르비스였어요."

라울은 그쯤에서 질문을 마쳤다. 그날은 질문을 해봤자 더 이상 여자에게서 그 어떤 대답도 들을 수 없으리라는 사실을 직감했던 것이다.

6
첫 번째 격돌

"갑시다. 그리고 무슨 일이 있더라도 조금도 두려워하지 마세요. 내가 모든 걸 알아서 처리할 겁니다."

남자는 모든 것이 제자리에 놓여 있는지 둘러보았다. 그리고 전등을 끈 뒤 앙토닌의 손을 잡고 어둠을 헤치며 걸어가, 현관을 빠져나와 조용히 문을 닫고 여자와 함께 계단을 내려갔다.

라울은 서둘러 밖으로 나가고 싶었다. 여자가 착각했을까 봐 오히려 불안할 정도로 그녀를 쫓는다는 적들과 맞붙어 싸우고 싶었다. 하지만 자신이 잡고 있는 가녀린 손이 너무나 차갑게 느껴져 걸음을 멈추고 두 손으로 여자의 손을 꼭 감싸 쥐었다.

"당신이 나에 대해 더 잘 알게 된다면 내 곁에 있는 한 위험이란 존재하지 않는다는 사실 역시 알게 될 겁니다. 그냥 가만히 있어요. 손에 온기가 돌면 마음이 편안해지고 용기가 솟아나는 게 느껴질 테니."

두 사람은 그렇게 손을 붙잡은 채 꼼짝 않고 가만히 서 있었다. 몇 분간의 침묵이 흐른 뒤 안정을 되찾은 여자가 입을 뗐다.

"이제 그만 가요."

라울은 관리인 숙소 문을 두드려 대문을 열어달라고 부탁했다. 그렇게 두 사람은 밖으로 빠져나왔다.

안개가 자욱이 긴 밤, 희뿌연 불빛이 어둠 속에 군데군데 퍼져 있었다. 시간이 시간인지라 지나가는 행인은 거의 없었다. 하지만 라울은 재빨리 주위를 둘러보았다. 곧 차도를 건너오는 두 형체가 눈에 띄었다. 두 형체는 보도 위로 미끄러지듯 올라왔다. 또 다른 두 형체가 자동차 곁에 서 있었다. 자동차에 몸을 숨긴 채 대기 중인 듯했다. 라울은 반대 방향으로 아가씨를 데려가려다가 곧 마음을 바꾸었다. 놓치기 아까운 기회였다. 더군다나 네 사내는 잽싸게 뿔뿔이 흩어져 자신들을 포위하려는 태세를 취하고 있었다.

"저들이 확실해요."

또다시 겁에 질린 앙토닌이 말했다.

"그럼 저기 저 키가 껑충한 자가 키다리 폴이겠군요?"

"네."

"잘됐군. 어디 한번 맞붙어보자고."

"두렵지 않으세요?"

"전혀요. 당신이 비명만 지르지 않는다면."

그 시각 제방 위에는 개미 새끼 한 마리도 없었다. '키가 껑충한' 사내는 바로 그 점을 노렸다. 그자와 그의 동료 하나가 갑자기 보도 쪽으로 잽싸게 방향을 틀었다. 다른 두 사내는 벽을 따라 다가오고 있었다… 자동차 엔진 소리가 났다. 운전석에 타고 있던 보이지 않는 누군가가 시동을 거는 모양이었다.

그리고 느닷없이 가벼운 휘파람 소리가 났다.

정말이지 순식간에 벌어진 일이었다. 세 사내가 여자에게 달려들어 자동차로 끌고 가려고 했다. 키다리 폴이라 불리는 자는 라울 앞에 우뚝 선 채 총구를 코앞에 들이밀었다.

하지만 라울은 상대가 방아쇠를 당기기 전에 잽싸게 손등으로 그자의 팔목을 후려쳐 권총을 떨어뜨리고는 한껏 빈정댔다.

"멍청한 놈! 방아쇠부터 당겼어야지. 겨누는 건 그다음이야."

그런 다음 재빨리 다른 세 강도를 뒤쫓아 갔다. 그중 한 명이 보도로 되돌아왔지만 턱에 발차기 한 방을 세차게 얻어맞고 비틀거리며 무너졌다.

다른 두 공범은 정신없이 줄행랑치다가 결국 차 안으로 몸을 날려 휙 사라져 갔다. 자유의 몸이 된 앙토닌은 반대 방향으로 내달렸다. 키다리 폴이 허겁지겁 여자를 뒤쫓았지만 불쑥 나타난 라울과 맞닥뜨리고 말았다.

라울이 소리쳤다.

"여기서부터 통행금지! 그러니 저 금발의 아가씨는 그냥 달아나게 내버려 둬! 모두 다 잊어야 할 옛이야기일 뿐이야, 키다리 폴."

그래도 키다리 폴은 적의 좌우를 살피며 어떻게든 지나가려 애썼다. 상대가 요리조리 몸으로 막아서는데도 사내는 여전히 몸싸움을 하지 않고 빠져나갈 기회를 노렸다.

"지나간다… 못 지나간다…. 어때, 애들처럼 노니 재미있나? 이런, 키가 껑충한 놈은 달리고 싶은데 자그마한 녀석이 앞길을 가로막네. 그사이 아가씨는 저만치 달아나고 말이야…. 이제 됐군…. 아가씨가 전혀 위험하지 않겠어… 이제부터 진짜 싸움이 시작되는 거야. 자, 준비됐나, 키다리 폴."

라울은 단번에 적에게 달려들어 팔뚝을 움켜잡고 순식간에 상대를 눈앞에서 제압해버렸다.

"찰칵! 팔목에 수갑을 찬 것 같지? 보아하니, 키다리 폴, 자네 패거리 중 최정예를 끌고 온 것 같지는 않구먼. 어찌나 겁먹은 송아지들 같던지! 손가락 한 번 튕기니 꽁무니를 빼고 달아나는 꼴이라니. 하지만 이게 다가 아니지. 자네 면상을 환한 데서 한번 봐야겠어."

키다리 폴은 나약하고 무능력해진 자신의 처지에 당황해하며 몸부림을 쳤다. 아무리 용을 써도 수갑처럼 자신의 팔을 휘감고 있는 상대의 두 손을 뿌리칠 수 없었다. 제대로 서 있기조차 힘들 정도로 엄청난 고통이 밀려왔다.

"자… 어디 이 신사에게 낯짝을 한번 보여주시지…. 인상 찌푸리지 말고, 아는 얼굴인지 확인 좀 해볼 테니…. 아, 뭐야, 투덜거리는 거야? 내가 원하는 대로 움직이지 않겠다는 건가?"

라울은 무거운 물건을 차츰차츰 옮기듯 상대를 서서히 돌려세웠다. 그리하여 키다리 폴은 자신의 의사와는 상관없이 불빛이 더 밝게 비추는 쪽으로 고개를 돌릴 수밖에 없었다.

조금 더 힘을 써 상대를 완전히 돌려세운 라울은 상대의 얼굴을 보고 깜짝 놀라 소리쳤다.

"발텍스!"

그러고는 폭소를 터트리며 그 이름을 몇 차례 되뇌었다.

"발텍스…! 발텍스…! 여기서 이 얼굴과 마주칠 줄이야! 그러니까 발텍스가 키다리 폴이란 말이지? 키다리 폴이 발텍스이고? 발텍스는 정장을 쫙 빼입고 중절모를 쓰고 다니지. 키다리 폴은 구깃구깃한 바지에 챙이 달린 모자를 쓰고 다니고. 세상에! 이거 정말 재미있군! 후작과 친하게 지내면서 강도단 우두머리 짓을 해왔다니."

화가 머리끝까지 치솟은 키다리 폴은 으르렁대듯 말했다.

"나도 네놈을 알고 있다… 중이층에 사는 놈…."

"그렇고말고… 라울 씨라고… 그냥 그렇게 부르면 되네. 그리고 보다시피 우리 둘 다 똑같은 사건을 쫓는 처지이고. 그러니 자네는 운이 참 더럽게 없는 거지! 금발의 클라라가 이제부터 내 차지라는 사실을 제외하고도 말이야."

클라라라는 이름이 나오자 키다리 폴은 펄쩍 뛰며 흥분했다.

"그렇게 되도록 내버려 두지 않을 거야…."

"내버려 두지 않을 거라고? 이런, 네 처지를 생각해봐, 이 친구야. 자네는 나보다 키가 한 뼘이나 더 크고 온갖 복싱 기술과 검술을 연마했겠지만 결국 지금 이 꼴이지 않나. 내 손아귀에 붙잡혀 꼼짝없이 끝장난 상태! 그러니 발버둥을 좀 쳐봐, 꺽다리야! 정말이지 불쌍해서 눈 뜨고 못 볼 지경이로군."

마침내 라울이 상대를 풀어주자 사내는 분이 안 풀리는 듯 중얼거렸다.

"이 자식! 어디 두고 보자."

"굳이 왜 두고 보려고? 지금 여기 이렇게 눈앞에 있는데. 덤빌 테면 덤벼봐."

"그 여자에게 손끝 하나만 댔다간…."

"저런, 이미 됐네, 이 친구야. 그 여자와 나, 우린 이미 꽤 친밀한 사이거든."

키다리 폴은 길길이 날뛰었다.

"허튼소리! 거짓말하지 마!"

"게다가 이제 시작인걸. 다음 호를 기대하시라. 네놈에게는 미리 알려주지."

둘은 당장이라도 맞붙을 태세로 서로를 매섭게 노려보았다. 하지만 키다리 폴은 더 나은 기회가 올 때까지 기다리는 편이 낫겠다는 판단이 선 모양이었다. 라울이 웃음으로 응대한 몇 마디 욕설을 내뱉고는 훌쩍 자리를 떠났으니 말이다. 하지만 떠나기 전 마지막으로 이렇게 으름장을 놓았다.

"단단히 대가를 치르게 될 거다, 하룻강아지."

"어쨌든 지금은 이렇게 꽁무니를 빼는 처지잖나. 또 보자고, 겁쟁이."

라울은 상대가 멀어져 가는 모습을 지켜보았다. 키다리 폴은 다리를 절었는데 위장을 하려고 일부러 저러는 것이 틀림없었다. 발텍스는 다리를 절지 않았으니까.

"저 녀석을 조심해야 해. 저런 놈들이 꼭 나중에 더러운 술수를 부리거든. 고르주레와 발텍스라… 젠장, 두 눈 부릅뜨고 있어야겠어."

집으로 돌아온 라울은 누군가 마차 출입문 앞에 앉아 신음하는 모습을 보고 깜짝 놀랐다. 자신에게 구둣발로 걷어차인 그자인 듯했다. 실제로 그 사내는 한 대 세차게 얻어맞은 뒤 가까스로 정신을 차리기는 했지만 얼마 못 가 쉬고 있는 중이었다.

라울은 그 사내를 유심히 살펴보았다. 햇볕에 그을린 구릿빛 피부에 살짝 곱슬곱슬한 긴 머리카락이 챙 모자 바깥으로 삐져나와 있었다. 라울은 그에게 말을 건넸다.

"잠깐 얘기 좀 하지, 친구. 자네가 키다리 폴의 패거리 중 아랍인이라고 불리는 자인가 보군. 1000프랑 벌고 싶은 생각 없나?"

턱을 크게 다친 상대는 다소 힘겹게 입을 벌렸다.

"키다리 폴을 배신하는 일이라면 볼일 없으니 그만 가보쇼."

"훌륭해. 자네 아주 충직한 사람이로군. 하지만 그런 일이 아니야. 그자가 아니라 금발의 클라라와 관련된 일이지. 혹시 그 여자의 거처를 알고 있나?"

"모르오. 그건 키다리 폴도 마찬가지고."

"그런데 왜 후작의 집 앞에서 매복했던 건가?"

"여자가 오후에 왔으니까."

"그건 어떻게 알았고?"

"내가 알아낸 거요. 고르주레 형사를 미행했거든. 생 라자르역에서 기차를 기다리며 잠복근무하는 그자의 모습을 보았소. 그런데 바로 그 계집이 시골 처녀로 변장한 채 파리에 모습을 드러낸 거요. 그 여자가 택시 운전기사에게 주소를 말하는 걸 고르주레가 엿들었고, 고르주레가 다른 택시 운전기사에게 그 주소를 얘기하는 걸 내가 엿들었지. 일은 그렇게 된 거요. 물론 난 곧장 키다리 폴에게 달려가 이 사실을 알렸소. 그리고 저녁 내내 여기서 망을 봤던 거요."

"그럼 키다리 폴은 여자가 다시 이곳에 나타나리라 예상하고 있었단 건가?"

"아마 그럴 거요. 그 친구는 자기 일에 대해 절대 얘기하지 않소. 우린 매일 같은 시간 정해진 술집에서 만나는데 거기서 내게 지시를 내리고 난 그 지시를 동료들에게 전한다오. 그리고 행동에 나서는 거지."

"조금만 더 털어놓으면 1000프랑을 더 주겠네."

"내가 알고 있는 건 그게 전부요."

"거짓말. 그자의 진짜 이름은 발텍스이며 이중생활을 하고 있다는 사실 역시 알고 있잖아. 그러니 난 틀림없이 후작의 집에서 다시금 그놈과 마주칠 테고 그럼 그자를 경찰에 신고할수도 있지."

"그 친구 역시 당신을 만나러 갈 수 있소. 당신이 중이층에 살고 있다는 사실과 그 계집이 오늘 오후에 당신 집을 방문했다는 사실 역시 모두 알고 있거든. 위험한 승부가 될 거요."

"난 감출 게 하나도 없어!"

"뭐, 그렇다면 잘된 일이오. 키다리 폴은 앙심을 품고 있고 그 계집에게 홀딱 빠져 있소. 그러니 조심해야 할 거요. 그건 후작도 마찬가지고. 키다리 폴은 그쪽으로 아주 고약한 생각을 품고 있으니."

"어떤 생각 말인가?"

"이미 충분히 말한 것 같소."

"알았네. 자, 여기 두 장 받게. 그리고 20프랑 더 줄 테니 저기 저 빈 택시나 얼른 잡아타고 가게."

라울은 그날 밤 꽤 오랫동안 뒤척였다. 오후에 벌어진 일을 되짚어 보다가 아름다운 금발의 아가씨가 떠올라 그 매혹적인 모습을 흐뭇하게 반추했던 것이다. 자신이 뛰어든 이 복잡한 사건 중 가장 흥미롭고 난해한 수수께끼가 바로 그 여자였다. 앙토닌…? 클라라…? 자신이 만난 그 매력적인 존재의 진짜 모습은 저 둘 중 과연 어느 쪽일까? 여자는 한없이 솔직하면서도 신비로운 미소를 지녔고, 순수하면서도 관능적인 눈빛을 지녔으며, 천진하면서도 불안한 태도를 보였다. 또한 때로는 우수 젖은 모습으로, 때로는 쾌활한 모습으로 보는 이의 마음을 뒤흔들었다. 여자의 눈물과 웃음은 신선하고 맑지만 이따금 어둡고 혼탁해지는 하나의 샘에서 흘러나오는 듯했다.

이튿날 아침 라울은 후작의 비서 쿠르빌에게 전화를 걸었다.

"후작은?"

"오늘 아침 일찍 떠났습니다. 하인이 차를 대기시키고는 짐이 가득 든 여행용 가방 두 개를 나르던데요."

"그러니까 지금 후작이 집에 없다…?"

"며칠 동안 집을 떠나 있을 예정이랍니다. 제 생각에는 그 금발의 아가씨와 동행한 것 같습니다."

"그래도 자네에게 행선지는 알려줬겠지?"

"아니요, 선생님. 후작은 늘 은밀히 행동합니다. 이번에도 행선지를 알아채지 못하도록 저를 철저히 경계하던걸요. 게다가 더더욱 제가 알아챌 수 없었던 것이 첫째, 후작이 손수 운전을 하는 데다, 둘째…."

"자네가 멍청한 놈이기 때문이지. 이렇게 된 이상 나도 이 중이층을 떠나야겠네. 이 직통전화기를 비롯해 문제가 될 만한 모든 것들은 자네가 알아서 깔끔하게 처리하게. 그런 다음 조용히 이사를 가는 거야. 잘 있게. 사나흘 동안 연락하지 않을 테니 그리 알고. 해야 할 일이 있거든…. 아! 한 가지 더. 고르주레를 조심하게! 이 집을 감시할지도 몰라. 방심하지 말게. 난폭하고 허영이 가득하지만 고집이 세고 번뜩이는 총기도 꽤 있는 놈이니까…."

7
성의 매각

널찍한 적갈색 기와지붕과 망루를 갖춘 볼니크 성은 시골에 있는 작은 성의 외관을 여전히 간직하고 있었다. 하지만 창문에는 처참하게 부서진 덧문 몇 개가 매달린 채 덜렁거리고 있었고, 지붕에는 기왓장이 여기저기 빠져 있었으며, 대부분의 산책로는 가시덤불과 쐐기풀이 점령한 상태였다. 게다가 거대한 규모의 폐허는 송악 덩굴로 뒤덮여 자취를 감추었으며, 화강암 성벽을 휘감은 송악 덩굴은 반쯤 허물어진 탑과 누각의 모양마저 변형시키고 있었다.

특히 엘리자벳 오르냉이 노래를 불렀던 성당의 평지는 넘실대는 녹색 풀들로 뒤덮여 더 이상 예전의 흔적을 찾아볼 수 없었다.

성 외곽, 다시 말해 성의 안뜰로 들어가는 육중한 성문의 좌우에 위치한 망루 위에는 성의 매각을 알리는 큼지막한 안내판들이 붙어 있었는데 거기에는 숙소와 부속 건물, 농장과 그에 딸린 목초지에 관한 세부적인 정보들이 적혀 있었다.

약 석 달 전부터 그 안내판이 벽에 붙고, 지역신문에 광고가 실렸으며, 잠재적 구매자가 둘러볼 수 있게끔 정해진 시간에 여러 차례 성문이 개방되었다. 르바르동 미망인은 정원을 개간하고 단장하며 폐허로 오르는 오솔길에 난 잡초를 제거하기 위해 현지 일꾼 한 명을 고용해야 했다. 그날의 비극을 기억하는 호기심 많은 구경꾼들이 종종 찾아오곤 했지만 르바르동 부인은 오디가 영감의 아들이자 후임자인 젊은 공증인과 마찬가지로 과거에 내려진 함구령을 결코 어기는 법이 없었다. 과거 이성을 구입해 지금 이렇게 팔려고 내놓은 사람은 과연 누구일까? 알 길이 없었다.

그날 아침(다시 말해 데를르몽 후작이 파리를 떠난 지 사흘째 되던 날) 2층 창가에 달린 덧문 하나가 벌컥 열리더니 앙토닌의 금발 머리가 나타났다. 회색 드레스에 챙이 후광처럼 어깨까지 드리워진 밀짚모자를 쓴 채 6월의 따사로운 햇빛과 푸르른 나무, 무성한 잔디밭과 청명한 하늘을 바라보며 미소 짓는 싱그러운 모습의 앙토닌이었다.

"대부님…! 대부님…!"

여자가 소리쳤다. 저 아래 스무 걸음쯤 떨어진 곳, 측백나무 그늘이 드리워진 벌레 먹은 벤치에 앉아 파이프를 피우고 있는 데를르몽 후작의 모습이 보였던 것이다.

"아! 일어났구나. 아직 10시밖에 안 됐는데."

후작이 유쾌하게 소리쳤다.

"여기서는 세상모르고 자게 되요! 그런데 제가 옷장 구석에서 찾아낸 이것 좀 보세요. 대부님… 낡은 밀짚모자예요."

여자는 다시 방 안으로 사라지더니 계단을 네 칸씩 후다닥 내려가, 테라스를 가로질러 후작에게 다가가 얼굴을 바짝 들이댔다.

"세상에, 대부님(그런데 계속 이렇게 대부님이라고 부르기를 원하세요?). 아! 정말 행복해요…! 눈부시게 아름다운 곳이잖아요! 또 대부님께서 저를 무척이나 아껴주시고요! 갑자기 동화 속에 들어온 기분이에요."

"넌 충분히 그럴 자격이 있다, 앙토닌…. 그동안 어떻게 살아왔는지 네게서 살짝 들은 바로는 그런 생각이 드는구나. 그래, 아주 살짝 들었을 뿐이지. 너는 네 자신에 대해 얘기하는 걸 원체 안 좋아하잖니?"

앙토닌의 해맑은 얼굴에 어두운 그늘이 스쳤다.

"대수롭지 않은 얘기예요. 중요한 건 오로지 지금이죠. 지금 이 순간이 이대로 지속될 수 있다면…."

"안 될 이유도 없지?"

"이유요? 오늘 오후 성이 경매로 매각될 예정이고 내일 저녁이면 우리는 파리로 돌아가 있을 테니까요. 너무 아쉬워요! 숨통이 확 트이는 기분인데! 여기에 있으면 마음과 눈이 기쁨으로 가득해요!"

후작은 잠자코 있었다. 여자는 살며시 후작의 손을 잡으며 다정한 어조로 말했다.

"꼭 파셔야 하는 거죠?"

"그렇단다. 난들 어쩌겠니? 친구인 드 주벨 부부에게서 충동적으로 이 성을 사들인 이후 여기에 온 적이 채 열 번밖에 안 돼. 그것도 겨우 하루만 묵고 서둘러 떠났지. 그런 데다 돈까지 필요하게 됐으니 이 성을 처분하기로 마음먹은 거야. 기적이 일어나지 않는 한 어쩔 수 없는 일이란다…."

그러고는 미소를 지으며 이렇게 덧붙였다.

"어쨌든 네가 이 지역을 마음에 들어 하니 하는 말인데, 어쩌면 네가 이곳에 살 수 있는 방법이 있을지도 모르겠구나."

여자는 무슨 말인지 모르겠다는 듯 후작을 빤히 바라보았다. 후작은 웃음을 터트렸다.

"아무렴, 있고말고! 고인이 된 오디가 영감의 후임자이자 그의 아들인 공증인 선생이 그저께부터 여기를 뻔질나게 드나드는 것 같더구나. 아! 그래, 나도 안다. 그다지 매력적인 사내는 아니지. 하지만 어쨌든 내 대녀를 향해 저토록 정념을 불태우잖니…!"

여자의 얼굴이 붉어졌다.

"놀리지 마세요, 대부님. 전 오디가 선생이 여기 자주 들른 사실도 몰랐어요…. 이 성이 제 마음을 단번에 사로잡은 건 순전히 대부님이 제 곁에 있기 때문이라고요."

"정말이니?"

"진심이에요, 대부님."

후작은 감격했다. 자신의 친딸인 이 아이는 처음 만난 순간부터 늙은 독신자의 딱딱하게 굳은 마음을 말랑하게 녹여주었고, 내면에서 우러나오는 그 그윽한 우아함과 천진함으로 자신의 마음을 온통 뒤흔들었다. 이 아이를 둘러싼 수수께끼, 과거를 밝히기 주저하는 그 신비로운 모습에도 적잖게 마음이 이끌렸다. 앙토닌은 때로는 외향적인 천성에서 비롯된 듯한 자유분

방하고 생기발랄한 모습을 보이다가도, 자신이 그토록 자연스레 대부님이라고 부르는 상대가 적극적인 관심을 보이려 할 때면 느닷없이 경계 태세에 돌입해 당혹스러울 만큼 조심하며 냉담하다 못해 적대적인 모습까지 보이곤 했다.

그런데 한 가지 희한한 것은 이 아가씨 역시 성에 도착한 이후부터 후작에게서 이와 비슷한 다소 모순된 인상을 받았다는 점이었다. 후작은 유쾌하게 떠들다가 갑자기 과묵해지는 등 일관성 없는 태도를 보이곤 했다.

하긴 두 사람이 서로에게 품고 있는 호감과 애정이 제아무리 크다고 한들 오랫동안 남남으로 살아온 둘 사이에 가로놓인 장벽이 그토록 짧은 시간 안에 허물어질 수는 없는 노릇이었다.

장 데를르몽은 그 어린 아가씨를 이해하려고 노력했다. 그는 여자를 바라보며 이렇게 말하곤 했다.

"넌 네 엄마를 정말 많이 닮았구나! 활짝 웃으면 딴사람 같아 보이는 것까지 쏙 빼다 박았어."

여자는 후작이 자기 어머니에 대해 말할 때면 꺼리는 기색을 내비치며 은근슬쩍 다른 질문을 던져 화제를 돌리곤 했다. 그러다 보니 후작은 성에서 벌어진 비극과 엘리자벳의 죽음에 대해 짤막하게 이야기하게 되었다. 그 이야기를 듣자 여자는 무척 흥미로워했다.

두 사람은 르바르동 부인이 차려준 점심을 먹었다.

오후 2시에 공증인 오디가 선생이 찾아와 커피를 마시고는 잠시 후인 4시에 특별히 개방될 한 응접실에서 이루어질 경매의 준비 상황을 점검했다. 창백하고 어딘지 어수룩해 보이는 그 청년은 소심한 데다 멋 내어 말하기를 좋아했고, 시에 심취한 나머지 대화 중간에 자신이 특별히 지은 12음절 시를 툭툭 내뱉곤 했다. 그럴 때면 꼭 이렇게 토를 달곤 했다.

"시인이 말한 바와 같이…."

그리고 아가씨를 힐끗 쳐다보며 반응을 살피는 것이었다.

한없이 반복되는 이 시답잖은 수작을 참다못한 앙토닌은 짜증이 치밀어 두 남자를 남겨두고 정원으로 나와버렸다.

정해진 시간이 다가오자 앞뜰은 사람들로 제법 북적거렸다. 경매 참석자들이 성 측면을 돌아 정원과 테라스에 삼삼오오 모여들기 시작했다. 그들은 대부분 부농이나 인근 소도시의 부르주아, 그리고 현지 귀족들이었다. 공증인 오디가 선생의 말에 따르면 그들 중 대부분은 구경꾼들이며 잠재적 구매자는 대여섯 명 정도라고 했다.

앙토닌은 이 기회를 틈타 그토록 오랜 세월 외부인의 접근이 금지된 폐허를 구경하고자 찾아온 사람들과 몇 차례 마주쳤다. 앙토닌 역시 장엄한 풍경에 이끌린 산책자처럼 느긋하게 앞뜰을 거닐었다. 하지만 작은 종소리가 울리자 모두들 성안으로 서둘러 들어가는 바람에 여자는 덩그러니 홀로 남게 되었다. 앙토닌은 내친김에 사람의 손길이 닿지 않아 잡초와 풀이 뒤엉킨 길을 걸어갔다.

자기도 모르는 사이에 여자는 오솔길을 벗어나 15년 전 살인 사건이 발생했던 바로 그 언덕을 에워싸고 있는 공터에 이르렀다. 후작이 그 비극을 둘러싼 모든 정황을 상세히 이야기해주었더라도 그곳은 이미 가시덤불과 고사리 그리고 송악 가지들로 뒤덮인 상태라 여자는 사건 현장을 정확하게 찾아내지는 못했을 터였다.

앙토닌은 어렵사리 그곳을 빠져나왔다. 그런데 좀 더 트인 장소로 나오자 여자는 터져 나오는 비명을 억누르며 덜컥 걸음을 멈추고 말았다. 열 발자국 떨어진 곳에 자신과 마찬가지로 깜짝 놀라 우뚝 걸음을 멈춘 한 사내의 형체가 있었던 것이다. 사흘 전에 보았던 그 단단한 체격과 딱 벌어진 어깨, 험상궂은 인상을 어찌 잊을 수 있겠는가.

그 사내는 고르주레 형사였다.

후작의 집 층계에서 언뜻 보았을 뿐이지만 틀림없었다. 그 남자였다. 거친 목소리에 공격적인 억양을 사용하던 경찰, 역에서부터 자신을 쫓아와 반드시 붙잡겠다고 큰소리치던 바로 그자였다.

냉혹한 얼굴에 잔인한 표정이 떠올랐다. 사내는 입술을 비틀며 심술궂은 웃음을 터트리고는 으르렁대듯 말했다.

"이거 정말 횡재했군! 전날 내가 세 번이나 놓친 금발의 아가씨 아니신가… 여기서 뭐하고 있나, 귀여운 아가씨? 보아하니 당신 역시 경매에 관심이 있는 거로군?"

사내는 한 발 앞으로 내디뎠다. 겁에 질린 앙토닌은 달아나고 싶었다. 하지만 그럴 힘도 없거니와 사방이 장애물로 가로막혀 있어서 꼼짝없이 갇힌 신세인데 어떻게 그럴 엄두를 낼 수 있겠는가?

사내는 한 발 더 다가가며 이죽거렸다.

"달아날 방법은 없지. 사방이 막혀 있으니까. 마침내 고르주레에게 복수의 기회가 찾아온 셈이야, 안 그래? 이 몸, 고르주레께서는 지난 수년간 이 성에서 벌어진 음침한 사건에서 눈을 떼지 않았지. 그래서 성을 매각하는 날, 이 근방을 뒤져볼 기회를 놓쳐서는 안 된다고 생각했어. 그런데 이렇게 키다리 폴의 애인을 코앞에서 만나게 되다니. 정말로 신의 섭리라는 게 존재한다면 그건 전적으로 내 편이라는 사실을 당신도 인정하지 않을 수 없을 거야."

그리고 한 발 더 내디뎠다. 앙토닌은 쓰러지지 않으려고 온몸에 힘을 주었다.

"겁을 먹은 것 같군. 확실해, 인상을 찌푸리고 있는 걸 보니! 사실 상황이 안 좋긴 하지. 안 좋아도 아주 안 좋아. 금발의 클라라와 키다리 폴의 내연 관계가 이 성에서 벌어진 사건과 어떠한 연관이 있는지, 그리고 키다리 폴이 그 사건에서 어떠한 역할을 했는지 이 고르주레에게 낱낱이 털어놓아야 할 테니까. 정말이지 설레는군. 고르주레의 입장 표명은 대충 건너뛰기로 하지."

그리고는 세 발자국 더 내디뎠다. 고르주레는 호주머니에서 구인장을 꺼내 펼치더니 잔인한 표정으로 빈정거렸다.

"이 종이 쪼가리에 적힌 글을 읽어드려야 할까? 굳이 그럴 필요 없겠지? 나와 함께 조용히 자동차로 가자고. 그리고 비시에서 파리행 열차에 오르는 거야. 경매 행사를 포기해야 하지만 사실 뭐 그리 아쉽지도 않군. 꽤 괜찮은 먹잇감을 얻었으니 이 정도면 충분해. 그런데 제길, 왜…?"

사내는 문득 말을 멈췄다. 무언가 수상쩍은 낌새를 맡았던 것이다. 금발 아가씨의 아름다운 얼굴에서 공포의 기색이 서서히 사라지더니 묘하게도(정말이지 이해할 수 없는 현상이었다) 희미한 미소 같은 것이 번지고 있었다. 이 절박한 순간에 여자의 시선이 자신이 아닌 다른 곳을 향해 있다니, 이 사실을 어찌 믿고 받아들일 수 있겠는가? 여자는 더 이상 쫓기는 짐승이나 꼼짝없이 사로잡혀 파르르 떨고 있는 산새 같은 표정을 짓고 있지 않았다. 대관절 누구를 바라보며 저렇게 미소 짓고 있는 것일까?

고르주레는 얼른 뒤를 돌아보았다.

"젠장! 저 자식, 여기서 뭐하고 있는 거야?"

사실 고르주레는 성당의 잔해를 지탱하고 있는 기둥 모퉁이에 팔 하나가 불쑥 튀어나와 있는 모습, 그 손에 들린 권총이 자신을 겨누고 있는 모습만 보았을 뿐이다…. 하지만 여자가 돌연 안정을 되찾는 것으로 보아 저 팔과 손은 여자를 악착같이 보호하려는 라울의 것임이 틀림없었다. 금발의 클라라가 볼니크 성에 있다는 사실은 라울 역시 이곳에 와 있음을 뜻하는 것이며, 자신의 모습은 감춘 채 권총만 비쭉 내미는 저 행동 또한 라울 특유의 익살스러운 위협 방식이었다.

고르주레는 조금도 망설이지 않았다. 원체 배짱이 두둑한 자여서 위험 앞에서 결코 물러서는 법이 없었다. 또한 여자가 달아난다면(실제로 여자는 이 기회를 놓치지 않았다) 정원이 아니라 이 지역 전체를 샅샅이 뒤져서라도 그 여자를 붙잡으려 할 위인이었다. 따라서 수사반장은 냅다 소리를 지르며 몸을 날렸다.

"이 자식, 넌 이제 끝장이다."

손은 홀연히 사라졌다. 고르주레는 잽싸게 뛰어 기둥 모퉁이를 돌았지만 이미 그곳에는 이 아치에서 저 아치로 장막처럼 드리워진 송악 덩굴만 덩그러니 있을 뿐이었다. 하지만 사내는 적이 물거품처럼 사라지지는 못했으리라 생각하며 추격 속도를 늦추지 않았다. 그런데 갑자기 송악 덩굴에서 팔 한 짝이 불쑥 튀어나오더니, 무기 대신 강철 같은 주먹이 고르주레의 턱을 향해 곧장 날아들었다.

강력하고도 정확했던 주먹 한 방은 깔끔하게 자신의 임무를 다했다. 구둣발로 걷어차인 아랍인처럼 고르주레 역시 비틀거리다가 무너져 내렸다. 사실 그 정도가 아니었다. 고르주레는 정신을 잃었다. 기절하고 말았던 것이다.

한편 앙토닌은 숨을 헐떡이며 테라스로 돌아왔다. 심장이 너무나 두근거려서 참석자들이 줄줄이 앉아 있는 안에 들어가기 전에 잠시 어딘가에 앉아 쉬어야만 했다. 하지만 여자는 자신을 보호해준 그 미지의 사내를 철석같이 믿고 있었기에 금세 감정을 추스를 수 있었다. 여자는 라울이라면 그 경찰을 해치지 않고도 얼마든지 혼쭐을 내줄 수 있으리라 생각했다. 하지만 라울은 어떻게 또다시 자신을 구해주러 그 자리에 나타날 수 있었던 것일까?

여자는 폐허, 보다 정확하게 말하자면 둘이 맞닥뜨렸을 그 지점에 시선을 고정한 채 가만히 귀를 기울여보았다. 아무런 소리도 들리지 않았다. 어떠한 형체도 보이지 않았고, 수상쩍은 낌새 또한 느껴지지 않았다.

여자는 안심이 됐지만 그래도 혹시 모를 고르주레의 반격을 피해 성의 다른 출구로 달아나야겠다고 마음먹었다. 하지만 성 안에서 준비 중인 경매 행사에 마음을 빼앗겨 곧 모든 위험을 까맣게 잊고 말았다.

현관과 대기실 저 너머에 널찍한 응접실이 자리하고 있었다. 공증인은 잠재적 구매자라고 판단한 몇몇 사람들에게 정중히 자리를 권했고, 사람들은 그들 주변에 삼삼오오 모여 서 있었다. 탁자 위에는 가느다란 의식용 초 세 개가 세워져 있었다.

오디가 선생은 엄숙한 태도로 거창하게 말했다. 이따금 데를 르몽 후작과 이야기를 나누었는데 그제야 사람들은 성의 실소 유주가 누구인지 감을 잡기 시작했다. 경매가 시작되기 바로 전, 오디가 선생은 참석자들에게 여러 가지를 설명해야 할 필 요성을 느꼈다. 그래서 성의 현 상태나 역사적인 가치, 미적 가 치와 주변 경관, 매입 시 얻게 될 이득 등을 부각시켜 말했다.

그러고 나서 경매가 어떤 식으로 이루어질지 되짚어주었다. 촛불 세 개는 각각 1분에 하나씩 꺼지게 돼 있었다. 따라서 마지 막 촛불이 꺼질 때까지 마음 놓고 발언할 수 있었지만, 너무 오 랫동안 주저하면 그만큼 낭패를 볼 위험이 커질 수밖에 없었다.

4시를 알리는 종이 울렸다.

오디가 선생은 참석자들에게 성냥갑을 보여주더니 성냥개 비 하나를 꺼내 들고 불을 붙였다. 그리고 천천히 첫 번째 초로 다가가 불꽃을 갖다 댔다. 마치 마술사처럼 유려한 동작으로 이 일을 해치웠는데, 실크해트에서 토끼 열 마리 정도는 튀어 나오게 할 태세였다.

첫 번째 초에 불이 붙었다.

갑자기 장내가 찬물을 끼얹은 듯 조용해졌다. 참석자들의 표정은 경직돼 있었다. 특히 앉아 있는 여자들은 아주 묘하거나 지나치게 무관심하거나 초조하거나 낙담한 표정을 짓고 있었다.

첫 번째 촛불이 꺼졌다. 공증인이 큰 소리로 알렸다.

"신사 숙녀 여러분, 이제 두 개의 초가 남았습니다."

그리고 두 번째 성냥개비를 들고 두 번째 초에 불을 붙였다. 이내 두 번째 촛불도 꺼졌다.

오디가 선생의 목소리가 음울하게 가라앉았다.

"마지막 촛불입니다⋯. 착오 없으시길 바랍니다⋯. 두 개의 초는 이미 다 타버렸습니다. 마지막 촛불만 남았습니다. 경매 가격은 80만 프랑부터 시작한다는 점을 다시 한 번 상기시켜 드리는 바입니다. 그 이하의 가격을 제시하면 받아들여지지 않습니다."

세 번째 초에 불이 붙었다.

누군가 소심한 목소리로 말했다.

"82만 5천."

다른 누군가가 재깍 응수했다.

"85만."

공증인이 어느 귀부인이 보내온 수신호를 보고 대신해서 소리쳤다.

"87만 5천."

"90만."

어느 호사가가 맞받았다.

"90만 프랑… 90만 프랑 나왔습니다…. 더 없으십니까…?
신사 숙녀 여러분, 이건 터무니없는 가격입니다. 이 성은…."

다시 장내에 침묵이 흘렀다.

마지막 촛불이 꺼져가고 있었다. 거의 다 녹아내린 양초에서
는 희미한 불꽃이 마지막 몸부림을 치고 있었다.

그때 응접실 저편, 현관 쪽에서 또랑또랑한 목소리가 들려왔다.

"95만."

사람들 사이로 길 하나가 열렸다. 평온하고 호감 가는 인상
을 지닌 한 신사가 미소를 지으며 뚜벅뚜벅 걸어왔다. 신사는
차분한 목소리로 재차 말했다.

"95만 프랑."

앙토닌은 단번에 그 사내가 라울임을 알아보았다.

8
이상한 협력자

애써 침착한 척을 하고 있었지만 사실 공증인은 적잖이 놀랐다. 그도 그럴 것이 앞서 제시한 가격보다 두 단계나 가격을 높여 부르는 경우는 흔치 않은 일이었던 것이다.

그는 중얼거리듯 말했다.

"95만 프랑 나왔습니다…. 더 안 계십니까…? 95만 프랑… 낙찰."

모든 사람들이 이제 막 나타난 그 신사 곁으로 우르르 몰려들었다. 오디가 선생 역시 불안한 표정으로 주저하다가 매입 의사도 재확인하고 성명과 신상 정보도 물을 겸 그 신사 곁으로 슬며시 다가갔다. 그는 라울의 눈빛을 보자 이 신사가 호락호락한 인물이 아님을 깨달았다. 세상을 살다 보면 반드시 따라야 할 관습과 예법이 있기 마련이다. 이런 경우에는 공개적으로 자세한 이야기를 나누어서는 안 되는 법.

공증인은 서둘러 사람들을 밖으로 내보냈다. 독특한 방식으로 성사된 이번 경매 건을 마무리 짓고자, 응접실에서 낙찰자와 은밀히 이야기를 나누기 위해서였다. 다시 돌아왔을 때 라울은 책상 앞에 앉아 만년필을 손에 쥐고 수표에 서명을 하고 있었다.

저만치에서 장 데를르몽과 앙토닌이 우두커니 서서 아무 말 없이 그 모습을 지켜보고 있었다.

여전히 침착하고 차분한 라울은 공증인을 보더니 자리에서 일어나 결정권을 지닌 사람답게 거침없는 태도로 말했다.

"오디가 선생, 잠시 후 당신의 사무실로 찾아가겠습니다. 그 곳에서 당신에게 위임할 서류들을 찬찬히 살펴보실 수 있을 겁니다. 그전에 필요한 정보는 없으십니까?"

상대의 거침없는 태도에 얼이 빠진 공증인이 대답했다.

"우선 성함부터⋯."

"여기 내 명함입니다. 돈 루이스 페레나, 프랑스 출신 포르투 갈인이지요. 이건 내 여권과 상세한 신상 정보가 담긴 서류이고요. 정산에 관해서라면, 여기 리스본에 있는 포르투갈 신용 금고에서 발행한 계좌 수표입니다. 일단 반액을 그 수표로 지불하지요. 잔액은 데를르몽 씨와 대화를 나눠보고 그가 정한 날짜에 지불하도록 하겠습니다."

"대화를 나누시겠다고요?"

후작이 깜짝 놀라 물었다.

"예, 후작님. 후작님께 전해드릴 흥미로운 얘기가 많아서요."

점점 더 혼란스러워진 공증인은 이의를 제기하려고 했다. 하긴 그만한 돈이 계좌에 예치돼 있으리라 그 누가 장담할 수 있겠는가? 있다고 해도 지급이 완료되기 전에 잔고가 바닥나지 않을 거라 그 누가 장담할 수 있단 말인가? 또한 그 누가⋯ 하지만 공증인은 아무런 말도 하지 않았다. 자신을 주눅 들게 하는 이 사내, 척 보아도 그다지 도덕적일 것 같지 않으며, 여하튼 규범에 얽매이는 관리에게는 적잖이 위험할 것 같은 이 남자 앞에서 무슨 말을 꺼내야 할지 도통 갈피가 잡히지 않았던 것이다.

결국 오디가 선생은 생각할 시간을 갖는 편이 현명하리라 판단했다.

"그럼 제 사무실에서 뵙겠습니다, 선생님."

공증인은 서류 가방을 옆구리에 끼고 자리를 떴다. 장 데를 르몽은 공증인과 몇 마디 더 나눌 요량으로 테라스까지 배웅했다. 동요하는 기색을 드러내며 라울의 이야기를 듣던 앙토닌 역시 밖으로 나가려 했다. 그런데 느닷없이 라울이 문을 닫더니 여자를 밀쳐내는 것이었다. 당황한 여자는 현관으로 통하는 다른 문으로 달려가려 했다. 하지만 사내는 여자를 덥석 붙잡아 허리를 휘감았다.

라울은 웃으며 말했다.

"이런, 오늘은 아주 앙칼지게 나오시는군. 하지만 어디 우리가 모르는 사이입니까? 조금 전에는 고르주레를 떼어내 주고 지난밤에는 키다리 폴을 혼내주었는데, 그 모든 게 이제는 아가씨와 전혀 상관없는 일인 겁니까?"

사내는 여자의 목덜미에 입을 맞추고 싶었지만 블라우스 옷깃에 간신히 입술을 갖다 댔을 뿐이었다.

"저를 놔줘요, 놔달라고요…. 이건 정말 고약한 짓이에요…."

여자는 악착같이 문 쪽으로 돌아서서 문을 열려고 했다. 격렬하게 저항하는 여자를 보자 욱하는 마음이 든 라울은 여자의 목을 감싸 안고 고개까지 젖혀 이리저리 피하는 여자의 입술을 거칠게 쫓았다.

여자가 소리쳤다.

"아! 이런 치욕스러운 일이! 사람을 부르겠어요…. 정말 치욕스러워!"

사내는 얼른 뒤로 물러났다. 후작의 발자국 소리가 현관 타일 바닥을 타고 울렸던 것이다. 라울은 빈정거렸다.

"운 한번 기막히게 좋으시군! 이렇게 매몰차게 거절당할 줄은 몰랐는데! 젠장! 지난밤 후작의 서재에서는 좀 더 부드러웠잖소. 어쨌든 알다시피 우린 또 만나게 될 거요, 예쁜 아가씨."

여자는 더 이상 문을 열려고 하지 않고 뒤로 물러섰다. 안으로 들어선 장 데를르몽은 주저대며 당황하고 있는 대녀와 마주하고는 깜짝 놀라 물었다.

"무슨 일이니?"

여자는 여전히 마음이 가라앉지 않아 어쩔 줄 몰라 하며 말했다.

"아무것도 아니에요…. 아무것도… 대부님께 드릴 말씀이 있었거든요."

"무슨 얘기?"

"아니에요…. 별 얘기 아니에요…. 제가 착각했나 봐요…. 신경 쓰지 마세요, 대부님…."

후작은 라울 쪽으로 돌아섰다. 미소를 지으며 이야기를 듣고 있던 라울은 후작이 눈빛으로 던진 질문에 이렇게 대답했다.

"아마도 아가씨는 저 역시 풀고 싶은 어떤 가벼운 오해에 대해 후작님께 말씀드리고 싶으셨나 봅니다."

"무슨 말씀인지 모르겠군요, 선생."

후작이 말했다.

"얘기는 이렇습니다, 후작님. 조금 전에 제가 돈 루이스 페레나라는 제 본명을 대지 않았습니까. 그런데 제가 개인적인 이유로 파리에서는 라울이라는 가명으로 살고 있거든요. 그리고 그 이름으로 볼테르 제방에 위치한 바로 후작님 댁 중이층에 세를 얻었고요. 그런데 얼마 전 아가씨가 후작님 댁을 찾아왔다가 실수로 그만 저희 집 초인종을 누른 겁니다. 그래서 제가 잘못 찾아왔다고 말씀드리며 그 가명을 알려줬지요. 그러니 어떻겠습니까? 오늘 아가씨가 적잖이 놀랐겠지요…."

장 데를르몽 역시 깜짝 놀란 기색이었다. 행동도 모호하고 신분도 확실치 않은 것 같은 이 기묘한 인물은 대관절 무엇을 바라고 이러는 것일까?

"대체 당신은 누구십니까, 선생? 나와 이야기를 나누고 싶다고 하셨는데… 무슨 말씀을 하고 싶으신지?"

라울은 대화 도중 여자에게 시선을 돌리지 않으려 애쓰며 말했다.

"무슨 이야기냐고요? 사업에 관한 이야기입니다…."

"난 사업을 하지 않습니다!"

데를르몽이 냉랭한 목소리로 대꾸했다.

"그건 저 역시 마찬가지입니다. 하지만 다른 사람의 사업에 관여하기는 하죠."

분위기가 제법 심각해졌다. 협박을 하려는 속셈인가? 이제 곧 적의 위협이 그 정체를 드러낼 것인가? 데를르몽은 슬그머니 권총 주머니를 더듬으며 대녀의 표정을 살폈다. 여자는 초조한 표정으로 주의 깊게 두 사람의 대화를 듣고 있었다.

"요점만 말합시다. 원하는 게 뭡니까?"

"당신이 예전에 빼앗긴 유산을 되찾는 겁니다."

"유산이라니요?"

"당신 외조부의 유산, 온데간데없이 사라져 당신이 어느 쓸모없는 흥신소에다가 찾아달라고 의뢰한 바로 그 유산 말입니다."

후작은 웃으며 소리쳤다.

"아! 이제 보니 그 계통의 일을 하는 사람인가 보군요."

"아닙니다. 동시대를 살아가는 사람들을 돕고 싶어 하는 아마추어라고나 할까요. 이런 사건을 파헤치는 일을 광적으로 좋아하거든요. 이 수수께끼가 너무 궁금해 얼른 밝히고 해결하고 싶어 안달이 난 상태입니다. 사실 지금껏 제가 이루어낸 놀라운 일들은 여기서 일일이 다 열거할 수 없을 정도랍니다. 수백 년 동안 풀지 못한 난제들을 해결했고, 역사적 보물을 발견했으며, 칠흑 같은 어둠 속에 한줄기 빛을 던져주곤 했지요…."

"브라보! 그리고 물론 수수료도 적당히 챙기시고요?"

후작이 유쾌하게 소리쳤다.

"한 푼도 안 받습니다."

"그럼 무료로 일을 한단 말씀입니까?"

"제 만족을 위해서죠."

라울 역시 유쾌하게 웃으며 이 말을 내뱉었다. 요 전날 쿠르빌에게 밝혔던 계획과 이 얼마나 동떨어진 얘기란 말인가! 2000만에서 3000만 프랑을 독차지하겠다는 계획… 후작에게는 10퍼센트만 주겠다는 계획… 사실 라울은 자신의 대화 상대, 특히 아가씨 앞에서 잘나고 멋져 보이고 싶은 마음에 돈을 요구하기는커녕 오히려 주는 입장이 되고 말았던 것이다.

라울은 자신이 멋지게 부각되어 데를르몽보다 우월한 위치를 점했다는 사실에 한껏 기분이 좋아져 고개를 꼿꼿이 세우고 방 안을 이리저리 서성거렸다.

상대에게 압도당한 채 어안이 벙벙해진 후작은 더 이상 비꼬는 기색 없이 진지하게 물었다.

"내게 전해줄 정보라도 있는 겁니까?"

라울은 호탕하게 소리쳤다.

"그 반대입니다. 오히려 후작님께 정보를 요청하러 왔죠. 제 목적은 간단합니다. 후작님을 돕는 거죠. 사실 말입니다, 후작님, 모험에 뛰어들 때면 언제나 어느 정도 헤매는 기간이 있기 마련이거든요. 그런데 상대가 처음부터 저를 기꺼이 신뢰해준다면 그 기간이 훨씬 줄어들 수 있는데 안타깝게도 그런 경우는 극히 드물답니다. 상대가 망설이고 숨기는 통에 전 어쩔 수 없이 모든 걸 홀로 밝혀내야 하는 입장에 처하곤 합니다. 그만큼 아까운 시간을 낭비하는 셈이죠! 그러니 제가 헛길로 빠지지 않도록 협조해주신다면, 예를 들어 그 수수께끼 같은 유산의 정체가 무엇인지, 또한 그 일로 어떠한 절차를 밟아왔는지 말씀해주신다면 다름 아닌 후작님께 커다란 이득이 될 겁니다!"

"그게 당신이 알고 싶은 전부인가요?"

라울이 소리쳤다.

"어이구, 당연히 아니죠!"

"그럼 또 뭐가 알고 싶은 겁니까?"

"후작님이 볼니크 성의 주인이 되기 전에 이 성에서 벌어졌던 그 비극을 이 아가씨 앞에서 이야기해도 되겠습니까?"

후작은 움찔하더니 웅얼거리듯 말했다.

"물론이오. 이미 내 입으로 직접 대녀에게 엘리자벳 오르냉의 죽음에 대해 말해주었으니."

"하지만 후작님이 사법 당국에도 꽁꽁 숨겨왔던 그 기묘한 비밀에 대해서는 밝히지 않으셨을 텐데?"

"무슨 비밀 말이오?"

"후작님이 엘리자벳 오르냉의 애인이었다는 사실 말입니다."

라울은 장 데를르몽이 정신을 가다듬을 여유도 주지 않고 거침없이 이야기를 이어나갔다.

"제 눈에는 무엇보다 그 사실이 가장 이해가 안 가고 희한해 보이거든요. 한 여자가 살해당한 뒤 보석을 도난당했지요. 그래서 즉각 조사가 이루어졌고, 다른 목격자처럼 후작님 역시 심문을 받았고요. 그런데 후작님은 그 여자와 특별한 사이였다는 사실을 밝히지 않았습니다! 왜 그러셨나요? 그리고 그 후 이 성은 왜 매입하셨고요? 뭔가 조사를 한 겁니까? 제가 그 당시 신문에서 읽은 것보다 더 자세한 내막을 알고 계신 건가요? 그러니까 볼니크 성의 비극과 도난당한 유산 사이에 모종의 관계라도 있는 겁니까? 두 사건의 발단과 전개, 범인이 동일한 겁니까? 이상이 바로 제가 묻고 싶은 질문입니다. 상세히 답변해주신다면 제가 일을 진척시키는 데 큰 도움이 될 것입니다."

뒤이어 긴 침묵이 흘렀다. 후작이 망설이다가 아무 말도 하지 않을 기색을 드러내자 라울은 어깨를 살짝 으쓱해 보였다.

"정말이지 안타깝군요! 이렇게 회피하는 태도를 보이시다니 대단히 유감입니다! 그러니까 그 사건이 여전히 종결되지 않았다는 사실을 이해하지 못하신 거로군요? 그 사건에 연루된 사람들은 물론, 당신이 모르는 개인적인 이유로 그 사건을 통해 악착같이 이득을 챙기려는 자들의 머릿속에서 그 사건은 여전히 진행 중입니다. 상황이 이럴진대 여전히 재고의 여지가 없는 겁니까?"

라울은 후작 곁에 바짝 다가가 앉아 한 단어 한 단어 힘을 주어 또박또박 문장을 끊어가며 말했다.

"지금 여러 사람들이 저마다 당신의 과거를 둘러싼 비밀을 파헤치려 시도하고 있습니다. 제가 아는 사람만 모두 네 명이지요. 우선 저부터 그렇습니다. 처음에는 볼테르 제방에 있는 중이층에 세를 얻었고, 그 후 아무도 이 성을 매입하지 못하도록 이곳을 사들였지요. 그만큼 우세한 입장에서 이 사건을 조사하고 싶었던 겁니다. 그리하여 바로 제가 첫 번째 인물! 그리고 금발의 클라라가 있지요. 유명한 도둑 키다리 폴의 전 애인인 금발의 클라라는 파리에 있는 당신 서재에 몰래 침입해 책상의 비밀 서랍을 꺼내 사진들을 뒤졌습니다. 그러니 이 여인이 두 번째 인물!"

라울은 문득 말을 멈췄다. 여자를 쳐다보지 않으려고, 후작에게 몸을 기울인 채 그에게 집중하려고 얼마나 애를 썼던지! 라울은 장 데를르몽이 당황한 틈을 타 그의 두 눈을 똑바로 쳐다보며 나지막한 목소리로 명료하게 말했다.

"세 번째 도둑으로 넘어갈까요…? 가장 위험한 인물이라고 할 수 있는데… 발텍스에 대해 얘기해봅시다."

후작은 소스라치게 놀랐다.

"발텍스라고요? 지금 무슨 소리를 하는 겁니까?"

"예, 세 번째 인물은 엘리자벳 오르냉의 사촌인지 조카인지, 어쨌든 그 여자의 친척인 발텍스입니다."

"터무니없는 소리! 그럴 리가! 발텍스가 노름꾼에다 난봉꾼이고, 도덕성이 의심되는 사람인 건 나도 인정합니다. 하지만 위험한 인물이라니요? 설마하니 그럴 리가!"

여전히 후작과 마주 보고 선 채 라울은 말을 이어나갔다.

"발텍스에게는 이름이 하나 더 있습니다. 사실 이름이라기보다는 별명인데, 범죄 세계에서는 그 별명으로 널리 알려져 있지요."

"범죄 세계라고요?"

"발텍스는 경찰의 수배를 받고 있습니다."

"말도 안 돼!"

"발텍스가 다름 아닌 키다리 폴이거든요."

후작은 극도로 동요하며 숨이 넘어갈 듯 길길이 날뛰었다.

"키다리 폴? 그 강도단 두목…? 이봐요, 이건 도저히 받아들일 수 없는 주장입니다. 발텍스는 키다리 폴이 아니에요…. 그런 터무니없는 소리를 나더러 믿으라는 거요…? 아니, 천만에, 발텍스는 키다리 폴이 아닙니다!"

라울은 가차 없이 쐐기를 박았다.

"발텍스가 다름 아닌 바로 키다리 폴입니다. 좀 전에 말씀드린 바로 그날 밤, 저는 키다리 폴이 공범들과 함께 제방 위에 서서 자신의 옛 애인을 엿보고 있다는 사실을 알아챘지요. 당신 집에서 클라라가 나오자 납치를 하려고 달려들더군요…. 다행히 제가 그 자리에 있었습니다. 그래서 몸싸움을 벌이다가 정면에서 그자의 얼굴을 똑바로 쳐다봤는데, 그자가 글쎄 당신 곁에서 수작을 부리기에 내가 한 달 전부터 눈여겨본 발텍스라는 자더라, 이 말입니다. 자, 이렇게 세 번째 인물은 정리됐고! 이제 네 번째 침입자로 넘어갑시다. 바로 경찰입니다…. 물론 경찰은 공식적으로 이 사건에서 손을 뗐지요. 하지만 과거 검찰청의 일개 보조 자격으로 이 성을 방문했던 고집 센 형사 하나가 이를 갈며 끈질기게 이 사건에 매달리고 있습니다. 바로 수사반장 고르주레입니다."

그렇게 말하며 라울은 여자를 향해 슬쩍 두 차례 시선을 던졌다. 앙토닌은 역광을 받고 있어서 라울은 여자의 표정을 제대로 분간할 수 없었다. 하지만 자신의 이야기가 그 아가씨에게 얼마나 큰 당혹감과 불안을 안겨주었을지 충분히 짐작이 갔다. 그녀 자신이 직접 행한 모종의 역할, 그 베일에 싸인 역할과 밀접하게 관련된 사건이 아니던가!

라울의 폭로를 듣고 더할 나위 없이 깊은 혼란에 빠진 후작은 천천히 고개를 끄덕이며 말했다.

"그자에게 심문을 받은 적은 한 번도 없지만 그 고르주레라는 형사, 기억납니다. 하지만 내 생각에는 그자가 나와 엘리자벳 오르냉의 관계를 알고 있을 것 같지는 않소이다."

라울이 단호한 어조로 대꾸했다.

"예, 물론 모를 겁니다. 하지만 그자 역시 어디선가 매각 광고를 읽고 지금 여기에 와 있습니다."

"확실합니까?"

"사실 폐허 근처에서 그자와 마주쳤습니다."

"그럼 그자 역시 경매에 참석했다는 말입니까?"

"그건 아닙니다."

"뭐라고요?"

"폐허를 떠나지 못했거든요."

"그럴 리가!"

"사실입니다. 그곳에 잡아두는 편이 나을 것 같아서 제가 재갈을 물리고 두 눈은 머플러로 가리고 팔다리는 끈으로 묶어두었지요."

후작은 펄쩍 뛰며 말했다.

"난 그런 행동에 절대로 개입할 생각이 없소!"

라울은 미소를 지었다.

"전혀 개입하실 필요가 없습니다, 후작님. 그 행동에 대한 책임은 오로지 저 혼자 질 테니까요. 다만 후작님을 존중하는 뜻에서 그 사실을 알려드린 것뿐입니다. 우리 공동의 안전과 원만한 사건 해결에 필요한 일이라고 판단되면 그 일을 가차 없이 실행에 옮기는 것이 바로 제 임무니까요."

그제야 장 데를르몽은 자신이 결코 원한 바 없는, 그렇지만 여러 상황과 상대의 의지에 몰려 강요받고 있는 이 협력이 자신을 어떠한 방향으로 이끌고 갈지 감이 잡히기 시작했다. 어떻게 이 상황을 모면할 것인가?

라울은 또다시 말을 이었다.

"현재 우리가 처한 상황이 바로 이렇습니다, 후작님. 꽤 심각한 상황이라고 할 수 있지요. 아니, 지금은 아닐지 몰라도 앞으로 상황은 훨씬 더 심각해질 겁니다. 특히나 발텍스, 그자를 생각하면 당장이라도 제가 개입해야 하는 실정이지요. 키다리 폴, 그자가 자신의 옛 애인을 위협하고 있고, 또 제가 알아낸 바로는 당신을 겨냥해 적극적인 행동에 나서기로 결심했으니 저 역시 재빨리 공세를 취해 내일 저녁 경찰이 그자를 체포하게끔 손을 쓸 생각입니다. 그럼 무슨 일이 일어날까요? 키다리 폴과 발텍스가 동일인이라는 사실이 밝혀질까요? 그자가 당신과 엘리자벳 오르냉의 관계를 폭로해 15년 만에 당신을 법정에 세울까요? 지금으로서는 전혀 알 수 없는 노릇입니다. 그래서 제가 과거에 있었던 일을 알고 싶어 하는 겁니다…"

그렇게 말하고 라울은 가만히 기다렸다. 하지만 이번에는 후작도 그리 오래 망설이지 않았다. 후작은 단호한 어조로 말했다.

"난 아무것도 모릅니다…. 아무 말도 해줄 수 없어요."

라울은 자리에서 일어났다.

"좋습니다. 저 혼자서 헤쳐나가도록 하죠. 시간이 더 오래 걸릴 겁니다. 난관에 부딪칠 테고, 골치 아픈 일도 있을 테죠. 후작님께서 그러기를 원하신 셈이니. 그나저나 언제 떠나실 예정입니까?"

"내일 아침 8시에 자동차로 떠날 겁니다."

"좋아요. 고르주레는 빨리 풀려나 봤자 내일 오전 10시에 비시에서 출발하는 기차에 올라탈 겁니다. 그러니 지금은 전혀 걱정하실 필요가 없습니다. 단, 고르주레가 당신과 아가씨에 대한 어떠한 정보도 주워듣지 못하도록 성 관리인의 입을 잘 단속하십시오. 파리에 계속 계실 예정입니까?"

"하룻밤만 머무르고 3주 정도 떠나 있을 예정입니다."

"3주라고요? 그럼 지금으로부터 25일 후, 7월 3일 수요일 오후 4시에 성 앞 테라스 벤치에서 만나기로 하죠. 괜찮으시겠습니까?"

데를르몽이 대답했다.

"그럽시다. 그때까지 나도 생각을 좀 해보도록 하죠."

"무슨 생각이요?"

"당신이 공개한 사실과 내게 제안한 내용에 대해 말입니다."

라울은 웃음을 터트렸다.

"그럼 이미 너무 늦을 텐데요, 후작님."

"늦다니요?"

"늦고말고요! 저 역시 데를르몽 사건에 무작정 시간을 할애할 수 없는 처지입니다. 25일 안에 모든 일을 해결할 겁니다."

"무엇을 해결한단 말입니까?"

"그야 물론 장 데를르몽 사건이지요. 7월 3일 오후 4시에 이 비극의 진상과 이 사건에 얽힌 수수께끼의 해답을 당신 앞에 가져다드리겠습니다. 그리고 물론 당신 외조부의 유산까지···.

그 후 아가씨가 원한다면 제가 좀 전에 서명한 수표만 돌려주시고 이 성을 그대로 간직한 채 여기서 지내십시오. 아가씨가 이곳을 무척이나 마음에 들어 하는 것 같으니까요."

몹시 흥분한 데를르몽은 더듬거리며 말했다.

"그럼… 그렇다면… 정말 그 정도로 자신 있다는 말입니까?"

"오로지 단 한 가지 경우에만 날 막을 수 있을 겁니다."

"그게 뭡니까?"

"내가 이 세상 사람이 아닐 경우…."

라울은 모자를 집어 들고 앙토닌과 후작에게 시원스러운 몸짓으로 작별 인사를 건넨 뒤, 아무 말 없이 휙 뒤를 돌아 밖으로 나갔다. 라울은 허리부터 상체를 살짝 흔들며 걸어갔는데, 필시 우쭐한 기분에 휩싸일 때 나오는 습관일 터였다.

현관을 걸어가는 발자국 소리가 들렸고 뒤이어 문이 닫히는 소리가 들렸다.

그제야 후작은 얼떨떨한 상태에서 빠져나왔다. 하지만 여전히 생각에 잠긴 듯한 모습으로 중얼거렸다.

"아니야… 그럴 수는 없지…. 낯선 사람을 무턱대고 믿을 수는 없어…. 물론 그자에게 특별히 털어놓을 얘기도 없었지만, 여하튼 저런 자와 공연히 엮여서는 안 되는 법이야…."

앙토닌이 아무런 말도 하지 않자 후작은 넌지시 물었다.

"너도 나와 같은 생각일 거야, 그렇지?"

여자는 당황하며 대답했다.

"잘 모르겠어요, 대부님…. 전 아무 생각도 없어요…."

"이런, 저자는 협잡꾼이야! 두 개의 이름으로 살고 있고 어디서 튀어나올지 모르는 사내…! 무슨 속셈을 품고 내 일에 개입하려는지 알 수 없을뿐더러… 경찰을 비웃고… 그러면서도 키다리 폴을 주저 없이 경찰에 넘기려는 작자."

후작은 라울의 심상찮은 점을 일일이 열거하다가 문득 말을 멈추었다. 그리고 잠시 생각에 잠기더니 이렇게 결론지었다.

"어쨌든 만만찮은 사람인 건 분명해. 잘하면 이 일을 해낼 수 있을 만큼… 비범한 인물…."

여자는 나지막한 목소리로 후작의 말을 되받아 따라 했다.

"비범한 인물…."

9
키다리 폴을 쫓아서

   라울과 오디가 선생의 면담은 금세 끝났다. 공증인은 아무짝에도 쓸모없는 질문만 해댔고 라울은 단호하고 간결한 대답으로 응수했다. 자신의 명민함과 통찰력에 뿌듯해진 공증인은 최대한 신속하게 필요한 절차를 모두 마무리하겠노라고 약속했다.

   라울은 일부러 요란하게 차를 몰고 마을을 떠나 비시로 간 뒤 방을 잡고 저녁을 먹었다. 그리고 밤 11시경 볼니크 성으로 조용히 되돌아왔다. 성곽 주위를 미리 살펴본 끝에 자신만 접근할 수 있는 한쪽 벽면의 구멍 하나를 눈여겨봐 둔 터였다. 라울은 그곳을 통해 안으로 들어가 폐허로 향했다. 고르주레 형사는 여전히 재갈과 끈을 조금도 풀지 못한 채 옴짝달싹 못하고 있는 처지였다.

   "낮에 당신에게 낮잠을 푹 자도록 배려해준 친구가 이렇게 돌아왔소. 편안하게 즐기는 것 같기에 간식거리도 챙겨왔지요. 햄, 치즈, 적포도주까지…."

   라울은 친절하게 재갈을 풀어주었다. 상대는 노발대발하며 목멘 소리로 알아들을 수 없는 욕지거리를 쉴 새 없이 내뱉었다. 라울은 알아들었다는 듯 다정하게 말했다.

"예, 배도 고프지 않은데 억지로 먹여서는 안 되지요, 고르주레 반장님. 쉬는데 방해해서 정말 미안하게 됐습니다."

그러고는 재갈을 다시 물리고 끈이 제대로 묶여 있는지 꼼꼼히 확인한 후 자리를 훌쩍 떠나버렸다.

정원은 고요했고 테라스에는 아무도 없었다. 불빛도 꺼져 있었다. 라울은 아까 오후에 헛간 지붕 밑에 놓여 있는 사다리 하나를 눈여겨본 터였다. 냉큼 그 사다리를 떼어냈다. 장 데를르몽의 침실 위치는 이미 알고 있었다. 라울은 그쪽 벽에 사다리를 기대 세우고 올라갔다. 밤공기가 후덥지근했기 때문에 덧문은 닫혀 있었지만 그 안쪽에 있는 창문은 활짝 열려 있었다. 라울은 덧문의 걸쇠를 어렵지 않게 부순 뒤 안으로 들어갔다.

라울은 후작의 고른 숨소리를 확인한 뒤 손전등을 켜고 의자 위에 곱게 개어놓은 옷들을 살펴보았다.

윗옷 호주머니에서 지갑 하나가 나왔다. 지갑 안에는 앙토닌의 어머니가 후작에게 쓴 편지가 들어 있었다. 그 편지는 라울이 그곳에 찾아든 이유이기도 했다. 그는 곧장 편지를 읽기 시작했다.

라울은 속으로 중얼거렸다.

'내가 짐작했던 대로야. 이 매력적인 여자는 바람둥이 후작의 수많은 옛 애인 중 한 명이었어. 앙토닌은 그 두 사람 사이에서 난 딸이고 말이야. 역시 내 직감은 틀리는 법이 없군.'

라울은 편지를 지갑에 다시 집어넣고 창가로 돌아가 아래로 내려갔다.

오른쪽으로 창문 세 개만 지나면 앙토닌의 방이었다. 라울은 사다리를 그쪽으로 옮겨놓고 또다시 올라갔다. 그 방도 덧문만 닫힌 채 창문은 활짝 열려 있었다. 라울은 창문을 건너뛰었다. 그리고 손전등 불빛을 비추며 침대를 찾았다. 앙토닌은 벽 쪽으로 몸을 돌린 채 자고 있었다. 여자의 헝클어진 금발 머리가 눈에 들어왔다.

라울은 1분, 또다시 1분, 그리고 다시금 1분을 기다렸다. 왜 움직이지 않는 것일까? 어째서 여자가 무방비 상태로 자고 있는 침대 쪽으로 다가가지 않는 것일까? 라울은 지난밤 후작의 서재에서 앙토닌과 마주쳤을 때 이미 자기 앞에 있는 여자가 얼마나 연약한지 충분히 감지했다. 또한 자신이 여자의 손을 잡고 팔을 어루만져도 상대가 얼마나 힘없이 받아들였는지 알고 있었다. 게다가 비록 오후에 자신에게 이해할 수 없는 태도를 보이기는 했지만 지금 앙토닌은 저항할 힘조차 없을 터였다. 그런데 이런 기회를 왜 덥석 잡지 않는 것일까?

망설임은 오래 지속되지 않았다. 라울은 사다리를 타고 다시 내려왔다. 그리고 성을 빠져나가며 속으로 중얼거렸다.

'젠장! 제아무리 똑똑한 놈이라도 얼간이가 되는 순간이 꼭 있다니까. 그저 마음만 먹으면 되는 거였는데… 하지만 마음먹는 일이 항상 말처럼 쉽지만은 않단 말이야…'

라울은 다시 비시로 가 그곳에서 휴식을 취했다. 그리고 날이 밝자 흡족한 기분에 휩싸인 채 파리를 향해 차를 몰았다. 데를르몽 후작과 그의 딸 사이에 깊숙이 스며든 셈인 데다 앙토닌도 자기 수중에 들어왔고, 성까지 차지하지 않았는가. 자신이 적극적으로 사건에 개입한 지난 며칠 사이에 상황이 이 얼마나 급변했단 말인가! 물론 그렇다고 반드시 데를르몽 후작의 딸과 결혼해서 모든 노고를 보상받자는 심산은 아니었다….

"아니… 아니지…. 난 겸손한 사람이야. 야심도 크지 않고 명예에도 그다지 관심 없어. 그래, 내가 원하는 건… 그런데 내가 원하는 게 뭐지? 후작의 유산? 성? 성취감? 허튼소리! 내 진짜 목적은 앙토닌이야! 그게 전부라고."

그러고는 나지막한 목소리로 계속 중얼거렸다.

"정말 머저리 같은 짓거리를 하고 있군! 엄청난 거액, 나한테 돌아올 그 이득을 나 몰라라 하고 미녀를 홀리겠다는 일념으로 거부 행세나 하며 모든 걸 물거품으로 만들어버리다니. 이런 어수룩한 놈! 돈키호테! 허풍덩어리!"

하지만 라울은 자신조차 놀랄 만큼 열띤 마음으로 앙토닌을 떠올리고 있었다. 머릿속에 떠오른 앙토닌은 볼니크 성에서 자신의 눈길을 피하던 초조하고 묘한 분위기의 모습이 아니었다. 첫날 서재에서 마주쳤던 운명의 법칙에 굴복한 모습, 어두운 일을 행하던 엉큼하고 고통에 사로잡힌 모습은 더더욱 아니었다. 맨 처음 본 모습, 거실에 있는 화면에 잡힌 그 얼굴이 라울의 머릿속을 가득 채우고 있었던 것이다! 그 순간, 그 뜻하지 않은 짧은 방문 동안 앙토닌은 매혹적이고 해맑았으며, 생기발랄하고 희망에 가득 차 있었다. 모질고 혹독한 운명에 이끌려 이루어진 순간적인 만남이었지만 라울은 그 순간 이루 말할 수 없는 감미로움과 환희를 맛보았다.

"다만(사실 라울은 요새 초조한 마음으로 스스로에게 빈번히 이 질문을 던져보곤 했다), 다만, 앙토닌은 어째서 그런 수상쩍은 행동을 하는 것일까? 어떤 수수께끼 같은 계획이 있기에 후작의 신뢰를 얻으려고 저렇게 수를 쓰는 것일까? 후작이 자기 아버지라는 사실을 아는 것일까? 어머니를 대신해 복수를 하려고? 아니면 후작의 재산을 노리는 것일까?"

이런저런 기억과 더불어 알쏭달쏭하고 의아하며 감미로운 그 여자 생각에 푹 빠진 라울은 평소와는 달리 아주 느긋하게 차를 몰았다. 도중에 점심 식사까지 하는 바람에 오후 3시가 되어서야 파리에 도착했다. 쿠르빌이 어느 정도까지 준비해놓았는지 확인할 셈이었던 것이다. 그런데 층계를 반도 채 오르지 않았을 때, 느닷없이 몸을 날려 계단을 네 개씩 연달아 건너뛰어 문으로 달려들더니 미친 사람처럼 안으로 들이닥쳤다. 그리고 방을 정리하고 있던 쿠르빌을 거칠게 밀쳐내고 시내용 전화기로 돌진하며 탄식을 내뱉었다.

"젠장, 황홀한 올가와 점심 식사를 하기로 한 걸 까맣게 잊고 있었어. 여보세요, 아가씨! 여보세요! 트로카데로 팔라스 부탁합니다…. 왕비 폐하의 처소를 연결해주십시오…. 여보세요! 누구시죠? 마사지사라고요…? 아! 당신이야, 샤를로트? 그래, 어떻게 지내? 여전히 일자리는 마음에 들고? 뭐라고? 왕이 내일 온다고? 저런, 올가 기분이 착잡하겠군…. 올가 좀 바꿔줘, 얼른…."

라울은 잠시 기다리다가 무척이나 반가운 듯 부드러운 목소리로 이렇게 말했다.

"아, 드디어 자기 목소리를 듣는군, 황홀한 올가! 자기와 통화하려고 두 시간 동안이나 애를 먹었어…. 정말 기가 찰 노릇이지 않아? 이런! 뭐라고? 내가 사기꾼이라니…! 이것 봐, 올가, 그렇게 화만 내지 마. 파리에서 80킬로미터 떨어진 곳에서 갑자기 자동차가 고장이 난 게 내 탓은 아니잖아…. 당신도 잘 알겠지만 그런 상황에서는… 그런데 자기, 지금 뭐하고 있는 거야? 마사지를 받고 있다고…? 아! 황홀한 올가, 내가 이렇게 얘기하고 있는데…?"

수화기 저편에서 딸각하는 소리가 들렸다. 황홀한 올가가 화가 머리끝까지 치솟아 전화를 끊어버렸던 것이다.

라울은 빈정거렸다.

"잘됐군! 입에 아주 거품을 물었어. 쳇! 어차피 나도 왕비에게 싫증이 나던 참이었다고!"

"그래도 보로스티리아의 왕비이십니다. 싫증이 나다니요."

쿠르빌이 나무라듯 중얼거리자 라울이 소리쳤다.

"실은 더 좋은 여자가 생겼거든, 쿠르빌. 며칠 전에 왔던 그 아가씨가 누군지 아는가? 모른다고? 아! 역시 머리가 썩 좋은 편은 아니군…! 다름 아닌 데를르몽 후작의 사생아라네. 후작은 엄청난 바람둥이였어! 우리는 이틀 동안 시골에서 함께 지냈지. 후작이 날 무척이나 마음에 들어 했어. 그래서 자기 딸을 내게 주겠다고 약속했지 뭔가. 자네가 내 들러리가 되게. 아! 그나저나 후작이 자네를 곧 내쫓을 걸세."

"뭐라고요?"

"적어도 내쫓을 생각을 하고 있는 것만은 분명해. 그러니 자네가 선수를 치게. 후작에게 이렇게 말을 남기게. 자네 누이가 아프다고 말일세."

"저는 누이가 없는데요."

"바로 그거야. 그러니 자네 누이에게 피해가 갈 일도 없지 않겠나. 그런 다음 옷가지를 챙겨서 여기를 떠나게."

"어디로 가 있으란 말인가요?"

"다리 밑으로 가게. 오퇴유에 있는 우리 별장 차고 위 다락방이 싫다면 말이야. 알았나? 자, 그럼 가게. 얼른! 그리고 떠나기 전 우리 장인어른 댁을 말끔히 정돈해놓는 것도 잊지 말고. 안 그러면 철창신세를 지게 할 테니."

겁에 질린 쿠르빌은 자리를 떴다. 라울은 그 후에도 꽤 오랫동안 그곳에 남아서 의심을 살 만한 흔적이 없나 확인하고 서류를 불태운 뒤 4시 반쯤 자동차에 올랐다. 리옹 역에 도착한 라울은 비시에서 출발한 특급열차에 대해 묻고는 역무원이 가르쳐준 출구 앞에 자리를 잡았다.

기차에서 내려 출구 쪽으로 밀려오는 수많은 사람들 틈으로 고르주레의 딱 벌어진 어깨가 보였다. 형사는 역무원에게 신분증을 보여준 뒤 출구를 빠져나왔다. 그런데 그 순간 누군가 형사의 어깨 위에 손을 척 얹어놓았다. 상대는 다정한 표정으로 고르주레를 맞았고, 미소를 지은 입술로 이렇게 말했다.

"잘 지냈나, 형사 나리?"

고르주레는 웬만해서는 당황하는 사람이 아니었다. 그도 그럴 것이 그동안 경찰직에 몸담으면서 온갖 해괴한 사건과 별별 황당무계한 인간들을 다 접해본 그가 아니던가! 하지만 그 순간만큼은 어안이 벙벙한 채 그저 멍하니 있을 수밖에 없었다.

라울은 짐짓 놀란 듯 물었다.

"왜 그러나, 친구? 설마 어디가 아픈 건 아닐 테지? 내가 이렇게 마중 나오면 기뻐할 줄 알았는데! 어쨌든 이것도 다 관심과 애정의 표시이니…"

고르주레는 상대의 팔을 확 낚아채서 구석진 곳으로 데려갔다. 그리고 분노로 치를 떨며 말했다.

"이런 뻔뻔한 놈! 간밤에 폐허에서 날 공격한 놈이 네놈인지 내가 모를 것 같아? 더러운 놈! 불한당 같은 자식…! 이제 경찰청까지 나와 함께 가주셔야겠어. 거기 가서 오붓하게 이야기를 나눠보자고."

흥분한 고르주레는 지나가는 행인들이 힐끗 쳐다볼 정도로 목소리를 높였다.

라울이 입을 열었다.

"자네가 원한다면 그렇게 하지, 친구. 하지만 생각해보게. 내가 굳이 여기에 와서 자네에게 접근했을 때는 뭔가 그만큼 중요한 이유가 있다는 뜻이 아니겠나? 그저 심심풀이로 호랑이 굴에 뛰어들려는 사람은 없을 거야. 게다가 호랑이도 어디 보통 호랑이인가!"

그 주장을 듣자 고르주레는 정신이 번쩍 들었다. 그는 흥분을 가라앉히며 말했다.

"대체 네놈이 원하는 게 뭐야? 얼른 말해."

"자네에게 어떤 사람에 대해 해줄 말이 있네."

"그게 누군데?"

"자네가 증오하는 대상이자 앙숙이며 언젠가 한 번 붙잡았다가 놓친 사람이지. 그자를 체포해야겠다는 생각이 자네의 머릿속을 가득 채우고 있고, 그렇게만 된다면 자네 경찰 생활에 눈부신 영광을 가져다줄 사람. 그자의 이름까지 말해줘야 하나?"

고르주레는 안색까지 살짝 창백해져서는 중얼거렸다.

"키다리 폴?"

"키다리 폴이네."

라울이 고개를 끄덕였다.

"그래서?"

"그래서라니?"

"키다리 폴에 대해서 얘기하려고 역까지 날 마중 나왔다며?"

"그렇다네."

"그럼 나한테 뭔가 폭로할 내용이 있다는 얘기가 아닌가?"

"그 이상이지. 자네한테 선물을 주려 하네."

"무슨 선물?"

"키다리 폴의 체포."

고르주레는 잠자코 있었다. 하지만 라울은 이미 상대의 얼굴에서 미세한 변화를 포착해냈다. 콧구멍이 벌름거리고 눈썹이 파르르 떨리는 것을 보니 내심 꽤 흥분한 모양이었다. 고르주레는 넌지시 말했다.

"일주일 안으로? 아니면 보름 정도?"

"오늘 저녁."

또다시 콧구멍과 눈썹이 파르르 떨렸다.

"그 대가로 얼마를 원하나?

"3프랑 50상팀."

"헛소리는 집어치우고… 대체 원하는 게 뭔가?"

"나와 클라라를 가만히 내버려 둘 것."

"알았네."

"명예를 걸고?"

고르주레는 억지웃음을 지으며 말했다.

"명예를 걸고…."

"그리고 자네 말고도 다섯 사람이 더 필요하네."

"이런! 저쪽 수가 꽤 되는 모양이지?"

"아마도."

"알겠네. 건장한 친구들로 골라 다섯 명을 데리고 가겠네."

"그나저나 자네 아랍인이라고 알고 있나?"

"알고말고! 만만찮은 놈이지."

"그자가 바로 키다리 폴의 오른팔이네."

"이런, 세상에!"

"두 사람은 저녁마다 만나 식전에 간단하게 한잔 걸치지."

"어디서?"

"몽마르트르에 있는 에크르비스라는 술집에서."

"아는 곳이군."

"나도 알고 있네. 아래층으로 내려가면 지하 저장고가 있고 그 지하 저장고에는 밖으로 빠져나갈 수 있는 비밀 출구가 마련돼 있지."

"그래, 정확하네."

라울은 더욱 자세하게 지시를 내렸다.

"거기서 6시 45분에 만나세. 자네들은 권총을 들고 지하 저장고로 한꺼번에 들이닥치게. 난 미리 가 있을 테니. 하지만 조심하게! 자네를 기다리고 있을 영국 기수처럼 생긴 선량한 남자를 쏘지 않도록 말이야. 그 사람이 바로 나거든. 그런 뒤 도주자를 붙잡을 수 있도록 요원 두 명을 비밀 출구 앞에 세워 두는 거야. 알겠나?"

고르주레는 한참 동안 상대를 응시했다. 왜 술집까지 함께 가지 않고 미리 혼자 가 있겠다는 것일까? 수작을 부리고 있는 것일까? 자신을 바람맞히려는 수작?

고르주레는 키다리 폴을 증오하는 만큼 이 사내가 싫었다. 자신을 너무나도 쉽게 농락하는 데다 간밤에는 성의 폐허에서 그토록 커다란 치욕을 겪게 하지 않았던가. 하지만 또 한편으로는 이 얼마나 달콤한 유혹이란 말인가! 키다리 폴의 체포라니…! 그런 수훈을 세운다면 그 파장은 또 얼마나 엄청나겠는가!

고르주레는 속으로 중얼거렸다.

'쳇! 저놈은 다음 기회에 붙잡도록 하지…. 금발의 클라라와 함께 말이야.'

그러고는 큰소리로 이렇게 덧붙였다.

"알았네. 6시 45분에 급습하도록 하지."

10
에크르비스 술집

에크르비스 술집은 어딘가 석연치 않은 사람들이 자주 드나드는 곳이었다. 그 술집은 낙오한 화가나 기자들, 일거리도 없고 일할 의욕조차 없는 근로자들, 정체를 알 수 없는 차림을 한 창백한 안색의 청년들, 깃털 달린 모자를 쓰고 화려한 블라우스를 입은 화장한 여자들로 가득했다. 하지만 전반적으로 보자면 조용한 분위기였다. 만약 좀 더 흥미로운 광경과 특별한 분위기를 즐기고 싶다면 술집 안으로 들어가는 대신 바깥쪽 골목으로 쭉 걸어가야 했다. 그곳에 있는 뒷방으로 가면 살이 뒤룩뒤룩 찐 거구의 사내가 안락의자에 푹 파묻혀 있는 모습을 볼 수 있는데 그자가 바로 술집 주인이었다.

이곳에 처음 온 사람들은 반드시 그 안락의자로 가서 주인과 몇 마디 이야기를 나누어야 했다. 그런 후에야 마침내 작은 문으로 향할 수 있었다. 그 문을 지나 기다란 복도를 따라가다 보면 못이 잔뜩 박힌 또 다른 문이 나왔다. 그 문을 열면 매캐한 담배 냄새와 곰팡내 나는 후텁지근한 공기가 음악 소리와 함께 훅 실려 나왔다.

그곳에는 열다섯 개의 계단으로 된 층계, 아니 좀 더 엄밀히 말하자면 벽에 고정된 사다리가 아치 형태의 널찍한 지하 저장고까지 쭉 뻗어 있었다. 그날 그 아래에서는 네다섯 커플이 어느 늙은 장님이 힘겹게 켜는 거친 바이올린 소리에 맞춰 춤을 추고 있었다.

그 안쪽, 함석으로 된 계산대 뒤에는 주인보다 더 뚱뚱한 그의 아내가 유리 장신구로 요란하게 치장한 채 떡하니 버티고 있었다.

손님들은 10개 남짓한 테이블에 자리를 잡고 있었다. 그중 한 테이블에서는 두 사내가 말없이 담배를 피우고 있었다. 아랍인과 키다리 폴이었다. 아랍인은 올리브색이 감도는 외투에다 때가 꼬질꼬질 낀 펠트 모자를 쓰고 있었다. 키다리 폴은 챙모자를 쓰고 있었고 깃 없는 셔츠에 밤색 머플러를 두르고 있었다. 얼굴은 늙어 보이도록 분장을 해서 잿빛이었고, 불결하고 저속한 인상마저 풍기고 있었다.

아랍인이 빈정거렸다.

"정말 추한 몰골이로군! 100살은 돼 보이는 데다 표정까지 음울하기 짝이 없어."

"나 좀 가만히 내버려 둬."

키다리 폴이 대꾸했다.

"아냐, 안 될 말이지. 100살 먹은 노인처럼 분장한 것까진, 그래 좋다 이거야. 하지만 그 겁먹은 표정, 겁쟁이 같은 태도 좀 집어치울 수 없겠나. 그럴 이유가 전혀 없잖아!"

"아니, 이유는 숱하게 많아."

"무슨 이유?"

"누군가 날 쫓고 있는 거 같아."

"대체 누가? 자넨 사흘 이상 같은 침대에서 잠을 자지 않을 정돈데… 자네는 자네 그림자마저 의심해서 항상 동료들에게 에워싸여 있잖아. 주변을 슬쩍 둘러보라고. 여기 있는 20명 남짓한 사람들 가운데 최소한 10명은 자넬 위해 불길 속에라도 뛰어들 친구들이라고."

"돈을 받았으니까."

"그게 뭐 어때서? 어쨌든 자네를 왕처럼 경호하고 있잖나?"

뒤이어 다른 손님들이 혼자서 또는 쌍쌍이 도착했다. 그들은 테이블에 자리를 잡은 뒤 춤을 추기 시작했다. 아랍인과 키다리 폴은 의심의 눈초리로 그들을 훑어봤다. 아랍인이 손짓으로 여자 종업원 한 명을 불러 나지막한 목소리로 물었다.

"맞은편에 있는 저 영국인처럼 생긴 놈은 누군가?"

"사장님 말로는 경마 기수라고 하던데요."

"여기 가끔 오는 놈인가?"

"잘 모르겠어요. 저도 여기서 일한 지 며칠 안 됐거든요."

장님 악사는 시원찮은 솜씨로 탱고를 연주하고 있었고 분을 짙게 칠한 여자가 저음의 쉰 목소리로 노래를 부르고 있었다. 손님들은 그 여가수가 내는 저음에 우수 어린 침묵으로 답하곤 했다.

"지금 자네 마음을 무겁게 짓누르고 있는 게 뭔지 아나? 바로 클라라야. 그 여자가 달아난 후로 이렇게 영 정신을 못 차리고 있으니."

"입 닥쳐…. 그 여자가 달아난 것 때문에 이러는 게 아니야…. 그 여자가 홀딱 반한 것 같은 그 얍삽한 자식 때문이지."

"라울?"

"아! 기필코 그놈을 박살 내고야 말겠어!"

"그놈을 박살 내려면 우선 어디에 있는지 알아야겠지. 그런데 지난 나흘 동안 내가 녹초가 되도록 찾아다녔지만… 코빼기도 보이지 않았다고!"

"어쨌든 놈을 찾아내서 끝장을 내버려야 해. 안 그러면…."

"안 그러면 자네가 끝장날 거라고? 결국 무지하게 겁이 난다는 얘기로군."

키다리 폴은 펄쩍 뛰었다.

"내가 겁을 낸다고? 미쳤군. 그저 나와 그놈 사이에 담판 지을 일이 남아 있고 둘 중 하나는 죽어야 끝이 난다, 뭐, 그런 느낌, 그런 확신이 든다는 걸세."

"그리고 죽는 쪽은 그자였으면 좋겠고?"

"당연한 소리!"

아랍인은 어깨를 으쓱했다.

"멍청한 친구! 그깟 여자 때문에… 자넨 항상 여자 문제로 화를 자초하더군."

"클라라는 내게 여자 그 이상일세. 인생 그 자체라고… 클라라 없이는 도저히 살 수 없을 것 같아…."

"그 여자는 자네를 단 한 번도 사랑한 적이 없어."

"바로 그게 문제지…. 그 여자가 좋아하는 사람이 내가 아닌 다른 놈이라고 생각만 하면…! 클라라가 그날 오후 라울의 집에서 나온 게 확실한가?"

"그렇다니까, 이미 말했잖아…. 관리인이 술술 털어놓더군. 지폐 한 장만 쥐여주면 얼마든지 원하는 정보를 얻을 수 있지."

키다리 폴은 주먹을 불끈 쥐고 분노 서린 말들을 웅얼거렸다. 아랍인은 계속해서 말을 이었다.

"그러고 나서 후작의 집으로 올라간 거야. 그리고 여자가 다시 내려오자 중이층에서 한바탕 몸싸움이 벌어진 거고… 고르주레가 거기 있었으니까. 그 틈을 이용해 계집은 달아났고 밤이 되자 슬그머니 돌아와 라울과 함께 후작의 집을 뒤진 거지."

키다리 폴은 생각에 잠긴 채 중얼거렸다.

"두 사람은 거기서 뭘 찾은 걸까? 클라라는 분명 내 수중에 있다가 없어진, 그래서 내가 잃어버린 줄로만 알았던 그 열쇠로 잠입했을 거야…. 그런데 대체 거기서 뭘 찾은 거지? 후작을 겨냥해 무슨 일을 꾸미는 걸까? 예전에 클라라가 이런 말을 한 적이 있었지. 자기 어머니가 그 양반을 알아서 돌아가시기 전에 그자에 대해 뭔가를 알려줬다고… 대체 그게 뭘까? 물어봤지만 대답하지 않더군…. 정말 묘한 여자야…! 그 여자에 대해 아는 게 하나도 없어…. 그렇다고 클라라가 거짓말쟁이라는 뜻은 아니야…. 그녀는 자기 이름만큼이나 투명한 여자지(라틴어에서 비롯된 클라라Clara라는 이름은 '투명한', '맑은'이라는 뜻을 지니고 있다 – 옮긴이). 하지만 동시에 좀처럼 속을 알 수 없는, 자기 안에 갇혀 사는 여자이기도 해."

아랍인은 빈정거렸다.

"이 친구야, 정신 차려…. 이러다가 곧 울겠군…. 그런데 자네 오늘 밤 새로 여는 카지노에 간다고 하지 않았던가?"

"그래. 카지노 블루."

"그럼 거기 가서 다른 삼삼한 여자나 하나 낚으라고. 자네한테는 그만한 특효약이 없을 테니까."

그새 지하 저장고는 손님들로 가득 찼다. 열댓 커플이 자욱한 담배 연기 속에서 빙그르르 춤을 추거나 노래를 부르고 있었다. 장님 악사와 분을 덕지덕지 바른 여가수는 있는 힘껏 큰 소리를 냈다. 아가씨들은 어깨를 드러냈다가 곧장 여주인에게 복장을 단정히 하라는 꾸지람을 들었다.

"지금 몇 시지?"

키다리 폴이 물었다.

"6시 40분… 조금 지났네."

얼마간의 시간이 흐른 후 키다리 폴이 다시 입을 뗐다.

"저 경마 기수라는 자와 벌써 두 번이나 눈이 마주쳤어."

아랍인이 농을 던졌다.

"경찰청에서 나온 놈일지도 몰라. 가서 술 한잔 권해봐."

두 사람은 또다시 입을 다물었다. 바이올린 소리가 잦아들더니 이내 뚝 그쳤다. 찬물을 끼얹은 듯 조용한 분위기 속에서 짙게 화장한 여가수가 낮은 선율의 탱고 노래를 끝내고 있었다. 단골손님들은 곡이 끝나기를 얌전히 기다리고 있었다. 여가수는 저음 하나를 냈고, 이어서 또 다른 저음을 냈다. 그런데 바로 그 순간 날카로운 호각 소리가 천장에서 들리더니 사람들이 계산대 앞으로 우르르 몰려갔다.

곧바로 계단 문이 활짝 열렸다. 웬 남자가 한 명, 그리고 또

한 명 들이닥쳤고 뒤이어 고르주레가 모습을 드러냈다. 고르주레는 권총을 겨누며 버럭 소리쳤다.

"손들어! 누구라도 움직였다간⋯."

그리고 나서 겁을 주기 위해 총성을 한 차례 울렸다. 반장의 부하 세 명도 계단을 미끄러지듯 내려와 소리쳤다.

"손들어!"

40여 명의 사람들은 경찰의 지시에 고분고분 따랐다. 하지만 몇몇 도주하려는 사람들이 계산대 쪽으로 거칠게 몰려가는 바람에 영국인 기수는 제일 먼저 자리에서 일어났음에도 불구하고 키다리 폴에게까지 도저히 길을 헤쳐나갈 수 없었다. 여주인이 악착같이 막아보려 했지만 계산대는 맥없이 엎어지고 말았다. 그러자 그 뒤에 가려져 있던 비밀 출구가 드러났다. 도주자들은 혼란하고 무질서한 분위기를 틈타 하나둘씩 그 출구로 빠져나가기 시작했다. 하지만 얼마 못 가 그 흐름은 끊기고 말았다. 두 사내가 서로 먼저 나가겠다고 격렬하게 싸움을 벌였던 것이다. 영국인 기수가 의자 위에 올라가 내려다보니 그 두 사내는 다름 아닌 아랍인과 키다리 폴이었다.

정말이지 무시무시할 정도로 거친 몸싸움이었다. 두 사람 모두 자신을 향해 다가오는 경찰에게 붙잡히고 싶지 않았던 것이다. 경찰은 두 차례 총을 발포했지만 두 사내로부터 꽤 떨어진 곳에 총알을 날렸다. 마침내 아랍인이 털썩 무릎을 꿇었다. 키다리 폴은 어두컴컴한 출구로 잽싸게 들어간 뒤 문을 쾅 닫아버렸다. 바로 그 순간 경찰이 들이닥쳤다.

고르주레는 승리의 웃음을 터트리며 달려왔다. 일당 다섯 명이 장애물에 가로막혀 옴짝달싹 못하고 있었던 것이다.

고르주레는 으르렁대듯 말했다.

"정말 보기 좋은 그림이구만."

그러자 경마 기수가 이렇게 덧붙였다.

"키다리 폴이 출구 바깥쪽에서 붙잡힌다면 더욱 그럴 테지…."

고르주레는 그 영국인을 살펴보더니 라울임을 곧장 알아채고는 자신만만하게 말했다.

"그건 다 된 일이나 다름없소. 플라망을 그 앞에 세워두었으니. 보통 힘센 친구가 아니거든!"

"그래도 그리로 가보시오, 형사 양반. 그 편이 나을 거요…."

고르주레는 부하들에게 지시를 내렸다. 경찰은 일당을 결박했고 나머지 사람들은 권총으로 위협해 한쪽 구석으로 몰아넣었다.

라울은 형사를 붙잡고 말했다.

"잠깐만. 내가 저기 있는 아랍인과 조용히 몇 마디 나눌 수 있도록 해주시오. 지금이야말로 뭔가를 알아낼 적기이니… 어서요."

고르주레는 그 뜻을 받아들여 자리를 떴다.

라울은 아랍인 옆에 웅크리고 앉아 나지막이 말을 건넸다.

"어이, 날 알아보겠나? 나야, 라울, 볼테르 제방에서 자네한테 지폐 두 장을 건네줬던 남자 말이야. 혹시 두 장 더 받을 마음 있나?"

아랍인은 중얼거렸다.

"난 웬만해서는 배신하지 않아…. 하지만…."

"그래, 키다리 폴이 달아나려는 자네를 막아섰지. 하지만 어차피 그놈도 출구에서 붙잡힐 텐데 그게 뭔 상관인가?"

아랍인은 버럭 화를 내며 성난 목소리로 말했다.

"헛짓거리야! 또 다른 출구가 있어…. 골목으로 올라가는 계단이 있다고."

라울이 분해하며 말했다.

"제길! 고르주레한테 일을 맡기면 결국 이 사달이 난다니까!"

"자네도 경찰인가?"

"아니. 하지만 때에 따라서는 함께 일하기도 하지. 그래, 내가 뭐 도울 일이라도 있나?"

"지금은 필요 없어. 어차피 돈은 다 빼앗길 테니까. 하지만 날 붙잡아 둘 증거가 없으니 곧 풀려날 거야. 그때 국유치局留置 우편으로 돈을 보내. A.R.B.E 79번 국으로 말이야."

"그럼 날 믿겠다는 건가?"

"별수 있나."

"맞는 말이야. 얼마를 원하나?"

"5000프랑."

"제길! 욕심도 많군."

"1프랑이라도 모자라면 협상은 결렬이야."

"알았네. 정확한 정보만 제공하면 그 돈을 주지…. 그 대신 금발의 클라라에 대해서는 철저히 함구해야 해. 그래, 어디로 가면 키다리 폴을 만날 수 있나?"

"어쩔 수 없지. 그자가 자초한 일이니까…. 내 뒤통수를 치다니… 오늘 밤… 10시… 새로 개장한… 카지노 블루에 가면 만날 수 있어."

"혼자 가는 건가?"

"그래."

"거기에는 왜 가는 거지?"

"그자는 항상 금발의 계집을 찾아다녀…. 아, 자네 타입이기도 할 테지…? 단, 오늘은 대규모 연회가 열리는 자리이니만큼… 자네가 마주칠 사람은 키다리 폴이 아닐 거야."

"그럼 발텍스인가?"

"그래, 발텍스…."

라울은 몇 가지 질문을 더 던져보았지만 아랍인은 알고 있는 내용을 다 털어놓았는지 더 이상 입을 열려 하지 않았다.

게다가 때마침 고르주레가 당황한 표정으로 출구에서 되돌아왔다. 라울은 한쪽 구석으로 그를 끌고 가 비아냥대기 시작했다.

"허탕을 쳤지? 뭘 기대했나? 늘 그 모양으로 잘 알아보지도 않고 멍청이처럼 일처리를 하면서. 어쨌든 너무 침통해하진 말게."

"아랍인이 말해줬나?"

"아니. 그게 뭔 상관인가. 자네가 저지른 실수를 이 몸이 만회해주지. 10시에 카지노 블루 입구에서 만나세. 눈에 띄지 않도록 사교계 인물로 변장하고 오게."

고르주레가 당황한 표정을 보이자 라울은 곧장 다그쳤다.

"그래, 사교계 인물, 정장에 오페라해트를 쓰고 오란 말이야. 볼과 코에다 쌀가루도 좀 바르고, 알겠나? 자네 볼따구니가 좀 붉어야 말이지…! 그 술주정뱅이 같은 코는 또 어떻고! 그럼 이따가 보자고, 친구…."

라울은 근처 거리에 세워둔 자동차에 올라타 파리를 가로질러 오퇴유에 있는 자기 집으로 돌아왔다. 바로 그곳이 당시 라울이 머물던 주거지이자 작전 본부였다. 한적한 대로변, 비좁은 정원 안쪽에 위치한 그 별장은 양식이랄 것도 없고 색도 칠하지 않은, 요컨대 전혀 눈길을 끌 만한 것이 없는 자그마한 2층 건물이었다. 각층 정면에는 방이 하나씩 자리하고 있었다.

뒤쪽에 위치한 방은 정원을 향해 있었는데, 방치된 차고가 있는 그 정원은 다른 쪽 거리와 연결돼 있었다. 사실 이러한 구조는 라울의 모든 거처마다 필수적으로 마련된 일종의 보안장치였다. 아래층에는 방 두 개로 이루어진 단출한 가구가 놓인 길쭉한 식당이 있었고, 2층에는 욕실까지 딸린 안락하고 호화로운 침실이 자리하고 있었다. 고용인들, 다시 말해 충직한 하인과 늙은 요리사는 텅 빈 차고 위층에서 잠을 잤다. 라울은 그곳에서 100미터쯤 떨어진 곳에 차를 댔다.

저녁 8시, 라울은 식탁에 앉았다. 쿠르빌이 다가와 후작은 저녁 6시에 도착했고 젊은 아가씨는 모습을 드러내지 않았다고 보고했다. 라울은 불안한 기분이 들었다.

"그렇다면 그 여자가 파리 어느 구석에 혼자 무방비 상태로 있다는 얘기인데, 그러다가 자칫 발텍스에게 걸려들 수도 있겠어. 이번에는 기필코 성공해야만 해. 나와 함께 저녁 식사를 하세, 쿠르빌. 그리고 나를 따라 뮤직홀에 좀 가야겠어. 제대로 갖춰 입게. 자넨 정장을 입으면 훨씬 근사해 보인다네."

라울은 중간중간 몸풀기까지 하느라 꽤 오랜 시간을 몸단장했다. 연회장에서 뭔가 후끈한 일이 벌어지리라는 예감이 들었던 것이다.

단장을 마친 라울은 쿠르빌과 다시 마주하자 이렇게 외쳤다.

"훌륭해. 대공이 따로 없군…."

멋들어지게 각진 수염이 나무랄 데 없는 가슴팍 위로 보란 듯이 늘어져 있었다. 쿠르빌은 볼록한 배 위 떡 벌어진 가슴을 외교관처럼 당당하게 내밀었다.

11
카지노 블루

샹젤리제 거리의 유명한 카페 콩세르 부지에 세워진 카지노 블루의 개장식은 사교계에서는 그야말로 일대 사건이었다. 무려 2000장의 초대장이 발송됐는데, 받는 이들은 대부분 유명한 사교계 인사나 예술가들, 고급 화류계 여성들이었다.

달빛처럼 맑고 차가운 푸른빛이 커다란 가로수 아래와 원주기둥이 늘어선 현관 앞에서 반짝거리고 있었다. 기둥에는 벽보와 포스터가 빽빽이 붙어 있었다. 사람들은 벌써 관리인의 통제를 받으며 입장하고 있었다. 10시가 되자 마침내 라울이 손에 초대장을 든 채 모습을 드러냈다.

라울은 쿠르빌에게 미리 이런 지시를 내려놓았다.

"날 아는 척하지 말게. 다가오지도 말고… 하지만 내 주위를 떠나서는 안 돼. 특히 고르주레를 밀착 감시하도록. 고르주레, 그자는 적이야. 난 놈을 페스트 병처럼 경계하고 있지. 만약 그자한테 두 마리 토끼를 붙잡을 수 있는 기회가 온다면, 즉 이 라울과 키다리 폴을 동시에 거둬들일 수 있는 기회가 온다면, 놈은 절대 그 순간을 놓치지 않을 위인이야. 그러니 그자한테서 눈을 떼지 말도록. 물론 귀도 쫑긋 세우고 말이야. 아마 부하들을 데리고 와서 그들에게 무슨 이야기를 할 거야. 그때를 놓치지 말게. 말하는 내용은 물론, 말하지 않은 부분까지 모두 간파해내야 해."

쿠르빌은 점잔을 빼며 고개를 끄덕이고는 적을 도발하듯 멋들어지게 각진 수염을 도도하게 앞으로 내밀었다.

쿠르빌은 진중한 어조로 말했다.

"알겠습니다. 그런데 제가 미처 알려드릴 틈도 없이 불시에 놈이 선생님을 공격하면요?"

"그럼 난 달아날 테니 자네의 길쭉한 두 팔과 턱수염으로 날 보호하게."

"저를 밀쳐내면요?"

"그런 일은 없을 거야. 그 수염 앞에서는 어느 누구도 무례하게 굴 수 없을 테니까."

"그래도….'

"그럼 그 자리에서 콱 자결을 하든가. 그전에 자, 저길 봐. 고르주레가 오잖아…. 이제 날 내버려 둬. 슬쩍 저자에게 다가가 주위를 맴돌란 말이야."

고르주레는 라울의 지시대로 사교계 인사처럼 꾸미고 왔다. 하지만 그 꼴이 여간 우스꽝스러운 게 아니었다. 번쩍거리는 정장은 너무 꽉 끼어 겨드랑이 밑에서 연신 실밥 터지는 소리가 났으며 오페라해트는 도저히 고쳐 쓸 수 없을 정도로 뒤틀려 있었고, 얼굴은 밀가루를 뒤집어쓴 사람처럼 희뿌옜다. 또 어깨 위에는 눈에 띄는 색상의 낡은 트렌치코트를 정성스레 접어 보란 듯이 걸치고 있었다. 라울은 슬그머니 그에게 다가 갔다.

"세상에! 이게 누구신가. 번듯한 신사가 납셨어…. 사람들이 아주 깜빡 속겠는걸…."

얼굴에 노기가 번지는 것으로 보아 고르주레는 분명 이렇게 생각하는 듯했다.

'저 자식, 또 날 놀리고 있군.'

"자네 부하들은?"

"넷이네."

그렇게 대답하긴 했지만 사실 고르주레는 부하 일곱을 거느리고 왔다.

"자네처럼 변장을 했겠지?"

라울은 주변을 획 둘러보고는 귀족 나리처럼 보이려 애써 변장했지만 경찰관 티가 고스란히 나는 예닐곱 명의 사내를 곧장 포착해냈다. 그 순간부터 라울은 고르주레가 부하들에게 신호를 보내지 못하도록 그자 앞을 가로막고 섰다.

사람들이 여전히 물밀듯이 밀려오고 있었다. 라울은 중얼거렸다.

"놈이 나타났군…."

"어디?"

고르주레가 재까닥 반응했다.

"저기 출입구 옆에 있는 두 여자 뒤에… 실크해트를 쓰고 흰색 실크 목도리를 두른 키 큰 녀석…."

고르주레는 뒤를 돌아보고는 속삭였다.

"그놈이 아니야…. 키다리 폴이 아니라고…."

"키다리 폴이 맞아. 멀끔한 신사로 변장했다 뿐이지."

형사는 좀 더 자세히 그 사내를 바라보았다.

"그래…. 그런 것 같군…. 아! 저 몹쓸 자식!"

"맞아. 그래도 꽤 기품 있어 보이지 않나? 저렇게 변장한 모습은 처음 보는 건가…?"

"아니… 자세히 보니… 본 것 같아…. 도박장에서… 하지만 그땐 의심조차 하지 않았지. 저자의 진짜 이름이 뭔가?"

"마음이 내키면 놈이 직접 말해줄 거야…. 하지만 불필요한 소란은 일으키지 말게…. 너무 서두르지도 말고… 놈이 나갈 때 잡아. 그리고 여기에 온 이유를 알아내는 거야."

고르주레는 부하들에게 다가가 키다리 폴을 가리키며 잠시 얘기를 나눈 뒤 라울에게 되돌아왔다. 두 사람은 입을 다문 채 입장했다. 키다리 폴은 왼쪽으로, 둘은 오른쪽으로 들어갔다.

각기 다른 명도의 푸른 광선 스무 개가 부딪치고 엉키며 뒤섞이고 있는 원형 홀 안은 이미 분위기가 서서히 고조되고 있었다. 테이블 주변에는 정원보다 두 배나 많은 사람들이 빽빽이 몰려 있었다. 여기저기에서 노랫소리가 들려왔다. 신생 샴페인 회사에서 홍보를 하러 나온 직원들이 손님이 내미는 잔마다 샴페인을 가득 부어주고 있었다.

한 가지 참신한 것은 홀 중앙에 마련된 무대에서 댄스 타임이 벌어지고 나면 맨 안쪽에 있는 작은 무대 위에서 콩세르 카페의 레퍼토리가 공연된다는 점이었다. 춤과 공연은 즉시즉시 신속하게 번갈아 진행됐다. 모든 것이 분주하고 숨 가쁘게 돌아갔다. 관중들은 노래의 후렴구를 다 같이 따라 불렀다.

고르주레와 라울은 오른쪽 입석에 서서 프로그램 안내서로 얼굴을 반쯤 가린 채 발텍스를 예의 주시하고 있었다. 발텍스는 20보쯤 떨어진 곳에서 큰 키를 감추려고 어깨를 잔뜩 움츠리고 있었다. 그의 뒤에는 고르주레의 부하들이 상관의 감독하에 주위를 맴돌고 있었다.

탱고가 끝나자 인도 곡예사의 묘기가 이어졌다. 왈츠 후에는 코믹 레퍼토리가 공연됐다. 그러고 나서 줄타기, 노래, 철봉 묘기가 이어졌고, 그 사이사이에는 어김없이 댄스 타임이 벌어졌다. 사람들은 음악 소리와 들뜬 분위기에 취해 점점 더 소란스러워졌다. 관객과 광대들 사이에는 연호와 함성이 끊임없이 오갔다.

그러는 가운데 커다란 판자 하나가 무대 위로 올라왔다. 판자 위에는 요란한 색깔로 칠한 포스터가 붙어 있었는데, 베일로 얼굴을 가린 무희의 늘씬한 실루엣과 더불어 **얼굴을 가린 무희**라는 글자가 적혀 있었다. 그와 동시에 화면 스무 개에도 불이 들어오면서 **얼굴을 가린 무희**라는 글자가 반짝거렸다. 오케스트라가 요란하게 흥을 돋웠다. 그러자 무대 뒤에서 무희가 뛰쳐나왔다. 무희는 어깨에서 가슴으로 교차시킨 천에다가 금박이 박힌 풍성한 푸른색 치마를 입고 있어서 살짝살짝 움직일 때마다 매끈한 다리가 훤히 드러나 보였다.

여자는 더할 나위 없이 우아한 타나그라 인형(BC 4~3세기경 그리스의 타나그라 지방에서 만들어진 테라코타 인형 – 옮긴이)처럼 잠시 멈춰 있었다. 올이 섬세하게 짜인 황금빛 베일이 머리와 얼굴 일부를 가리고 있었다. 살짝 곱슬한 금빛 머리카락이 베일 밖으로 비어져 나와 있었다.

"제기랄!"

라울이 입을 다문 채 잇새로 내뱉듯 중얼거렸다.

"왜 그래?"

옆에 있던 고르주레가 놀라 물었다.

"아냐…. 아무것도…."

하지만 라울은 호기심에 휩싸인 눈빛으로 무희를 뚫어져라 쳐다보았다. 저 금발, 저 몸매….

여자는 천천히 춤을 추기 시작했다. 몸이 살짝살짝 흔들리는 것조차 눈치챌 수 없을 만큼 안정적인 자세로 아주 미세하게 움직이면서 말이다. 무희는 맨발의 끝으로 서서 그렇게 무대를 두 바퀴 돌았다.

"거기 말고 키다리 폴의 낯짝이나 좀 보시지."

고르주레가 속삭였다.

라울은 움찔했다. 키다리 폴, 그자가 여자를 미친 듯이 집중해서 쳐다보느라 격렬한 고통에 휩싸인 듯 얼굴을 온통 일그러트리고 있었던 것이다. 심지어 여자를 더 잘 보기 위해 허리를 쭉 폈는데 그러면서도 두 눈은 얼굴을 가린 무희를 맹렬하게 쫓고 있었다.

고르주레는 음흉한 웃음소리를 내며 말했다.

"저런, 금발을 보니 혼이 나가는 모양이지? 클라라 생각이 나는 게로군…. 만약… 만약에…."

형사는 머릿속에 불현듯 떠오른 생각을 입 밖으로 꺼내길 망설이다가 마침내 띄엄띄엄 말을 이었다.

"그래…. 만약에… 저 여자가 바로 저놈의 그 앙큼한 계집이라면 말이야…. 아, 자네의 계집이기도 하지. 이거 아주 재미있는걸!"

"자네 미쳤군!"

라울은 냉담하게 응수했다.

하지만 사실 그 역시 처음부터 쭉 그런 생각을 하고 있던 참이었다. 우선 머리 모양과 색깔, 살짝 곱슬거리는 머릿결까지 정확히 일치한다는 점에 눈길이 쏠렸다. 게다가 발텍스의 저 반응, 저 금빛 베일 안에 감춰진 진짜 얼굴을 가늠하느라 용을 쓰는 모습이 라울의 가슴을 철렁하게 만들었다. 발텍스, 그자는 분명 클라라가 무희로서 재능이 있다는 사실을 알고 있는 것이리라. 다른 지역, 다른 무대에서 이미 여자가 춤추는 모습을 본 적이 있고, 그래서 소녀티가 묻어나는 저 매력적인 몸짓, 환상적이고 몽환적인 저 모습을 익히 알고 있는 것이리라.

'그래…. 그 여자가 분명해….'

라울은 속으로 중얼거렸다.

하지만 이게 과연 가능한 일이란 말인가? 앳된 시골 처녀이자 데를르몽 후작의 딸이 저런 재주를 갖고 저런 일을 한다는 사실을 어떻게 받아들일 수 있겠는가? 게다가 여자는 이제 막 볼니크 성에서 도착했을 텐데 자신의 집에 들러 옷을 갈아입고 여기에 올 시간적 여유가 있었겠는가?

하지만 이런 의문점을 제기하는 족족 그 반대되는 논거가 머릿속에 들이닥쳐 이전 생각들을 가차 없이 허물어뜨렸다. 한바탕 태풍이 부는 머릿속에서 그럴듯한 가정들이 지극히 논리적인 방식으로 하나둘씩 연결되고 있었다. 그래, 아마도 저 여자는 그녀가 아닐 거야. 하지만 그렇다고 해서 무조건 그녀가 아니라고 부인해도 과연 괜찮은 것일까?

한편 무대 위의 무희는 점점 더 뜨거워지는 관객의 반응 속에서 서서히 활기를 띠기 시작했다. 여자는 정교한 몸짓과 함께 제자리에서 빙그르르 돌다가 덜컥 멈춰 서더니 다시 오케스트라의 선율에 맞춰 춤을 추기 시작했다. 그리고 껑충 뛰어올랐는데, 무엇보다 관중의 감탄을 불러일으킨 건 바로 매끈하게 빠진 여자의 늘씬한 두 다리였다. 정말이지 그 어떤 부드러운 팔보다도 더 유연하고 섬세하며 생기 있어 보였다.

고르주레가 말했다.

"키다리 폴이 무대 뒤로 가려나 본데. 마음만 먹으면 얼마든지 그쪽으로 지나다닐 수 있는 모양이야."

과연 몇몇 사람들이 입석 좌우 끝에 있는 난간을 통해 무대 뒤로 들어가고 있었다. 관리인 한 명이 난간 위에 서서 통제를 하고 있었지만 이미 고삐가 풀린 이들을 말리기에는 역부족이었다.

라울은 키다리 폴의 행동을 유심히 관찰한 뒤 말했다.

"그래, 무대 뒤로 가서 여자에게 접근하려는 수작인가 보군. 그렇다면 자네 부하들은 옆길에 있는 출연자 전용 출입구에 모여 있다가 비상시 곧장 안으로 들이닥쳐야겠지."

고르주레는 라울의 뜻에 동의하고 저만치 멀어져 갔다. 그로부터 3분 뒤, 수사반장이 부하들을 집결시키려 애쓰는 사이 라울은 슬그머니 홀을 빠져나갔다. 밖으로 나온 그는 경찰들보다 먼저 카지노 건물을 돌아서 쿠르빌과 합류했다. 쿠르빌은 곧장 자기가 맡은 임무를 보고했다.

"고르주레가 부하들에게 지시를 내리는 소리를 방금 엿들었습니다. 선생님의 덜미를 잡고 얼굴을 가린 무희를 체포한다는 내용이었습니다."

라울이 우려하던 그대로였다. 아직은 무희가 앙토닌인지 아닌지 알 수 없는 노릇이었다. 하지만 고르주레로서는 일단 그렇다고 보고 붙잡아서 확인을 해도 잃을 것이 전혀 없었다. 만약 무희가 앙토닌이라면, 그녀는 그야말로 경찰과 키다리 폴 사이에서 꼼짝없이 갇힌 격이었다.

라울은 냅다 달리기 시작했다. 덜컥 겁이 났던 것이다. 아까 잠시 보았던 키다리 폴의 경직되고 위협적인 표정으로 미루어 보아 눈앞에 앙토닌만 나타난다면 그 악당은 어떤 거친 행동이라도 거리낌 없이 할 것 같았다.

라울과 쿠르빌은 자그마한 입구로 들어갔다.

"경찰이오."

라울이 앞을 가로막는 관리인에게 그렇게 외치며 신분증을 내보이자 곧바로 출입이 허락됐다.

계단을 오르고 복도를 지나자 분장실이 늘어서 있었다.

바로 그 순간 분장실 한 곳에서 무희가 걸어 나왔다. 관객들이 갈채를 보내는 동안 2부 공연을 위해 커다란 숄을 가지러 온 모양이었다. 무희는 문을 열쇠로 도로 잠그고 무대 뒤로 침투해 온 검은 정장의 사내들 사이를 급히 빠져나갔다. 여자가 다시 무대에 오르자 열렬한 박수가 터져 나왔다. 관객들이 자리에서 일어나 열렬한 환호를 보내고 있는 모습이 라울의 머릿속에 그려졌다.

그런데 그 순간 근처에 서 있는 키다리 폴의 모습이 불현듯 눈에 띄었다. 여자가 옆을 스쳐가자 흥분한 나머지 이마에 핏줄이 선 얼굴로 주먹을 불끈 쥐고 있었다. 그 순간 비로소 라울은 저 무희가 앙토닌이라는 확신이 섰다. 더불어 저 딱한 여인을 위협하고 있는 온갖 위험이 고스란히 피부에 와 닿았다….

라울은 고르주레를 찾아 두리번거렸다. 이 멍청한 놈은 대체 어디서 무얼 하고 있는 것일까? 싸움터는 바로 이곳, 이 협소한 장소이며 그와 그의 부하들이 반드시 힘을 보태야 할 모종의 사건이 머지않아 이곳에서 벌어지리라는 사실을 아직도 눈치채지 못하고 있단 말인가?

라울은 지체 없이 싸움에 임하기로 결심했다. 그렇게 함으로써 적의 맹목적인 위협을 자신에게 쏠리도록 할 작정이었다. 라울은 발텍스의 어깨를 가볍게 툭 쳤다. 발텍스는 뒤를 돌아봤다. 자신이 그토록 증오하고 두려워하는 라울이라는 작자의 빈정대는 얼굴이 눈앞에 떡하니 보였다.

사내는 증오 어린 표정으로 중얼거렸다.

"당신은… 당신은… 그 여자 때문에 여기에 있는 거요…? 함께 온 건가?"

그리고 애써 감정을 억눌렀다. 그들은 인파에서 저만치 떨어진 무대 뒤편에 있었지만 주변에는 구경꾼들, 기술자들, 의상 담당자들이 제법 오가고 있었다…. 따라서 목소리를 높이면 그들의 귀에 고스란히 들어갈 터였다.

라울은 여전히 빈정대는 어조로 넌지시 말했다.

"그렇고말고. 물론 그녀와 함께 왔지. 내게 경호 임무까지 맡겼거든…. 아무래도 여자 뒤를 졸졸 쫓아다니는 양아치가 있는 모양이야. 생각해봐, 내가 얼마나 웃기겠나."

"뭐가 웃기지?"

사내가 으르렁대듯 말했다.

"왜냐면 난 한번 팔을 걷어붙이면 반드시 성공하니까. 그게 보통이거든."

발텍스는 분노로 온몸을 파르르 떨었다.

"늘 성공한다고?"

"물론이지!"

"웃기는 소리! 내가 살아 있는 한 네놈은 절대로 성공할 수 없어. 그런데 난 버젓이 살아 있다고! 여기 이렇게!"

"나도 여기 이렇게 있는데. 그리고 좀 전에는 지하 저장고에 있었고."

"뭐! 뭐라고?"

"경마 기수, 그게 바로 나였지."

"이런 비겁한 놈!"

"그리고 널 네 소굴에서 붙잡으려고 경찰을 데려온 것도 나였다네."

"그런데 실패했지."

발텍스는 억지웃음을 지어 보였다.

"그래, 그랬지. 하지만 오늘 밤 넌 독 안에 든 쥐야."

발텍스는 상대를 꽉 붙잡고 두 눈을 뚫어지게 쳐다보며 말했다.

"지금 뭐라고 지껄이는 거야?"

"고르주레가 여기 와 있네. 자기 동료들까지 대동하고 말이야."

"거짓말!"

"진짜 여기 있다니까. 도망치라고 미리 귀띔해주는 거야. 꽁무니를 빼게. 서둘러, 아직 시간이 있어⋯."

발텍스는 쫓기는 짐승처럼 얼빠진 눈으로 주위를 두리번거렸다. 물론 도망치라는 라울의 제안을 받아들이는 기색이었다. 라울은 앙토닌을 구할 수 있다는 생각에 마음이 놓였다. 이제 발텍스가 떠나면 그 아가씨를 경찰로부터 보호하기만 하면 될 터였다.

"자, 어서 가. 튀라고⋯. 이봐, 여기 그대로 있는 건 멍청한 짓이라고⋯. 얼른 튀라니까."

하지만 이미 때는 늦고 말았다. 무희가 무대 밖으로 튀어나오는 동시에 층계에서 느닷없이 나타난 고르주레가 부하 다섯 명을 이끌고 분장실 쪽으로 달려오는 것이었다⋯. 고르주레는 적에게 달려들었다.

발텍스는 사나운 표정을 지은 채 머뭇거렸다. 그는 몇 걸음 걸어오다가 겁에 질린 듯 우뚝 멈춰 선 무희를 바라보았다. 그러고는 자신으로부터 불과 대여섯 걸음 떨어진 곳에 있는 고르주레를 노려보았다. 이제 어떻게 할 것인가? 순간 라울이 발텍스를 향해 몸을 던졌다. 발텍스는 용케 몸을 빼낸 뒤 호주머니에서 권총을 꺼내 들어 무희를 향해 겨누었다.

혼돈과 공포가 가득한 분위기 속에서 총성이 울려 퍼졌다. 라울이 상대의 쭉 뻗은 팔을 잽싸게 걷어찬 덕분에 총알은 허공을 가르며 실내 장식 사이로 사라져버렸다. 하지만 무희는 정신을 잃고 쓰러졌다.

이 모든 일이 불과 10여 초 만에 벌어졌다. 일대 소란이 벌어지고 있는 가운데 고르주레가 키다리 폴에게 달려들어 그를 꽉 부여잡고는 부하들에게 고래고래 소리쳤다.

"이리 와, 플라망! 나머지는 라울과 무희를 맡고!"

그때 하얀 수염에 배가 불룩 나온 자그마한 신사가 느닷없이 나타났다. 그 남자는 다리를 쫙 벌린 채 경찰 앞을 가로막고 서서 불같이 성을 내며 그들의 거친 행동에 불만을 표시했다. 그리고 뒤이어 아주 근사한 신사 한 명이 나타나더니, 첫 번째 신사의 개입으로 더욱 혼란해진 분위기를 틈타 허리를 숙여 황금빛 베일을 쓴 무희를 붙잡고는 어깨 위로 둘러메는 것이었다. 물론 그 두 번째 신사는 라울이었다. 쿠르빌이 용맹무쌍하게 버티고 있는 데다 몰려 있는 구경꾼들이 경찰의 추격을 지연시켜 주리라 확신한 라울은 어깨에 둘러멘 여자를 홀 쪽으로 데리고 갔다. 그쪽으로 가면 왠지 빠져나갈 수 있을 것 같았다.

라울의 짐작은 틀리지 않았다. 홀 안에 있는 사람들은 무대 뒤에서 무슨 일이 벌어졌는지 전혀 모르고 있었다. 익살스러운 흑인 재즈 악단이 탱고를 연주하자 또다시 댄스 타임이 시작됐다. 사람들은 웃고 떠들며 노래를 불렀다. 심지어 오른쪽 난간에 몰려 있는 검은 정장 차림의 사내들 틈으로 라울이 빠져나와 여자를 두 팔로 번쩍 들고 내려올 때도, 사람들은 금세 그 여자가 얼굴을 가린 무희임을 알아챘지만 이 또한 장난이며 말쑥하게 정장을 차려입은 곡예사가 미리 합의한 대로 여자를 들고 홀을 돌아다니며 묘기를 부리는 것이리라 생각했다. 사람들은 라울에게 길을 비켜주었다. 그리고 곧장 길이 도로 닫히고 좀 전보다 더 많은 사람들이 운집하면서 결국 그 뒤를 따라가기 훨씬 더 불편한 상황이 돼버렸다. 사람들은 의자와 테이블까지 치워줬다.

그 순간 무대 안쪽에서 누군가 다급하게 외치는 소리가 들려왔다.

"저놈 잡아라…! 저놈을 붙잡아…!"

사람들은 더욱 크게 웃어댔다. 점점 더 장난이라고 여기는 분위기였다. 흑인 재즈 악단은 악기와 목소리를 총동원해가며 있는 힘껏 연주했다. 어느 누구도 라울의 앞길을 막지 않았다. 라울은 얼굴에 미소까지 지으며 고개를 뒤로 젖힌 채, 열광하는 관객의 박수를 받으며 유유히 앞으로 나아갔다. 그렇게 널찍한 홀의 출입구까지 도달했다.

라울은 자기 앞에 있는 여러 개의 문짝 중 하나를 밀고 밖으로 나갔다. 관객들은 남자가 카지노 건물을 돌아 무대 쪽으로 다시 등장하리라 생각했다. 이 깜짝쇼를 즐겁게 감상한 관리인과 경찰들도 그가 나가도록 가만히 내버려 두었다. 하지만 밖으로 나오자마자 라울은 여자를 잠시 내려놓았다가 어깨에 다시 둘러멘 뒤 점점이 흩뿌려진 불빛과 가로수 아래로 드리워진 그림자를 헤치며 가도 위를 냅다 달려갔다.

카지노에서 50보쯤 떨어졌을 때 또다시 고함 소리가 들려왔다.

"저놈을 붙잡아! 저놈!"

라울은 더 이상 서두르지 않았다. 자신의 차가 근처 줄줄이 늘어선 자동차들 한가운데 주차돼 있었던 것이다. 다른 차 운전사들은 졸고 있거나 삼삼오오 모여 이야기를 나누고 있었다. 그들도 고함 소리를 듣기는 했지만 무슨 영문인지 몰라 웅성거리고 동요하기만 할 뿐 아무런 행동도 취하지 않았다.

라울은 기절해 있는, 아니면 적어도 축 늘어진 채 잠자코 있는 무희를 차 안에 내려놓고 시동을 걸었다. 다행히도 엔진은 곧바로 반응했다.

'운 좋게도 차까지 막히지 않는다면 작전은 이대로 성공인 거야.'

운이라는 요소도 항상 고려해야만 한다. 그것이 라울의 주요 원칙 중 하나였다…. 이번에도 행운은 라울의 편이었다. 마침 앞길이 훤히 트여 있어서 20보쯤 떨어진 곳까지 헐레벌떡 따라온 경찰을 금세 따돌릴 수 있었다.

라울은 빠른 속도로 차를 몰았지만 신중한 태도를 잃지 않았다. 운에 지나치게 매달려서도 안 된다는 것이 그의 또 다른 원칙이었으니까. 라울은 콩코르드광장으로 접어든 다음 센 강을 건너 강물을 따라 내달렸다. 더 이상 붙잡힐 염려가 없어지자 속도를 늦췄다.

'와우! 드디어 해냈어.'

라울은 속으로 쾌재를 불렀다.

그제야 물불 안 가리고 행동에 나선 이후 처음으로 이런 의구심이 들었다.

'그런데 이 여자가 앙토닌이 아니라면!'

확신에 이끌려 충동적으로 행동에 뛰어들었던 만큼 그 믿음 또한 갑작스레 허물어져 내렸다. 그래, 맞아, 앙토닌일 리 없어. 별생각 없이 무작정 받아들인 사실을 반박하는 증거들은 수없이 많은 데 반해, 저 의구심을 풀어줄 증거는 단 하나도 없지 않은가. 키다리 폴은 제정신이 아닌 미치광이일 뿐이니 그자의 감정 상태로는 진실을 가늠할 수 없었다.

라울은 느닷없이 폭소를 터트렸다. 어쩌다가 신비로운 여자를 만나 마음이 흔들릴 때면 자신은 어째서 이토록 순진한 바보가 되고 마는 것일까! 정말이지 애송이가 따로 없다니까…. 그래, 모험에 푹 빠진 애송이지. 사실 앙토닌이든 다른 여자든 그게 무슨 대수겠는가! 자신이 구해낸 여자가 저기에 있고, 그 여자는 더할 나위 없이 열정적이고 아름다운데… 이런 상황에서 과연 저 여자가 자신을 거부할 수나 있겠는가?

라울은 다시금 속력을 냈다. 진실을 알고 싶은 욕구가 들끓어 마음이 급해졌던 것이다. 어째서 여자는 베일로 얼굴을 조심스레 가린 것일까? 그토록 완벽한 몸매를 해칠 수 있는 흉한 얼굴이나 어떤 끔찍한 장애를 지니고 있는 것일까? 그게 아니라 얼굴까지 아름답다면 도대체 어떤 기이한 이유로, 무엇이 두렵고 불안해서, 무슨 변덕으로, 어떤 연애사가 있기에 그 아름다움을 관객에게 내놓지 못하는 것일까?

라울은 또다시 센 강을 건너 맞은편 제방 길로 접어들었다. 오퇴유였다. 좁은 외곽 도로가 나왔고 이어서 대로가 펼쳐졌다. 라울은 거기서 차를 멈춰 세웠다.

포로는 여전히 꼼짝하지 않았다.

라울은 고개를 숙이며 말했다.

"일어나서 올라갈 수 있겠습니까? 내 말 들려요?"

묵묵부답이었다.

라울은 정원의 철책 문을 열고 초인종을 누른 뒤 두 팔로 무희를 들어 가슴에 끌어안았다. 가까이에서 여인을 느끼고, 자신의 입술 근처에 있는 입술을 떠올리고, 싱그러운 숨결을 맡자니 아찔한 황홀감이 밀려왔다.

욕망과 호기심으로 마음이 한껏 달뜬 라울은 중얼거렸다.

"아! 당신은 누구지? 대체 누구기에? 앙토닌? 아니면 모르는 여자?"

하인이 달려 나왔다.

"자동차를 차고에 집어넣게. 그리고 날 방해하지 말도록."

라울은 새털을 옮기듯 가뿐히 별장 안으로 들어가 잽싸게 계단을 올라갔다. 그리고 자기 방으로 들어가 소파에 포로를 눕힌 다음 그녀 앞에 무릎을 꿇고 황금빛 베일을 걷어냈다.

순간 입에서 기쁨의 탄성이 새어 나왔다.

"앙토닌!"

그렇게 2~3분이 흘렀다. 라울은 여자에게 각성제를 맡게 하고 시원한 물로 이마와 관자놀이를 닦아주었다. 여자는 살며시 눈을 뜨더니 한참 동안 라울을 바라보았다. 서서히 정신이 돌아오는 모양이었다.

"앙토닌! 앙토닌!"

라울은 흥분에 휩싸인 채 여자의 이름을 연거푸 되뇌었다.

여자는 눈물을 흘리며 미소를 지어 보였다. 씁쓸함이 배어 있었지만 얼마나 부드러운 미소인지!

라울은 여자의 입술을 찾아 살며시 다가갔다. 볼니크 성에서처럼 밀쳐낼까? 아니면 받아들일까?

여자는 거부하지 않았다.

12
두 개의 미소

두 사람은 침실에 있는 자그마한 원탁에 하인이 차려준 아침 식사를 함께 먹었다. 정원으로 난 창문이 활짝 열려 있어 물푸레나무 꽃향기가 방 안에 은은히 퍼졌다. 창문 좌우에 우뚝 솟아 있는 마로니에 나무 사이로 대로가 내다보였고, 그 위로는 햇살이 반짝이는 청명한 하늘이 펼쳐져 있었다. 그리고 라울은 신나게 떠들고 있었다.

승리감에 도취된 사내는(고르주레와 키다리 폴을 이겼고, 아름다운 클라라의 마음까지 사로잡았으니) 익살스러운 과장으로, 서정적인 농담으로, 허풍으로, 거부할 수 없을 정도로 매력적이며 기발하고 천진한 동시에 냉소적인 달변으로 자신의 기쁨을 마음껏 뿜어내고 있었다.

"더 얘기해주세요…. 더요…."

여자는 풋풋한 발랄함에 우수가 뒤섞인 눈동자를 떼지 않은 채 간청했다.

그리고 라울이 이야기를 마치자 또다시 고집을 부렸다.

"얘기해주세요… 말해줘요…. 내가 이미 알고 있는 사실도… 볼니크 성의 폐허에서 고르주레와 있었던 일과 성안 응접실에서 벌어졌던 경매, 그리고 후작과 나눈 이야기까지 전부다요."

"이런, 당신도 거기 있었잖아, 앙토닌!"

"상관없어요! 당신이 한 행동, 당신이 해주는 얘기라면 뭐든지 흥미로운걸요. 게다가 아직 이해가 잘 안 되는 부분도 있고… 그러니까 한밤중에 내 침실에 올라온 게 사실인가요?"

"그래, 당신 침실에 갔었지."

"그런데 감히 다가오지 못했다?"

"글쎄, 그렇다니까! 당신이 무서웠거든. 볼니크 성에서 좀 사납게 나왔어야지."

"그리고 그 전에 후작의 침실에 들렀다는 거죠?"

"그래, 당신 대부 침실에 들렀지. 당신이 후작에게 건네준 당신 어머니의 편지를 보고 싶었거든. 그래서 당신이 후작의 친딸임을 알게 된 거야."

여자는 생각에 잠긴 표정으로 말했다.

"난 이미 파리에 있는 후작의 집 서재에서 엄마의 사진을 봤을 때부터 그 사실을 알고 있었어요. 기억나시죠? 하지만 그건 중요하지 않아요. 자, 이제 당신이 말해봐요. 다시… 차근차근…."

라울은 다시금 차근차근 이야기하기 시작했다. 남자는 오디가 선생의 우스꽝스럽고 딱딱한 태도와 데를르몽 후작의 초조하고 얼빠진 모습을 차례로 흉내 내다가 기어이 앙토닌의 우아하고 가녀린 자태까지 짓궂게 따라해 보였다.

여자는 인정하려 하지 않았다.

"아니, 그건 내가 아니야…. 그게 어떻게 나예요."

"그저께, 그리고 내 집에 왔을 때는 분명히 이랬다니까. 요렇게 앙탈을 부렸다가 또 이렇게… 잘 봐, 바로 이런 모습이었다고…."

여자는 웃었지만 물러서지 않았다.

"아니에요…. 당신이 잘못 본 거예요…. 잘 봐요, 이게 원래 내 모습인걸요."

라울이 탄성을 질렀다.

"그래. 오늘 아침 당신 모습이야 내가 잘 알지. 반짝이는 눈동자하며 눈부신 치아… 더 이상 우리 집에 왔던 그 시골 처녀도, 차마 바라보고 싶지 않았지만 어떤 모습일지 짐작은 갔던 성에서 본 그 아가씨도 아니야. 당신은 달라졌어. 하지만 조심스럽고 수줍음 많던 그 모습은 조금도 변하지 않은 채 이렇게 내 눈앞에 있지. 그리고 어젯밤 내가 곧장 알아본 금발과 무용복을 입은 우아하고 아름다운 실루엣도 지금 내 눈앞에 있고 말이야."

여자는 여전히 띠처럼 두른 웃옷과 별이 점점이 박힌 푸른색 치마로 이루어진 무용복 차림이었다. 그 모습이 어찌나 사랑스러웠던지 라울은 여자를 꼭 끌어안았다.

"그래, 당신일 줄 알았어. 당신만이 그토록 유혹적인 모습을 보여줄 수 있으니까. 그래도 만에 하나 베일 속 여자가 당신이 아니면 어쩌나 얼마나 걱정했다고! 베일을 벗기려니 심장이 어찌나 두근거리던지! 그런데 역시 당신이었어! 당신이었다고!

내일, 아니 평생토록, 여기서 멀리 떨어진 곳에 가더라도 내 눈앞에 있을 여자는 바로 당신이야."

누군가 가볍게 문을 두드렸다.

"들어오게!"

하인이었다. 하인은 신문과 더불어 쿠르빌이 미리 개봉해서 분류까지 마친 편지 몇 통을 가져왔다.

"아! 좋아. 카지노 블루와 고르주레, 그리고 키다리 폴에 대해서 뭐라고 떠들어대는지 한번 볼까… 아, 그리고 물론 에크르비스 술집에 대해서도 뭔 말이 있겠지. 그러고 보니 정말 시끌벅적한 하루였군!"

하인은 방을 나갔다. 라울은 즉시 신문을 훑어보았다.

"이런! 영광스럽게도 우리가 신문 1면을 장식했어…."

사건을 요약한 소제목으로 눈길을 던지자마자 라울은 곧장 안색이 어두워지며 침울해졌다. 그리고 이렇게 투덜거렸다.

"이런! 멍청이들! 고르주레 이 자식, 역시 덜떨어진 놈이로군!"

그러고 나지막한 목소리로 기사 내용을 읽기 시작했다.

"키다리 폴은 몽마르트르에 있는 한 술집에서 경찰의 급습을 피해 달아난 뒤 카지노 블루의 개장식에서 체포되었지만 또다시 고르주레와 그 부하들의 손아귀에서 빠져나갔다."

여자는 아연실색하며 탄식을 내뱉었다.

"아! 무서워요!"

"무섭다고? 어째서? 며칠 내로 다시 붙잡힐 텐데… 내가 책임지지…."

그렇게 말하기는 했지만 사실 키다리 폴의 탈출 소식은 라울에게도 적잖은 불안감과 짜증을 안겨주었다. 처음부터 모든 일을 다시 시작해야만 했다. 그 위험한 악당이 다시 자유의 몸이 되었으니 이제 앙토닌은 또다시 쫓기고 위협받는 신세가 된 것이고, 그 무자비한 적은 기회가 닿는 대로 여자를 가차 없이 덮칠 터였다.

라울은 기사를 마저 읽어 내려갔다. 경찰이 아랍인과 일당 몇 명을 떠들썩하게 체포했다는 내용이었다. 또한 얼굴을 가린 무희를 살해하려는 시도가 있었고, 키다리 폴의 연적이라고 추정되는 한 관객이 여자를 납치했다는 내용도 실려 있었다. 하지만 그 관객이 라울임을 추정할 수 있는 그 어떠한 구체적인 내용도 언급돼 있지 않았다.

얼굴을 가린 무희에 관해서라면 그녀의 맨 얼굴을 본 사람이 단 한 명도 없었다. 카지노 사장은 베를린에 있는 한 소개소를 믿고 여자를 채용했는데 지난겨울 베를린에서 '얼굴을 가리지 않은 채' 춤을 춰 큰 성공을 거둔 무희라고 했다.

카지노 사장은 인터뷰에서 이렇게 덧붙였다.

"2주 전쯤에, 전화를 건 곳이 어딘지는 알 수 없지만 그 여자한테서 전화 한 통을 받았습니다. 여자가 하는 말이 정해진 날짜에 틀림없이 공연을 하러 가겠지만 개인적인 사정으로 얼굴을 가리겠다고 하더군요. 저는 그러라고 했지요. 관객의 눈길을 좀 더 끌 수 있을 것 같았거든요. 기다렸다가 당일 저녁 여자를 만나면 이것저것 물어볼 참이었어요. 그런데 그 여자는 저녁 8시가 돼서야 무대의상을 다 차려입고 나타나서는 대기실로 들어가더니 그곳에서 한 발짝도 나오지 않았습니다."

라울이 물었다.

"이 얘기가 전부 사실이야?"

"예."

클라라가 대답했다.

"춤은 언제부터 췄지?"

"춤은 늘 췄어요. 누구한테 보여준 건 아니고 그저 재미로요. 엄마가 돌아가신 뒤 전직 무용수에게 정식으로 교습을 받고 여행을 떠난 거예요."

"당신은 어떤 인생을 살아왔지, 클라라?"

"묻지 마세요. 늘 혼자여서 주변에 치근거리는 남자들이 많았죠…. 스스로를 지키는 법도 몰랐고요."

"키다리 폴과는 어떻게 알게 된 거야?"

"발텍스요? 베를린에서 알게 됐어요. 그 남자를 사랑한 건 아니었지만 내게 적잖은 영향을 끼쳤던 건 사실이에요. 그자를 의심하지도 않았죠…. 그러던 어느 날 밤 자물쇠를 부수고 내 침실에 들이닥치더군요. 그렇게 힘센 사람은 처음 봤어요."

"이런 나쁜 놈…! 대체 얼마나 그런 관계가 지속된 거야?"

"몇 달 동안요. 그 후 그 남자는 파리에 와서 어떤 사건에 가담했어요. 경찰이 그자의 방을 포위하더군요. 그때 난 그 남자와 함께 있었고, 그래서 그자가 키다리 폴이라는 사실을 알게 된 거예요. 겁에 질린 나머지 난 그자가 발버둥 치는 사이 황급히 달아났죠."

"그리고 시골에서 숨어 지냈고?"

"예. 다시 기운을 차리고 공부를 하고 싶었어요. 하지만 그럴 수 없었죠. 당장 먹고살 일이 급했으니까요. 그래서 카지노에 전화를 걸어 공연을 하러 가겠다고 알린 거예요."

"그런데… 후작은 왜 찾아간 거지?"

"그 지긋지긋한 생활을 청산하고 싶었거든요. 마지막으로 용기를 내서 후작에게 후원을 요청하러 간 거였어요."

"그래서 볼니크 성으로 함께 여행을 떠난 거고?"

"예. 그리고 어젯밤 파리에 혼자 있다가 충동적으로 극장으로 달려간 거예요…. 춤추는 즐거움… 약속을 지키고 싶은 마음… 게다가 겨우 일주일간의 계약이었어요. 그 이상은 원하지도 않았죠…. 너무나 두려웠으니까요…! 보다시피 결국 우려하던 일이 터지고 말았잖아요…."

"그건 아니야. 그때 내가 그 자리에 있었고 지금 여기 내 눈 앞에 당신이 있잖아."

여자는 남자의 품에 폭 안겼다. 라울은 중얼거렸다.

"정말 재미있는 아가씨야! 어디로 튈지 모르겠어…! 알쏭달쏭하기도 하고 말이야…!"

그날은 물론 그 뒤 연이틀 동안 두 사람은 별장에서 단 한 발짝도 나오지 않았다. 그들은 해당 사건을 다룬 기사를 모조리 찾아 읽었다. 하지만 기사 내용은 엉터리 정보들로 넘쳐났다. 그도 그럴 것이 이번에도 경찰은 아무런 성과도 내지 못했던 것이다. 유일하게 사실과 일치하는 정보라면, 얼굴을 가린 무희가 과거 키다리 폴 사건으로 인해 사람들의 입에 자주 오르내리던 그 금발의 클라라일 것이라는 추측이었다. 발텍스라는 이름은 아예 언급조차 되지 않았다. 고르주레와 그의 부하들은 적의 정체를 파악하지 못하고 있었다. 아랍인에게서 아무런 정보도 얻어내지 못했던 것이다.

그러는 사이 라울과 여자는 서로에 대한 애정과 정열을 나날이 키워가고 있었다. 라울은 여자가 끊임없이 던지는 질문에 꼬박꼬박 대답해주면서 지칠 줄 모르는 호기심을 채워주려 애썼다. 반면 여자는 자신만의 피난처에 몸을 숨기듯 점점 더 수수께끼 속에 자신을 가두려는 기색이었다. 자신과 자신의 과거, 자신의 어머니, 현재 고민거리, 은밀한 속마음, 후작에 대한 속내, 후작 곁에서 하고 있는 일에 관해서 일체 침묵을 고수했다. 정말이지 완강하고 고집스러우며 고통스러운 침묵이었다…. 침묵으로 응수하지 않을 때는 말꼬리를 슬쩍 다른 데로 돌리거나 이야기를 털어놓으려다 황급히 마무리 짓곤 했다.

"아니, 제발 그만해요, 라울. 내게 아무것도 묻지 말아 줘요. 내 인생과 생각 따위는 전혀 중요하지 않아요…. 지금 그대로의 날 사랑해줘요."

"바로 그게 문제야. 난 지금 당신이 누군지 모르겠어."

"그럼 그저 당신 눈에 비친 그대로 날 사랑해줘요."

여자가 이렇게 말한 그날 라울은 여자를 거울 앞으로 데리고 가서 이렇게 농을 던졌다.

"오늘 내 눈에 비친 당신은 눈부신 머리카락과 한없이 맑은 눈동자, 황홀한 미소… 그리고 왠지 마음에 걸리는 표정을 짓고 있군(이렇게 말했다고 화내는 건 아니지?). 어쩌면 당신의 생각을 읽은 것도 같아…. 이 상큼한 얼굴과 전혀 어울리지 않는 생각을 말이야…. 그리고 내일이 되면 내 눈에 비친 당신은 지금과는 또 다른 모습이겠지. 똑같은 머리카락, 똑같은 눈동자, 하지만 지금과는 전혀 다른 미소와 솔직하고 건강해 보이는 표정을 짓고 있을 거야. 때로는 귀여운 시골 처녀가 됐다가… 때로는 모진 운명에 휘둘리는 가련한 여인이 되곤 하지."

"맞아요. 내 안에는 두 여자가 있어요…."

여자가 이렇게 말하자 라울은 농담을 던지듯 툭 받아쳤다.

"그래…. 두 여자가 서로 싸우고 있지…. 그러다가 때로는 한쪽이 다른 쪽을 몰아내고 말이야…. 두 여자는 각기 다른 미소를 지니고 있어…. 당신의 그 두 모습을 구분 짓는 게 바로 미소거든…. 때로는 입꼬리가 살짝 올라가며 순진하고 앳된 미소가 피어오르다가… 때로는 환멸이 담긴 씁쓸한 미소가 떠오르곤 하지."

"당신은 둘 중 누가 더 마음에 드나요, 라울?"

"어젯밤부터는 두 번째 여자한테 마음이 더 끌리는군…. 한없이 신비롭고 어두운…."

여자가 아무런 말도 하지 않자 라울은 쾌활하게 그녀를 불렀다.

"앙토닌…? 앙토닌, 아니면 두 미소를 지닌 여인인가?"

두 사람은 활짝 열린 창문으로 다가갔다. 여자가 넌지시 이렇게 말했다.

"라울, 당신한테 부탁할 게 있어요."

"말만 해. 무조건 들어주지."

"날 더 이상 앙토닌이라고 부르지 말아 주세요."

라울은 깜짝 놀랐다.

"앙토닌이라고 부르지 말라니? 왜?"

"그건 내가 시골 처녀였을 때 사용한 이름이니까요…. 인생 앞에서 마냥 해맑고 선량했던 시절… 난 그 이름을 잃고 클라라라는 이름을 얻었어요…. 금발의 클라라…."

"그래서?"

"날 클라라로 불러주세요. 예전의 내 모습으로 돌아갈 때까지…."

라울은 웃음을 터트렸다.

"예전의 당신이라니? 큰일 날 소리, 내 사랑! 당신이 계속 시골 처녀로 머물러 있었다면 지금 여기에 있지도 않았을 거야! 날 사랑하지 않았을 거라고!"

"당신을 사랑하지 않았을 거라니요, 라울!"

"이번에는 내가 질문을 하나 해보지. 내가 누군지 알고 있나?"

"당신은 당신이에요."

여자는 열정적으로 대답했다.

"그렇다고 확신해? 난 내가 아니야. 그동안 숱한 인물이 돼서 수많은 역할을 했지. 이제는 나조차 내가 누군지 모를 정도야. 이봐, 내 사랑 클라라(당신이 이렇게 불러달라니까 그러도록 하지), 내 앞에서는 조금도 얼굴을 붉힐 필요가 없어. 당신이 무슨 일을 했든 난 그보다 더한 일을 했으니까."

"라울…."

"이런, 정말이야…. 나 같은 모험가의 삶이란… 항상 아름답지만은 않은 법이지. 혹시 아르센 뤼팽에 대해 들어본 적이 있나?"

여자는 소스라쳤다.

"아니… 아무것도 아니야…. 그저 비교를 해보자면 그렇다는 거지…. 그래, 당신 말이 옳아…. 우리가 각자 스스로를 비난해봤자 그게 다 무슨 소용이 있겠어? 클라라와 앙토닌, 두 여자 모두 감미롭고 순수해. 물론 내가 좀 더 사랑하는 여인은 바로 당신, 클라라지만 말이야. 그리고 나 역시 비록 나쁜 놈이긴 하지만 동시에 사랑에 빠진 선량한 남자이기도 하지. 충실한 애인은 아닐지 몰라도 매력적이고 세심하며 수많은 장점을 지닌…."

라울은 웃으며 여자에게 입맞춤을 퍼부었다. 그리고 입을 맞출 때마다 이렇게 속삭였다.

"클라라… 감미로운 클라라… 우수에 찬 클라라… 베일에 싸인 클라라…."

여자는 고개를 끄덕이며 말했다.

"그래요, 당신은 날 사랑하기는 해요…. 하지만 방금 당신 입으로 말했듯이 한결같은 남자는 아니죠…. 당신 때문에 얼마나 속을 태울까!"

그러자 라울이 쾌활하게 맞받아쳤다.

"하지만 당신은 또 얼마나 행복해질까! 게다가 난 당신이 생각하는 것만큼 그렇게 마음이 쉽게 변하는 남자도 아니라고. 내가 언제 당신을 배반한 적이 있던가?"

이번에는 여자 쪽에서 웃음을 터트렸다.

일주일 동안 대중과 신문은 카지노 블루에서 벌어진 사건을 두고 이러쿵저러쿵 떠들어댔다. 그러다가 수사가 제자리걸음을 면치 못하고 모든 가정이 무너지자 더 이상 화젯거리도 되지 못했다. 게다가 고르주레는 모든 취재를 피했다. 기자들 역시 아무런 단서도 찾지 못했다.

한시름 놓은 클라라는 해가 저물 즈음 집을 나서 동네에 있는 가게에서 장을 보거나 불로뉴 숲을 산책하곤 했다. 라울도 일부러 이 시간대에 약속을 잡았고 사람들의 이목을 끌지 않으려고 여자와 동행하는 일은 삼갔다.

라울은 이따금 볼테르 제방에 들러 63번지를 바라보며 키다리 폴이 그 근방을 어슬렁거리지는 않는지, 경찰이 무슨 함정을 파놓지는 않았는지 살펴보곤 했다.

그래도 수상쩍은 점이 보이지 않자 쿠르빌로 하여금 제방 난간을 따라 늘어선 고서적 판매대에서 책을 뒤적거리며 주변을 은밀히 감시하게 했다. 그러던 어느 날(클라라를 빼돌린 지 보름째 되는 날이었다) 마침 제방에 들른 라울의 눈에 클라라의 모습이 포착됐다. 여자는 멀찌감치 떨어진 63번지에서 빠져나오더니 택시를 타고 반대 방향으로 멀어져 갔다.

라울은 굳이 여자의 뒤를 쫓으려 하지 않았다. 대신 손짓으로 쿠르빌을 불러 건물 관리인에게 접근해 정보를 캐오도록 시켰다. 몇 분 만에 돌아온 쿠르빌의 보고는 이러했다. 후작은 아직 여행에서 돌아오지 않았지만 금발의 아가씨가 이미 두 차례 똑같은 시간대에 관리인 처소를 지나쳐 후작 댁으로 가 초인종을 울리더라는 것이다. 하지만 하인도 집을 비운 상태였기에 여자는 발길을 돌릴 수밖에 없었다고 한다.

'이상하군. 나한테는 아무런 말도 하지 않았는데. 이곳에 대체 뭐하러 온 거지?'

그렇게 속으로 중얼거리며 라울은 오퇴유 별장으로 되돌아왔다.

그로부터 15분 후, 클라라가 생기발랄한 모습으로 되돌아왔다.

라울은 넌지시 떠보았다.

"불로뉴 숲을 산책하고 온 거야?"

"예. 신선한 공기를 쐬니 기분이 정말 좋더라고요. 걷기에 딱 좋은 날씨였어요."

"파리 시내에는 가지 않았고?"

"아니요. 그런데 갑자기 그런 질문은 왜 하는 거죠?"

"당신을 거기서 봤으니까."

여자는 무심한 듯 말했다.

"그럴 리가… 헛것을 본 거겠죠!"

"진짜 살아 숨 쉬는 당신이었어."

"그럴 리가요?"

"명예를 걸고 단언할 수 있어…. 내 두 눈은 잘못 보는 법이 없다고."

여자는 상대를 바라보았다. 사내는 진지하다 못해 엄중하게 힐난하는 어조로 이야기하고 있었다.

"날 어디서 봤죠, 라울?"

"볼테르 제방에 있는 집에서 나오는 걸 봤어. 자동차를 타고 사라지더군."

여자는 난처한 웃음을 지어 보였다.

"나라고 확신해요?"

"물론이지. 게다가 관리인에게 물어보니 당신이 이미 세 차례나 다녀갔다고 하던데."

여자는 얼굴을 붉히면서 어찌할 바를 몰라 했다. 라울은 말을 이었다.

"당신이 그 집에 간 건 지극히 자연스러운 일이야. 한데 어째서 나한테 숨기려 드느냐, 이 말이야."

여자가 아무런 대답도 하지 않자 라울은 그 옆에 앉아 다정하게 손을 잡으며 말했다.

"여전히 베일에 싸여 있군, 클라라. 당신 정말 잘못 생각하는 거야! 당신의 끈질긴 불신, 그로 인해 우리가 앞으로 어떠한 난관을 겪을 수 있을지 생각해봐!"

"오! 당신을 불신하는 건 아니에요, 라울!"

"물론 그렇겠지. 하지만 지금 그렇게 행동하고 있잖아. 그러는 사이 위험은 점점 더 커져가고 있다고. 그러니 자, 이제 얘기해봐. 아무리 당신이 숨기려 해봤자 언젠간 내가 그 비밀을 알아내리란 사실을 모르겠어? 그땐 이미 너무 늦어버린 후일지 누가 알겠어? 자, 말해봐, 내 사랑."

여자는 금방이라도 라울의 뜻에 굴복할 것 같았다. 한순간 표정이 풀어졌고, 자신이 내뱉을 말을 생각하니 지레 겁이 나는 듯 두 눈에는 슬픔과 혼란의 빛이 가득 서렸다. 하지만 결국 도저히 용기가 안 나는지 두 손으로 얼굴을 감싼 채 눈물을 펑

평 흘리기 시작했다.

"미안해요. 말을 하건 하지 않건, 그런 건 조금도 중요치 않다는 사실만 알아줘요…. 설령 내가 말을 한다고 해도 현재나 미래의 일에 아무런 영향도 끼칠 수 없을 거예요…. 당신에게는 아주 하찮고 무의미한 일이에요…. 하지만 내게는 무척이나 중요한 일이죠…! 알다시피 여자들이란 원래 어린애 같잖아요. 혼자서 이런저런 상상을 하는…! 어쩌면 내가 실수하고 있는 건지도 몰라요…. 하지만 도저히 안 되겠어요…. 미안해요…."

라울은 초조한 기색을 드러내며 말했다.

"좋아. 하지만 한 가지 엄중하게 당부해둘 말이 있어. 다신 그곳에 가지 마. 안 그랬다간 언젠가 키다리 폴이나 경찰과 마주치게 될 거라고. 당신이 바라는 게 그건 아니잖아?"

여자 역시 불안한 표정으로 이렇게 대꾸했다.

"당신도 거기에 가지 마세요. 위험한 처지인 건 나나 당신이나 마찬가지잖아요."

라울은 그러겠노라고 약속했다. 여자 역시 그 집에 가지 않는 것은 물론 보름 동안 별장 밖을 나서지 않겠다고 다짐했다.

13
매복

볼테르 제방에 있는 후작의 집이 감시를 당하고 있을 거라는 라울의 짐작은 틀리지 않았다. 하지만 지속적이고 꾸준하게 감시하는 것은 아니었다. 만약 철저하게 감시가 이루어졌다면 곧장 라울이 우려하던 사태가 터졌을 것이었다. 사실 경찰의 입장에서 보자면 고르주레는 커다란 실수를 저지르고 있었다. 고르주레는 조를 편성해 그들에게 지나친 재량권을 부여하고 모든 것을 맡긴 채 잠깐잠깐 제방에 들를 뿐이었다. 덕분에 아름다운 금발의 아가씨가 그곳을 들러도, 쿠르빌이 부주의하게 주변을 돌아다녀도 아무런 탈 없이 무사히 넘어갈 수 있었다. 게다가 고르주레는 관리인에게 농락까지 당하고 있었다. 라울이 보낸 쿠르빌에게서 돈을 받고, 발텍스의 부하가 건넨 돈도 받아 챙긴 관리인은 고르주레에게 앞뒤가 맞지 않는 모호한 정보들만 제공했던 것이다.

반면 발텍스는 제법 치밀하게 주위를 감시하고 있었다. 사나흘 전부터 아침 10시가 되면 회색빛 긴 머리에 챙 넓은 펠트 모자를 쓴 구부정한 떠돌이 화가가 화구 상자와 이젤, 접이식 의자를 들고 나타나 데를르몽 후작의 집에서 50미터 떨어진 맞은편 보도에 자리를 잡고 앉아 센 강변과 루브르 궁을 그린답시고 캔버스 위에 덕지덕지 물감을 칠하고 있었다. 물론 그 사내는 키다리 폴, 발텍스였다. 그 떠돌이 화가의 행색이 너무나 특이한 데다 그림도 희한해서 경찰들은 오히려 그 사내를 주의 깊게 관찰할 생각을 하지 못했다.

하지만 키다리 폴도 5시 반이면 자리를 떴고, 따라서 그보다 늦게 그곳을 찾는 아리따운 금발의 아가씨를 단 한 차례도 목격하지 못했다.

사내가 뭔가를 알아차린 건 라울이 그곳을 다녀간 다음 날이었다. 시계를 쳐다보고 마지막 붓질을 하고 있을 때 누군가 옆으로 슬쩍 다가와 이렇게 속삭였다.

"움직이지 마십시오. 소스텐입니다."

그들 주변에는 오다가다 멈춰 선 서너 명의 행인이 있었다. 모여 있던 사람들이 하나둘 자리를 뜨자 또 다른 사람들이 그림 주변에 멈춰 섰다.

낚시꾼 차림을 한 뚱뚱한 부르주아인 소스텐은 마치 전문가가 그림에 관심을 보이듯 캔버스 쪽으로 허리를 굽히며 발텍스만 들을 수 있게끔 나지막이 속삭였다.

"오늘 오후 신문을 읽어보셨습니까?"

"아니."

"아랍인이 다시 심문을 받았답니다. 두목 말이 옳았어요. 그자가 두목을 배신하고 카지노 블루에 대한 정보를 흘렸더군요. 하지만 그 이상은 불지 않으며 두목과 등지기를 거부하는 모양입니다. 발텍스라는 이름도, 라울이라는 이름도, 그 계집에 대한 얘기도 일체 입에 올리지 않았습니다. 그러니 그 점은 안심해도 좋을 것 같습니다."

소스텐은 몸을 일으켜 다른 각도에서 그림을 바라본 뒤 센 강도 한 번 쳐다보더니 다시 허리를 숙여 손에 든 코안경을 그림에 가까이 댔다가 멀리 뗐다 해가며 그림을 감상하는 척을 하다가 다시금 이야기를 이어갔다.

"후작은 모레쯤 스위스에서 돌아오나 봅니다. 그 계집이 어제 관리인을 찾아와 하인에게 그렇게 전해달라고 부탁했답니다. 그러니까 계집과 후작은 계속해서 편지를 주고받는다는 얘기이지요. 그 여자는 대체 어디에 있는 걸까요? 당최 알 길이 없습니다. 쿠르빌에 대해서 알려드리자면 그자가 사람을 시켜 가구 몇 개를 옮기게 했습니다. 그 일을 시킨 사람이 쿠르빌이라는 확실한 증거가 있습니다. 그 사람이 라울과 함께 일하며 이 주변을 배회하곤 한다고 관리인에게서 들었거든요."

떠돌이 화가는 귀를 기울인 채 비율을 재는 척 붓을 든 손을 앞으로 내뻗었다. 공범은 그 몸짓을 신호로 여긴 모양이었다. 곧장 붓이 가리키고 있는 곳을 슬쩍 쳐다보았으니 말이다. 그곳, 강둑 난간에는 남루한 차림을 한 노인이 고서적 판매대에서 책을 뒤적이고 있었다. 노인이 몸을 돌리자 네모나게 다듬은 멋들어진 흰 수염이 눈에 확 띄었다. 도저히 다른 사람으로 착각할 수 없는 모습이었다.

소스텐이 중얼거렸다.

"봤습니다. 쿠르빌이군요. 제가 놈의 뒤를 쫓아가보죠. 그럼 오늘 밤 어제 만났던 그 술집에서 뵙겠습니다."

그렇게 말한 뒤 자리를 뜬 사내는 쿠르빌을 향해 서서히 다가갔다. 쿠르빌은 뒤를 밟히지 않으려는 듯 몇 차례 이리저리 자리를 옮겼다. 하지만 주변 사람들의 얼굴을 살펴볼 생각은 미처 못했기 때문에 키다리 폴은 물론 그의 공범도 알아보지 못했다. 그리하여 쿠르빌은 낚시꾼 행색의 부르주아를 꽁무니에 매달고 오퇴유로 향했다.

키다리 폴은 그 자리에서 한 시간가량 더 머물렀다. 그날 저녁 클라라는 그곳을 찾아오지 않았다. 기다리던 여자 대신 고르주레가 저편에서 나타나자 그는 황급히 화구를 챙겨 부리나케 달아났다.

그날 밤 키다리 폴 일당은 몽파르나스의 프티 비스트로라는 술집에 모여들었다. 에크르비스 대신 새로 택한 접선 장소였다.

소스텐이 달려와 먼저 도착한 일당과 합류했다.

"알아냈어요. 오퇴유의 모로코가 27번지에 있는 별장입니다. 쿠르빌이 정원 철책 문에서 초인종을 누르는 모습을 보았거든요. 그리고 7시 45분에는 그 계집까지 안으로 들어갔고요. 쿠르빌이 왔을 때처럼 초인종을 누르니 문이 열렸습니다."

"그놈은, 그놈은 봤나?"

"아니요. 하지만 거기에 있는 게 확실합니다."

키다리 폴은 잠시 생각에 잠기더니 이렇게 결론지었다.

"어쨌든… 행동에 나서기 전에… 내 두 눈으로 직접 확인하고 싶네…. 내일 아침 10시에 자동차를 가져오도록. 그게 사실이라면, 하늘에 맹세컨대 클라라는 결코 무사치 못할 거야. 아!

이 요망한 것!"

다음 날 아침, 택시 한 대가 키다리 폴이 묵고 있는 호텔 앞에 멈춰 섰다. 키다리 폴은 택시에 올라탔다. 운전석에는 배불뚝이에 안색이 붉은 소스텐이 밀짚모자를 쓴 채 앉아 있었다.

"출발!"

운전사는 능숙한 솜씨로 차를 몰았다. 차는 신속하게 오퇴유로 달려가 모로코가로 접어들었다. 모로코가는 어린 가로수들을 거느린 채 오래된 정원과 최근 분양된 부지들 사이로 뻗어 있는 널찍한 길이었다. 라울의 별장은 그런 사유지 한편에 위치한 낡은 저택이었다.

자동차는 별장을 좀 더 지나쳐서 멈춰 섰다. 키다리 폴은 택시 안에 웅크리고 앉아 몸을 숨긴 채 자동차 뒷유리를 통해 30보쯤 떨어진 곳에 있는 별장의 철책과 2층 창문을 살펴보았다. 2층에 있는 창문 두 개는 모두 열려 있는 상태였다. 운전석에 앉은 소스텐은 신문을 읽고 있었다.

두 사람은 이따금 몇 마디 말을 주고받았다. 초조함에 휩싸인 키다리 폴이 짜증을 냈다.

"젠장! 이 별장에는 아무도 살지 않는 모양이야. 한 시간 동안 개미 새끼 한 마리도 얼씬대지 않잖아."

뚱뚱한 사내가 빈정거렸다.

"당연하죠! 연인들은 원래 서둘러 일어나지 않는 법이니…."

20분이 더 흘렀다. 그리고 11시 30분을 알리는 종소리가 울려 퍼졌다.

키다리 폴이 유리창에 얼굴을 가까이 갖다 대며 말했다.

"아! 계집이다. 그리고 놈도! 저 비열한 놈!"

마침내 라울과 클라라가 창가에 모습을 드러냈다. 두 사람은 자그마한 발코니 난간에 팔꿈치를 괴고 있었다. 두 사람이 상체를 바짝 밀착시킨 채 행복한 미소를 짓고 있는 모습과 클라라의 반짝거리는 금발이 눈에 들어왔다.

증오심에 얼굴이 잔뜩 일그러진 키다리 폴이 중얼거렸다.

"그만 자리를 뜨자…! 이 정도면 충분히 확인했어…. 천박한 것…! 저 계집은 이제 죽은 목숨이야!"

자동차는 곧장 출발해 오퇴유의 번잡한 구역으로 접어들었다.

키다리 폴이 소리쳤다.

"멈춰! 그리고 날 따라오게."

키다리 폴은 보도로 뛰어내렸다. 두 사람은 손님이 거의 없는 어느 카페 안으로 들어갔다.

"베르무트 두 잔… 그리고 필기할 것 좀 갖다 주시오!"

키다리 폴은 이렇게 주문한 후 험악한 표정으로 입술까지 깨물며 오랫동안 생각에 잠겼다. 그러더니 나지막하게 자신의 생각을 중얼거렸다.

"그래… 그거야…. 맞아… 여자는 함정에 걸려들 거야…. 이미 다 된 일이야…. 계집은 놈을 사랑하니까 함정에 걸려들 수밖에 없어…. 결국 그 여자는 내 차지가 될 거라고…. 순순히 항복할 거야. 안 그러면 엄청난 대가를 치르도록 해주지!"

사내는 잠시 입을 다물다가 이렇게 물었다.

"그런데 놈의 필체가 없어…. 혹시 자네는 가지고 있나?"

"아니요. 하지만… 쿠르빌의 편지는 갖고 있어요. 중이층 사무실에서 슬쩍했죠."

키다리 폴의 얼굴이 환해졌다.

"이리 줘보게."

사내는 유심히 필체를 살펴보더니 몇 단어를 대문자로 모방하기 시작했다. 그러고서 종이 한 장을 집어 들고 그 위에다가 몇 줄을 서둘러 끼적인 뒤 쿠르빌이라고 서명했다.

그리고 봉투 겉면에다가도 아까와 마찬가지로 필체를 흉내내가며 주소를 기입했다.

클라라 양, 모로코가 27번지

"몇 번지라고 했지? 27번지… 됐어…. 이제 내 말 잘 듣고 모조리 기억해두게. 이제 난 떠나겠네. 그래, 이대로 계속 머물러 있다간 무슨 멍청한 짓을 저지를지 몰라. 그러니 일단 점심을 먹게. 그런 다음 다시 망을 보는 거야. 라울과 클라라는 각자 따로 외출할 걸세. 우선 라울이 외출할 테고 그 뒤에 클라라가 산책을 하러 집을 나설 거야. 그러니 라울이 외출한 뒤 한 시간이나 한 시간 반 후에 집 앞에 차를 세우고 초인종을 눌러. 문이 열리면 다급한 척하며 이 편지를 계집에게 건네주도록. 자, 우선 한번 읽어봐."

소스텐은 편지를 읽더니 고개를 가로저었다.

"장소를 잘못 골랐습니다. 볼테르 제방에서 만나자니요! 어림없습니다. 여자는 절대 나타나지 않을 거라고요."

"나타날 걸세. 의심할 생각조차 못할 테니까. 자기를 함정에 빠트리려고 내가 일부러 그 장소를 택한 줄 짐작이나 할 수 있겠나?"

"그렇다고 칩시다. 하지만 고르주레는요? 고르주레가 그 계집을 볼 수도 있는데… 두목도 마찬가지고요….""

"그건 자네 말이 맞네. 그러니 이 편지를 우체국으로 갖고 가서 속달우편으로 부치게."

그리고 이렇게 쓰기 시작했다.

키다리 폴과 그 일당이 매일 몽파르나스의 프티 비스트로에서 회동한다는 사실을 경찰에게 알리는 바이다.

그러고는 이렇게 설명했다.

"고르주레는 그리로 달려가 곧장 조사에 착수할 테고 그럼 이 정보가 확실하단 사실을 알게 되겠지. 그러고 나면 그 자리에서 우리를 하염없이 기다릴 테고 말이야. 우리는 회동 장소를 프티 비스트로 대신 다른 데로 옮기면 돼. 동료들에게 이 사실을 미리 알리도록."

"그런데 만약 라울이 집을 나서지 않거나 너무 늦게 나오면요?"

"그럼 어쩔 수 없지. 내일 작전을 다시 개시할 수밖에."

두 사람은 그렇게 헤어졌다. 점심을 먹은 소스텐은 원래 자리로 돌아와 망을 봤다.

라울과 여자는 네 시간도 넘게 별장 앞 정원 한구석에 머물렀다. 날이 무척이나 무더웠기에 둘은 햇볕을 피해 오래된 딱

총나무 가지 아래에 앉아 느긋하게 대화를 나누었다.

자리를 뜨려는 순간 라울은 여자의 얼굴을 살피며 말했다.

"오늘은 우리 금발의 아리따운 아가씨께서 울적하신가 보군. 무슨 어두운 생각을 하는 거야? 어떤 불길한 예감이라도 드는 건가?"

"당신을 알고 난 이후부터 예감 따윈 더 이상 믿고 싶지 않아요. 그래도 헤어질 때면 언제나 슬퍼지는 건 어쩔 수 없어요."

"겨우 몇 시간만 떨어져 있는 것뿐이야."

"그것도 너무 길어요. 게다가 당신 인생 자체도… 베일에 싸여 있고요…!"

"내가 당신에게 이런저런 얘기를 털어놓으며 어떤 선행을 베풀었는지 알려주길 바라는 거야? 하지만 들어 봤자 좋을 것 하나 없는 얘기라고!"

잠시 후 여자가 대답했다.

"아니에요. 모르는 편이 낫겠어요."

라울은 웃으며 말했다.

"아주 잘 생각했어! 나 역시 내가 뭔 짓을 하고 돌아다니는지 모르고 싶을 정도니까. 하지만 지나치게 명민한 탓에 눈을 감고도 모든 게 훤히 보인단 말이야. 자, 내 사랑, 조금 이따가 봅시다. 그리고 집 안에 꼼짝 않고 있겠다는 약속도 잊지 말고."

"당신도 잊지 말아요. 다시는 제방을 찾지 않겠다고 약속한 것 말이에요."

클라라는 나지막이 이렇게 덧붙였다.

"사실 바로 그 생각 때문에 마음이 편치 않은 거예요…. 당신이 위험에 빠질까 봐…."

"난 절대 위험에 빠지지 않아."

"아니에요. 이 별장 밖을 나선 당신을 떠올릴 때면 여기저기서 달려드는 악당들과 앙갚음에 목마른 경찰들 한복판에 내던져진 당신 모습이 그려져요…."

라울은 여자의 말을 냉큼 이어받았다.

"어디 그뿐인가. 날 물어뜯으려는 개들, 내 머리 위로 떨어지고 싶어 하는 기왓장들, 날 불태우기를 꿈꾸는 불길은 또 어떻고!"

"맞아요! 바로 그거예요!"

이번에는 여자도 쾌활하게 소리쳤다.

클라라는 라울을 열정적으로 끌어안은 뒤 철책 문까지 따라가 배웅했다.

"빨리 돌아와요, 라울! 중요한 건 딱 한 가지, 당신이 내 곁에 있어야 한다는 사실뿐이니까요."

정원 한구석에 다시금 자리를 잡은 여자는 책을 읽거나 자수를 놓는 일에 몰두하려고 애썼다. 그런 다음 집으로 들어가서 쉬거나 잠을 자려고 노력해봤다. 하지만 마음이 너무나 싱숭생숭해 도저히 아무것도 할 수 없었다.

여자는 이따금 자그마한 거울에 비친 자신의 모습을 바라보았다. 얼마나 많이 변했는지! 여기저기 보이는 쇠약해진 징후들! 눈 주위에는 거무스름한 그늘이 드리워져 있었고, 입술은 핏기 없이 메말라 있었으며 미소는 한없이 처량해 보였다.

"상관없어. 라울은 있는 그대로의 날 사랑하는걸."

시간이 영원히 멈춘 듯 몇 분이 그렇게 흘러갔다.

5시 30분을 알리는 종소리가 울렸다.

그리고 뒤이어 자동차가 멈추는 소리가 들리자 여자는 쏜살처럼 창가로 달려갔다. 과연 자동차 한 대가 철책 문 앞에 세워져 있었다. 뚱뚱한 운전사가 차에서 내리더니 초인종을 울렸다.

여자는 하인이 정원을 가로질러 갔다가 편지를 들고 봉투를 살피며 돌아오는 모습을 지켜보았다.

2층에 올라온 하인은 문을 두드린 후 편지를 건넸다.

클라라 양, 모로코가 27번지

여자는 봉투를 열어 편지를 읽기 시작했다. 목구멍에서 억눌린 비명이 새어 나왔다. 여자는 더듬거렸다.

"가야 해…. 내가 가야만 해."

하인이 조심스레 지적했다.

"하지만 기억해보십시오, 주인님께서 말씀하기로는….

이번에는 하인이 냉큼 편지를 읽기 시작했다.

아가씨, 선생님께서 부상당한 채 층계참에서 발견되셨습니다.
지금은 중이층 서재에 누워 계시고요. 상황이 점차 호전되고
있습니다만 선생님께서 아가씨를 급히 찾으시는군요.
— 존경하는 마음을 담아 쿠르빌 올림.

어찌나 쿠르빌의 필체와 흡사했던지 평소 쿠르빌의 필체를 잘 알고 있는 하인은 더 이상 클라라를 말릴 엄두를 내지 못했

다. 게다가 이 상황에서 무슨 수로 여자를 말릴 수 있단 말인가?

클라라는 서둘러 옷을 걸치고 정원을 가로질러 뛰어갔다. 그리고 온화한 표정을 짓고 있는 소스텐을 발견하고는 그에게 뭐라고 물어본 뒤 대답도 듣기 전에 차에 올라탔다.

14
대결

　클라라는 단 한 순간도 자신이 계략이나 함정에 걸려든 것
일 수도 있다는 생각을 하지 않았다. 라울이 부상을 당했고 어
쩌면 죽을지도 모른다. 그 끔찍한 현실 외에는 그 어떠한 것도
중요하지 않았다. 혼란한 머리를 굴려 생각이라는 것을 한다고
해도 일어날 수 있는 이런저런 사태들을 정리해보는 것이 고작
이었다. 라울이 63번지를 찾아간다. 고르주레나 키다리 폴과
마주친다. 충돌이 일어나고 몸싸움이 벌어지고 중이층으로 부
상자가 옮겨지는… 머릿속에는 온통 비극적이고 재앙과도 같
은 상황들만 떠올랐고 라울이 처참한 상처를 입은 채 피를 철
철 흘리는 모습이 눈앞에 또렷이 그려졌다.

　하지만 부상을 당했으리라는 생각은 그나마 가장 낙관적인
가정이었으며, 여자는 그 같은 가정을 거의 믿지 않았다. 죽음
의 환영이 머릿속에서 떠나지 않았던 것이다. 싸움의 결말이
그다지 심각하지 않다면 쿠르빌이 그런 식의 표현을 쓰지도,
그토록 다급하게 편지를 보내지도 않았으리라. 그래, 라울은
죽은 것이다. 불현듯 그의 죽음이 마치 오래전부터 여러 정황

을 거치며 치밀하게 준비되어온 사건처럼 느껴지면서 그 죽음에 의심을 품는 것 자체가 합당치 않은 것처럼 느껴졌다. 운명은 라울을 자신에게 보냄으로써 이 피할 수 없는 죽음을 노린 것이리라. 자신이 사랑하고 자신을 사랑하는 남자는 필연적으로 죽을 운명에 처하게 돼 있었다.

여자는 또한 자신이 죽은 라울을 찾아갈 경우 어떠한 사태가 벌어질지에 대해서도 전혀 생각하지 않았다. 라울과 격돌을 벌인 대상이 고르주레이든, 키다리 폴이든, 지금쯤 경찰이 볼테르 제방에 있는 중이층에 포진해 있을 것은 불 보듯 뻔한 사실이었다. 따라서 경찰은 금발의 클라라를 보자마자 지금껏 꽁꽁 숨어 도무지 찾아낼 수 없었던 이 먹잇감을 덜컥 낚아챌 것이 분명했다. 하지만 지금 여자에게는 그러한 일이 일어날 수 있으리라는 생각조차 떠오르지 않았고, 설혹 그러한 생각이 떠오른다고 해도 그건 하찮은 문제일 뿐이었다. 라울이 살아 있지 않다면 자신이 체포되고 감옥에 갇힌다 한들 그게 무슨 대수겠는가?

하지만 이내 여자는 자신의 머릿속에 들러붙은 생각들을 논리적으로 연결할 기력조차 잃어버렸다. 이제는 여러 생각들이 여자의 마음속 깊은 곳에서 앞뒤가 맞지 않는 문장들, 아니 그보다는 짧은 이미지들로 어지러이 펼쳐지고 있었다. 그러한 이미지에 자신의 눈앞에 보이는 광경, 다시 말해 센 강변과 집, 도로, 보도, 행인들이 겹쳐졌는데, 그 풍경들이 너무나 느리게 지나가는 것 같아 여자는 이따금씩 운전수에게 소리를 질렀다.

"빨리! 서둘러주세요! 앞으로 나가고 있는 것 같지도 않잖아요….”

소스텐은 예의 그 다정한 얼굴로 뒤를 돌아보았는데 그 표정이 마치 여자에게 이렇게 얘기하는 듯했다.

‘안심하십시오, 귀여운 아가씨. 이제 곧 도착합니다.’

아닌 게 아니라 두 사람은 곧 목적지에 도착했다.

여자는 보도로 냉큼 뛰어내렸다.

운전수는 여자가 건넨 돈을 받으려고 하지 않았다. 여자는 무심히 좌석에 지폐를 내던지고는 1층 현관으로 달려갔다. 관리인은 안뜰에 있었기 때문에 보이지 않았다. 여자는 위층으로 부리나케 올라갔는데, 주위가 너무나 조용한 데다 지나다니는 사람도 전혀 없어서 의아한 마음이 들었다.

층계참에서도 아무도 보이지 않았고 어떠한 소리도 들리지 않았다.

의아한 일이기는 했으나 그 상황에서는 무엇으로도 돌진하는 여자의 발길을 멈출 수가 없었다. 여자는 그렇게 맹렬히 자신의 불행한 운명을 향해 달려갔는데, 그것은 일종의 자기 자신을 끝내고 싶은 마음, 죽음으로 라울과 하나가 되겠다는 무의식적인 욕망의 발로였다.

문은 빠끔히 열려 있었다.

다음 순간, 여자는 어떻게 된 영문인지 정확히 깨닫지도 못한 채 순식간에 당하고 말았다. 손 하나가 얼굴에 닿더니 입 쪽으로 점점 다가와 동그랗게 말아놓은 머플러로 재갈을 물렸고, 그사이 다른 손 하나는 여자의 어깨를 거칠게 움켜잡았다. 여자는 균형을 잃고 비틀거리다가 안방에 내던져졌고, 그 바람에 바닥에 얼굴을 부딪치면서 철퍼덕 널브러지고 말았다.

그런 뒤 돌연 침착해진 발텍스는 차분히 안전 빗장을 걸어 잠그고 거실 문을 닫은 뒤, 널브러져 있는 여자를 향해 몸을 살짝 숙였다.

여자는 기절한 상태가 아니었다. 재빨리 무기력한 상태에서 벗어난 여자는 곧장 자신이 함정에 걸려들었음을 깨달았다. 여자는 눈을 뜨고 겁에 질린 채 발텍스를 바라보았다.

한편 발텍스는 이 힘없고 무기력하며 패배감과 절망감에 사로잡힌 적을 내려다보며 웃음을 터트리기 시작했다. 정말이지 어디서도 들어본 적 없는 웃음소리였는데 그 소리에 어찌나 잔인함이 묻어나던지 그에게 동정을 바란다는 것 자체가 미친 짓처럼 느껴질 정도였다.

사내는 여자를 일으켜 세워 소파에 앉혔다. 이제 집 안에 앉을 가구라고는 널찍한 안락의자와 그 소파밖에 남아 있지 않았다. 그리고 인접한 두 개의 방문을 활짝 열고는 이렇게 소리쳤다.

"보다시피 방들은 모두 비어 있어. 문도 굳게 잠긴 상태고. 아무도 널 구할 수 없다, 클라라. 아무도! 네 애인은 더더구나 그럴 수 있는 형편이 못되지. 경찰이 놈의 뒤를 쫓게끔 내가 손을 써놨거든. 그러니 넌 이제 끝났어. 앞으로 어떻게 처신해야 하는지 알고 있겠지."

사내는 되풀이했다.

"어떻게 처신해야 하는지 알고 있느냐고, 응? 무슨 일이 기다리고 있는지?"

발텍스는 창문 커튼을 젖혔다. 자동차가 보였다. 소스텐이 보도에 선 채 주위를 둘러보며 망을 보고 있었다. 발텍스는 또다시 빈정거렸다.

"사방에서 우리를 철통같이 지키고 있어. 한 시간 동안은 편하게 있을 수 있을 거야. 그리고 한 시간이면 숱한 일들이 벌어질 수 있는 시간이지! 그래, 숱한 일, 하지만 난 그저 한 가지 일만 하면 돼. 그리고 일을 마친 후 우린 함께 떠나는 거야. 우리가 타고 갈 차가 저 아래에 대기하고 있어…. 기차를 탈 수도 있고… 어쨌든 즐거운 여행이 될 거야…. 내 말에 동의하겠지?"

발텍스는 한 걸음 앞으로 내디뎠다.

클라라는 머리부터 발끝까지 떨어댔다. 눈길을 돌려 떨리는 손을 진정시키려 해보았지만 두 손은 연신 나뭇잎처럼 파르르 떨고 있었다. 두 다리와 몸도 마찬가지였다. 여자는 신열과 동시에 오한을 느꼈다.

"두려운가 보지?"

사내가 말했다.

여자는 더듬거렸다.

"죽는 건 두렵지 않아요."

"그렇겠지. 하지만 곧 벌어질 일을 생각하면 꽤 두려울 거야."

여자는 고개를 가로저었다.

"아무 일도 일어나지 않을 거예요."

"아니, 아주 중요한 일이 벌어질 거야. 내가 집착하는 유일한 일이지. 우리 사이에 있었던 일을 기억하고 있겠지. 첫날… 그리고 우리가 함께 사는 동안 늘 벌어졌던 그 일을 말이야…. 넌 날 사랑하지 않았어…. 아니, 날 증오했다고 말할 수 있지. 하지만 넌 한없이 나약했어…. 싸우다 지쳐 기진맥진한 상태였지…. 그래서… 자, 이제 기억나?"

사내는 여자에게 다가갔다. 소파에 앉은 여자는 몸을 뒤로 피했고, 두 팔에 힘을 주며 사내를 밀쳐내려고 했다. 사내는 이죽거렸다.

"준비를 하는 건가…. 예전처럼 말이야…. 잘됐군…. 어차피 날 받아달라고 요구할 생각도 없어…. 오히려 그 반대라고… 나도 널 안을 때 강제로 안는 편이 더 좋거든…. 자존심 따위는 이미 오래전에 내던져 버렸다고…."

증오와 탐욕에 휩싸인 사내의 얼굴은 잔인하고 추악하게 변했다. 사내가 가녀린 여자의 목을 움켜잡고 조르기 위해 손가락에 잔뜩 힘을 주며 다가가자 여자의 목은 거친 숨소리를 토해내며 경련을 일으켰다….

클라라는 소파 위로 올라서더니 잽싸게 뛰어내려 안락의자 뒤로 몸을 피했다. 반쯤 열린 탁자 서랍 속에는 권총 한 자루가 방치돼 있었다. 여자는 권총을 움켜쥐고 싶었으나 그럴 여유가 없었기 때문에 다른 방으로 달아나려 냅다 뛰었다. 하지만 넘어질 뻔했고, 결국 그 무시무시한 손아귀에 붙잡히고 말았다. 곧장 목이 졸렸고 온몸에서 힘이 빠져나갔다.

여자의 무릎이 꺾였다. 여자는 소파에 부딪치며 엎어졌고 그 바람에 허리까지 휘었다. 의식이 몽롱해지는 것이 느껴졌다….

그런데 여자의 목을 사납게 조르던 손아귀의 힘이 조금 약해졌다. 현관 초인종이 울렸던 것이다. 그 소리는 가볍게 메아리를 치며 방 안에 울려 퍼졌다. 키다리 폴은 현관 쪽으로 고개를 돌리고 귀를 기울였다. 아무 소리도 들리지 않았다. 빗장도 그대로 걸려 있었다. 대체 두려워할 게 무어란 말인가?

사내는 다시 여자의 목을 조르려다가 질겁하며 신음을 토해 냈다. 그의 시선은 두 창문 사이에서 뿜어져 나오는 흔들리는 불빛에 이끌렸다. 사내는 모든 현실을 초월하고 어떤 그럴듯한 설명도 불가능한 이 기적적인 현상이 어떻게 일어난 것인지 이해할 수 없어 그저 넋이 나간 채 멍하니 서 있었다.

"그놈…! 그놈이야…!"

당황한 사내는 중얼거렸다.

환영인가? 악몽인가? 사내는 스크린처럼 밝은 빛을 내뿜는 화면 속 라울의 환한 얼굴을 똑똑히 알아보았다. 초상화 속 얼굴이 아니라 눈동자를 움직이며 유쾌하고 기분 좋은 미소를 짓고, 살아 있는 진짜 얼굴이었다. 화면 속 남자는 마치 이렇게 얘기하고 있는 듯했다.

'그래, 날세. 기다리고 있었나? 날 만나니 반갑지? 내가 조금 늦은 것 같군. 하지만 지체된 시간은 금방 만회할 수 있을 거야. 자, 내가 이렇게 여기 와 있네.'

과연 자물쇠에 열쇠 꽂히는 소리가 들려왔다. 뒤이어 안전 빗장이 풀리는 소리, 문짝이 열리는 소리… 발텍스는 자리에서 일어나 겁에 질린 얼굴로 현관 쪽을 바라보았다. 클라라는 긴장이 풀린 얼굴로 가만히 귀를 기울였다.

마침내 문이 열렸다. 라울은 침입자나 공격자처럼 거칠게 문을 여는 대신 집주인이 자기 집에 들어오듯 느긋한 동작으로 문을 열었다. 마치 모든 물건이 제자리에 정돈돼 있고, 친한 친구들이 자신에 대해 애정 어린 대화를 나누고 있는 집에 들어선 사람처럼 행복해 보이는 모습이었다.

라울은 아무런 거리낌이나 경계심 없이 발텍스 옆으로 가서 화면부터 닫은 뒤 자신의 적에게 이렇게 말했다.

"꼭 단두대에 올라갈 사람처럼 그러고 있지 말게. 결국 그렇게 될 운명이기는 하겠지만 당장은 아무런 위험도 없을 테니 말이야."

그러고는 클라라에게 말을 건넸다.

"라울의 말을 안 들으니 이런 사달이 나지, 귀여운 아가씨. 보나마나 이 양반이 편지를 보냈겠지? 어디 그 편지 좀 보자고."

여자가 구겨진 종이를 내밀자 라울은 그 안에 적힌 내용을 대충 훑어보았다.

"내 잘못이야. 이런 함정이 있으리라고 내다봤어야 하는 건데. 상투적인 수법이지. 사랑에 빠진 여자는 물불 안 가리고 무작정 뛰어들기 마련이니까. 하지만 아가씨, 이제 더 이상 두려워할 필요 없어. 자, 웃어보자고. 보다시피 저 사람 정말 순하잖아! 마치 한 마리 양 같아…. 얼빠진 양 말이야…. 키다리 폴이 지난번 우리가 만난 일을 기억하는 모양이야. 그래서 또다시 무모하게 전투에 뛰어들지 않을 거라고. 그렇지, 발텍스? 분별력이 좀 생겼나 봐, 그렇지? 그래도 멍청한 건 여전하더군. 세상에! 어쩌자고 자네 운전수를 제방 위에 돌아다니게 놔뒀나?

게다가 그렇게 특이한 면상을 지닌 작자를 말이야…! 척 보니 오늘 아침 모로코가에 차를 세워놓은 바로 그놈이더군. 다음번에는 나한테 조언이라도 좀 구하라고."

발텍스는 정신을 차리려고 애를 썼다. 두 주먹을 불끈 쥐고 눈살을 찌푸렸다. 라울은 자신의 독설을 듣고 잔뜩 약이 오른 사내를 보더니 더욱 신이 나 계속 주절거렸다.

"싫다고? 그래, 반항해봐, 이 친구야! 아까 말했듯이 오늘은 아직 단두대에 오를 때가 아니니까. 적응할 시간은 충분해. 오늘은 우선 손과 팔을 묶는 간단한 형식만 취해보자고. 부드럽고 점잖게 말이야. 그 일이 끝나면 경찰청에 전화를 걸 거야. 그럼 고르주레가 자네를 데리러 오겠지. 뭐, 보다시피 어린아이 수준의 계획일 뿐이야…."

라울이 한마디씩 내뱉을 때마다 발텍스의 분노는 커져만 갔다. 무엇보다 라울과 클라라가 보란 듯이 끈끈하게 하나로 뭉친 모습을 보자 이성을 잃을 정도로 화가 났다. 클라라는 이제 더 이상 두려워하지 않는 듯했다. 클라라는 옅은 미소까지 지은 채 애인과 함께 자신을 비웃고 있었다.

발텍스는 자신이 우스꽝스러운 처지에 놓여 여자 앞에서 조롱을 당하고 있다는 생각이 들자 분기가 왈칵 치밀어 올랐다. 이번에는 발텍스가 공격에 나섰다. 그는 자신이 위험한 무기를 가지고 있음을 알고 있고, 그 무기를 사용하기로 마음을 굳힌 사내답게 억눌린 분노를 담아 정확하게 공격했다.

사내는 안락의자에 앉더니 구둣발로 바닥을 치며 단어 하나하나를 힘주어 말했다.

"그러니까 네놈이 원하는 게 바로 이거로군…. 날 사법 당국에 넘기시겠다? 이미 몽마르트르 술집에서도 시도했었고, 카지노 블루에서도 또 한차례 그러더니 이제 널 내 앞으로 데리고 온 우연의 힘을 이용해보시겠다? 마음대로 해. 이번에도 성공할 것 같지는 않지만 말이야. 어쨌든 설령 성공하더라도 그로 인해 어떤 일이 벌어질지 정확히 알아두어야겠지. 특히 저 여자 말이야, 저 여자가 똑똑히 알아야만 해."

사내는 몸을 돌려 클라라를 쳐다보았다. 소파 위에 꼼짝 않고 있는 클라라는 좀 전보다 한결 침착해 보였지만 여전히 초조하고 긴장된 모습이었다.

라울이 재촉했다.

"어서 이야기해봐. 네놈의 같잖은 이야기를 풀어보라고."

"네게는 같잖은 이야기일 수도 있겠지."

발텍스가 응수했다.

"하지만 분명 저 여자에게는 꽤 중요한 이야기일 거야. 저것봐. 내 얘기에 귀를 쫑긋 세우고 있잖아. 내가 실없는 소리를 지껄이거나 장광설을 늘어놓으면서 시간을 낭비하는 사람이 아니라는 걸 잘 알고 있는 거지. 그저 몇 마디면 충분해. 하지만 매우 중요한 얘기라고."

사내는 클라라 쪽으로 몸을 숙여 눈을 똑바로 마주치며 말했다.

"후작이 너와 무슨 관계인지 알고 있나?"

"후작?"

"그래. 언젠가 내게 털어놓았잖아. 후작이 네 엄마와 아는 사이였다고."

"그래요. 후작은 내 엄마와 아는 사이였어요."

"그때부터 난 눈치챘지. 네가 진실의 가닥을 잡아나가고 있다는 걸. 하지만 네게는 아무런 증거도 없었어."

"무슨 증거요?"

"시치미 떼지 마. 네가 한밤중에 데를르몽 후작의 집에 뭔가를 찾으려고 침입한 사실, 그게 내가 말한 내용을 뒷받침하는 증거라고. 그런데 사실 너보다 내가 먼저 비밀 서랍을 뒤져보았지. 넌 네 엄마의 사진을 정확히 발견했어. 어떠한 의혹도 허용치 않는 사랑의 헌사까지 담긴 사진을 말이야. 네 엄마는 후작의 수많은 애인들 중 한 명이었지. 그리고 넌 장 데를르몽의 친딸이고."

여자는 더 이상 반박하지 않고 그저 다음 말을 잠자코 기다렸다. 사내는 이야기를 이어갔다.

"고백건대 이건 부차적인 문제일 뿐이야. 그럼에도 불구하고 내가 굳이 이 사실을 언급한 건 분명히 짚고 넘어갈 필요가 있기 때문이지. 장 데를르몽이 네 아버지라는 사실… 네가 후작에게 어떤 감정을 품고 있는지는 몰라도 그 사실은 네 행동에 어떤 식으로든 영향을 끼치게 돼 있으니까. 장 데를르몽이 네 아버지라는 사실 말이야. 그런데…."

발텍스는 돌연 진중하다 못해 엄숙한 태도와 어조를 취했다.

"그런데 볼니크 성에서 비극이 벌어질 때 네 아버지가 어떤 역할을 했는지 알고 있나? 물론 그 사건에 대해서는 들어봤겠지? 네 애인한테 들어서(이 단어를 내뱉으면서 발텍스는 분노를 주체 못해 어찌나 험상궂게 인상을 찌푸리던지!) 내 고모인 엘리자벳 오르냉이 살해되고 보석까지 도난당했다는 사실은 알고 있을 거야. 그런데 네 아버지가 이 사건 속에서 어떤 역할을 했는지 알고 있느냐, 이 말이야?"

라울은 어깨를 으쓱해 보였다.

"멍청한 질문이로군. 데를르몽 후작은 그저 손님이었을 뿐이야. 그때 성에 있었지. 그게 다라고."

"그건 경찰이 주장하는 얘기일 뿐이지. 진실은 그게 아니야."

"그럼 자네가 주장하는 진실은 뭔가?"

"엘리자벳 오르냉을 죽이고 보석을 훔쳐 간 범인은 다름 아닌 후작이야."

발텍스는 이 말을 내뱉는 동시에 주먹으로 탁자를 쾅 내리치며 자리에서 벌떡 일어났다. 라울은 대꾸하는 대신 웃음을 터트렸다.

"아! 발텍스, 이 작자 정말 괴짜로군! 익살꾼이야. 그것도 대단한 익살꾼…!"

화가 난 클라라는 더듬대며 말했다.

"거짓말…! 거짓말이야…! 감히 어떻게 그런 말을…."

발텍스는 도발적인 어조로 똑같은 말을 더욱 거칠게 내뱉었다. 하지만 곧 감정을 제어하고 평정을 되찾더니 자신의 주장을 설명해나가기 시작했다.

"당시 난 스무 살이었고 엘리자벳 오르냉의 남자관계에 대해서는 전혀 모르고 있었지. 그런데 그로부터 10년 후, 우리 집안에서 발견된 편지 한 통이 우연히 내 손에 들어오게 되면서 비로소 고모와 후작이 어떤 관계였는지 알게 된 거야. 그 순간 이런 의문이 들더군. 후작은 왜 이 사실을 사법 당국에 전혀 말하지 않은 걸까? 그래서 내 나름대로 다시 조사를 하기 시작했지. 그러던 어느 날 아침, 성벽을 훌쩍 뛰어넘어 관리인과 함께 주위를 거닐고 폐허를 수색하던 중 내가 누구를 봤는지 알아? 장 데를르몽, 베일에 싸인 성의 주인인 장 데를르몽을 목격했다, 이 말씀이야! 그때부터 난 본격적으로 열을 올리며 사건 발생 당시 오베르뉴와 파리에서 발간된 신문을 모조리 찾아 읽었지. 볼니크 성에 열 차례나 찾아가 사방을 뒤지고 동네 주민들에게 이것저것 캐묻고 후작에게 슬며시 접근했고, 후작이 집을 비울 때에는 몰래 그자의 집에 침입해 서랍을 뒤지고 편지까지 뜯어보았어. 검찰이 미처 떠올리지 못한 어떤 생각이 나로 하여금 그 모든 행동을 하도록 이끌었던 거야. 지극히 중대한 진실을 숨기고 있는 그자의 모든 행동과 행적을 샅샅이 파헤쳐야겠다는 생각 말이야."

"그래서 결국 새로운 사실을 알아냈다 이 말인가, 친구? 정말 약삭빠른 양반이로군!"

발텍스는 침착하게 대꾸했다.

"새로운 사실을 알아냈지. 사실 그 이상이었어. 사소한 일들을 서로 연결시켜 생각해보니 장 데를르몽의 행동들이 자연스레 이해되더군."

"한번 떠들어봐."

"드 주벨 부인을 부추겨 엘리자벳 오르냉을 성으로 불러들인 장본인이 다름 아닌 바로 장 데를르몽이야. 엘리자벳 오르냉이 폐허에서 노래를 부르겠다고 말하게끔 분위기를 조성한 사람도 그자이고, 근사한 무대가 될 거라며 폐허 속 문제의 장소를 알려준 사람도 그자이지. 그리고 결국 정원을 가로질러 층계 아래까지 고모를 데려다준 사람도 바로 장 데를르몽이고 말이야."

"하지만 모든 사람들이 지켜보고 있었어."

"아니, 내내 지켜본 건 아니었지. 두 사람이 첫 번째 층계참을 돌고 잠시 시야에서 사라졌다가 작은 관목이 심어진 오솔길 끝에서 엘리자벳이 혼자 나타날 때까지는 약 1분간의 공백이 있었어. 그 1분 동안 과연 무슨 일이 벌어졌을까? 당시에 심문이 충분히 이루어지지는 않았지만, 어쨌든 여러 하인들의 증언을 토대로 한 다음과 같은 가정을 사실로 받아들인다면, 그에 대한 해답을 어렵지 않게 찾을 수 있지. 즉, 엘리자벳이 다시 나타나 폐허 꼭대기에 올라섰을 때는 이미 여자의 목에 목걸이가 없었다는 사실 말이야."

라울은 또다시 어깨를 으쓱해 보였다.

"그럼 그자가 목걸이를 훔쳤고 엘리자벳 오르냉은 아무런 저항도 하지 않았단 말이야?"

"그게 아니라 엘리자벳이 후작에게 목걸이를 맡겼겠지. 그 보석이 그날 자신이 부를 노래의 분위기와 어울리지 않는다고 판단해서 말이야. 평소 엘리자벳의 세심한 성격과도 정확히 부합하는 가정이라고."

"그리고 성으로 돌아온 후작은 그 여자에게 목걸이를 돌려주지 않으려고 여자를 죽인 거로군! 멀리서 기적의 힘으로 여자를 죽인 거였어!"

"아니, 누군가를 시켜 여자를 죽인 거지."

라울은 버럭 짜증을 냈다.

"하지만 모조 루비와 사파이어로 된 무대용 목걸이를 차지하려고 사랑하는 여인을 죽이는 남자는 없어."

"물론이지. 하지만 그 보석들이 진품이고 수백만 프랑에 달하는 가치가 나간다면 이야기는 달라지겠지."

"그럴 리가! 엘리자벳이 자기 입으로 그 보석은 가짜라고 공공연히 말했단 말이야."

"그렇게 말할 수밖에 없었겠지."

"어째서?"

"엘리자벳은 유부녀였고… 그 보석은 애인인 어느 아메리카인으로부터 받은 거였으니까. 남편과 동료들이 질투할까 봐 엘리자벳 오르냉은 그 사실을 비밀로 간직했던 거야. 그 사실을 뒷받침할 서면 증거도 가지고 있어. 그리고 그 보석의 비할 데 없는 아름다움을 입증할 증거 역시 가지고 있다고."

라울은 거북한 심정에 휩싸여 입을 다물었다. 그리고 두 손으로 얼굴을 가리고 있는 클라라를 잠시 살펴보다가 이렇게 물었다.

"그럼 도대체 누가 살인을 저질렀단 말인가?"

"누구도 신경 쓰지 않던 사람, 그래서 성안에 있는지조차 아무도 몰랐던 사람… 가시우, 보잘것없는 딱한 목동인데 미치지는 않았지만 좀 모자라서 얼간이라고 불리지. 알아낸 바로는 드 주벨 부부의 성에 머무는 동안 테를르몽이 가시우를 자주 만나러 갔고, 그럴 때마다 옷과 시가, 심지어 돈까지 줬다더군.

왜 그랬을까? 무슨 목적으로? 그래서 이번엔 내가 가시우의 집에 자주 드나들었지…. 덕분에 그에게서 짤막짤막하게나마 얘기를 끄집어낼 수 있었어. 노래를 부르는 여자… 노래를 부르다가 쓰러진 여자에 대해 말하려고 하더군…. 하지만 횡설수설하다가 얘기를 멈춰버렸어. 그런데 어느 날, 녀석이 자기 머리 위로 날아가는 새를 잡으려고 조잡한 물매로 돌을 던지는 모습을 우연히 목격하게 된 거야. 돌멩이가 튕겨져 나가더니 새가 죽더군. 그 순간 모든 게 분명해졌어. 확신이 들었지."

침묵이 흘렀다. 이윽고 라울이 입을 열었다.

"그래서?"

"그래서라니? 뻔한 사실 아닌가. 문제의 그날, 잘 길들여진 가시우가 후작에게 매수되어 폐허에 있는 성벽 위에 걸터앉아 물매를 던져 엘리자벳 오르냉에게 치명적인 상처를 입힌 거야. 그러고 나서 줄행랑을 친 거지."

"가설일 뿐이야!"

"확실해."

"증거를 가지고 있단 얘긴가?"

"가지고 있지. 그것도 도저히 부인할 수 없는 증거."

"그래서 뭐 어쩌겠다는 건가…?"

라울은 짐짓 심드렁하게 대꾸했다.

"그래서 만약 사법 당국이 날 건드린다면 그 즉시 난 후작이 엘리자벳 오르냉을 죽였다고 고발할 생각이야. 내가 갖고 있는 모든 서류를 넘기면서, 당시 데를르몽이 경제적으로 어려운 상황에 처했고 그래서 이미 그때 빼앗긴 유산을 찾아달라고 홍

신소에 의뢰했으며, 훔친 보석 덕택에 15년 동안 겨우 생활을 유지할 수 있었음을 밝힐 작정이라고. 뿐만 아니라 엘리자벳 오르넹의 조카로서 그 보석을 돌려달라고 요청할 거고, 그것이 불가능할 경우 그 보석의 가치에 상응하는 손해배상을 청구할 거야."

"그래 봤자 한 푼도 받지 못할 걸세."

"그럴 테지. 하지만 데를르몽은 망신을 당하고 감옥에 갇힐 거야. 그자도 그런 상황이 닥칠 것이 두려워 내가 자신에 대해 뭘 알고 있는지도 모르면서 돈을 요구할 때마다 한 번도 거절하지 않고 순순히 내줬다고."

15
살인

라울은 생각에 잠긴 채 방 안을 서성댔다. 클라라 역시 여전히 꼼짝하지 않은 채 두 손으로 얼굴을 가리고 생각에 잠겨 있었다. 발텍스는 거만한 태도로 팔짱을 낀 채 서 있었다.

라울은 발텍스 앞에서 문득 걸음을 멈췄다.

"그다음에는?"

"그다음?"

발텍스는 자신이 이긴 것이나 다름없다고 생각했다. 자신의 협박이 먹혀들었으니 이대로 끝까지 승세를 이어나갈 수 있을 듯했다. 클라라의 태도를 보니 그러한 생각에 더욱 확신이 생겼다.

"그다음에는 내 애인이 나한테 돌아오는 거지. 여자에게 주소를 건네줄 테니 한 시간 내로 여자를 그곳으로 보내."

"네 애인이라니?"

"저 여자 말이야."

발텍스는 여자를 가리키며 말했다.

라울은 창백해진 얼굴로 또박또박 끊어 말했다.

"그러니까 아직도 고집을 부리는 건가…? 희망을 품고 있는 거야?"

발텍스는 흥분하며 말했다.

"희망을 품고 있는 게 아니야, 원하는 거지. 내 여자를 요구하는 것뿐이야. 내가 저 여자의 애인이었어…. 그런데 네놈이 훔쳐 갔지."

라울의 표정이 어찌나 무섭게 변하던지 발텍스는 차마 말을 잇지 못했다. 발텍스는 슬며시 호주머니에서 총을 꺼낼 태세를 취했다.

증오에 찬 두 연적은 서로를 매섭게 노려보았다. 그러다가 갑자기 라울이 제자리에서 펄쩍 뛰어오르더니 상대의 발목을 구둣발로 세차게 두 번 걷어찬 후 자신의 억센 두 손으로 상대의 팔을 움켜잡았다.

상대는 고통으로 몸을 숙이더니 저항하지도 못하고 바닥에 내팽개쳐졌다.

여자는 라울에게 달려들며 소리쳤다.

"라울! 라울! 부탁이에요…. 제발 싸우지 마세요."

화가 머리끝까지 치민 라울은 적을 응징하겠다는 일념에 휩싸여 상대를 마구잡이로 두들겨 팼다. 발텍스의 설명과 협박 따위는 지금 전혀 중요하지 않았다. 라울은 감히 클라라를 두고 싸움을 걸어오고, 자신이 그녀의 애인이었다고 뻐기며 과거의 일을 또다시 내세우는 이 건방진 사내를 철저히 장악했다. 주먹질과 발길질에 그 추잡한 과거가 모두 물거품처럼 사라지는 기분이었다.

"안 돼요, 안 돼. 라울, 부탁이에요."

클라라는 신음을 토해내듯 말했다.

"놓아줘요. 떠나가게 해줘요. 사법 당국에 넘기지 말아요. 부탁이에요…. 아버지 문제가 있잖아요…. 안 돼요…. 보내줘요."

라울은 계속 상대를 때리며 대꾸했다.

"걱정하지 마, 클라라. 놈은 후작에게 불리한 증언은 한마디도 하지 않을 거야. 그리고 그 얘기가 모두 진실인지 확실하지도 않았잖아? 만약 사실이라고 해도 입을 열 리 없어…. 어차피 그건 이놈에게 관심 밖의 사안이라고."

여자는 흐느끼며 라울에게 사정했다.

"아니에요…. 아니에요…. 복수를 하려 들 거예요."

"상관없어! 놈은 악랄한 짐승이야…. 경찰에 넘겨야 돼…. 안 그러면 언젠간 당신을 공격할 거라고…."

여자는 물러서지 않았다. 사내를 때리는 라울을 말리기까지 하면서 고발할 수도 있는 상황에 아버지 장 데를르몽을 노출시킬 수는 없다고 말했다.

결국 라울은 상대를 풀어주었다. 분노가 차츰 가라앉았다.

라울이 말했다.

"좋아, 가버려! 내 말 들었나, 발텍스, 꽁무니를 빼라고. 하지만 또다시 클라라나 후작을 건드리려고 하면 그땐 정말 끝장날 줄 알아. 자, 꺼져버려."

발텍스는 몇 초 동안 꼼짝도 하지 않은 채 뻗어 있었다. 라울에게 너무 심하게 당해 정신을 추스를 시간이 필요한 것일까? 사내는 팔꿈치로 바닥을 짚고 일어서려다가 또다시 픽 쓰러졌다. 다시 힘을 내 안락의자까지 기어가 가까스로 일어섰지만 균형을 잃고 털썩 무릎을 꿇었다. 하지만 이 모든 행동은 속임수였을 뿐, 진짜 속셈은 원탁에 다가가려는 것이었다. 사내는 재빨리 서랍에 손을 집어넣어 아까부터 손잡이 부분이 눈에 띈 권총을 집어 들었다. 그리고 거친 고함을 지르며 라울 쪽으로 몸을 틀고는 권총을 겨누었다.

매우 민첩하고 예상치 못한 행동이었지만 사내는 미처 총을 발사하지는 못했다. 누군가 선수를 쳤던 것이다. 클라라였다. 여자는 두 남자 사이로 후다닥 뛰어들어 블라우스 속에서 칼을 꺼내 들더니 상대가 피할 틈도 없이, 라울이 막을 새도 없이, 잽싸게 발텍스의 가슴 한복판에 칼을 내리꽂았다.

발텍스는 처음에는 아무것도 느끼지 못하는 듯했다. 고통도 전혀 없는 듯했다. 하지만 평소에는 누렇던 그의 얼굴이 창백해지더니 백지장처럼 허예졌다. 뒤이어 거대한 몸뚱이가 비정상적으로 기다랗게 축 늘어졌다. 사내는 단번에 무너져 내렸다. 상체와 팔을 소파에 늘어뜨린 채 딸꾹질을 몇 번 하더니 깊은 한숨을 몰아쉬었다. 그리고 침묵, 아무런 미동도 없었다.

클라라는 피투성이가 된 칼을 손에 든 채 얼빠진 눈으로 이 침몰과 몰락의 과정을 지켜보았다. 발텍스가 쓰러지는 순간 라울은 여자를 부축해야만 했다. 겁에 질려 넋이 나간 여자는 더듬거렸다.

"내가 죽였어…. 내가 사람을 죽이다니… 이제 당신은 날 사랑하지 않을 거야…. 아! 너무 끔찍해!"

라울은 중얼거렸다.

"그럴 리가. 앞으로도 난 당신을 사랑할 거야…. 지금도 사랑하고… 하지만 왜 이런 짓을?"

"당신을 공격하려 했잖아요…. 권총으로…."

"이봐, 아가씨… 어차피 총알도 들어 있지 않았어…. 내가 일부러 그곳에 놓아둔 거야. 덫을 놓은 거였다고. 놈이 자기 총을 사용하지 않도록…."

라울은 여자가 발텍스의 몸뚱이를 보지 않도록 등을 돌려세운 뒤 안락의자에 앉혔다. 그러고는 발텍스 쪽으로 다가가 몸을 숙여 이리저리 살펴보고 심장 소리를 듣더니 입속말로 중얼거렸다.

"아직 뛰고 있군…. 하지만 오래 못 버티겠어."

이제 라울의 머릿속에는 클라라, 자신이 어떻게든 구하고 보호해야 할 여자에 대한 생각만 가득했다. 라울은 다급한 어조로 말했다.

"빨리 여기를 떠나, 내 사랑…. 여기 있으면 안 돼…. 이제 곧 사람들이 들이닥칠 거야…."

여자는 펄쩍 뛰며 말했다.

"나더러 떠나라고요…? 당신만 혼자 남겨 두고…?"

"생각 좀 해봐…! 당신이 여기서 발각되면?"

"그럼 당신은요?"

"놈을 이렇게 내버려 둘 수는 없잖아…."

라울은 망설였다. 발텍스가 소생하지 못할 거라는 사실은 알고 있었지만 그래도 차마 자리를 뜰 결심이 서지 않았다. 라울은 혼란에 휩싸인 채 마음을 정하지 못하고 있었다.

여자는 완강한 태도를 보였다.

"난 떠나지 않을 거예요…. 저자를 칼로 찌른 건 나예요…. 그러니 여기에 남아서 체포돼야 할 사람도 바로 나라고요…."

그 말을 듣자 라울은 몹시 동요했다.

"절대로 안 돼! 절대! 당신이 체포된다고? 동의할 수 없어…. 용납할 수 없다고…. 이 작자는 몹쓸 놈이었어. 자업자득이지…! 그래, 함께 떠나자…. 당신을 여기에 남겨둘 수는 없으니까…."

라울은 창문으로 달려가 커튼을 걷더니 주춤 뒤로 물러섰다.

"고르주레야!"

여자는 질겁하며 말했다.

"뭐라고요? 고르주레요…? 그자가 이리로 오고 있나요?"

"아니…. 집을 감시하고 있어. 부하 두 명과 함께… 도망치긴 글렀군."

방 안에는 잠시 어수선한 분위기가 감돌았다. 라울은 부리나케 발텍스의 몸을 테이블보로 덮어씌웠다. 클라라는 자신이 무슨 행동을 하는지, 어떤 말을 하는지 알지도 못한 채 방 안을 이리저리 서성거렸다. 테이블보 아래에서는 죽어가는 발텍스가 마지막 경련을 일으키고 있었다.

여자는 힘없이 중얼거렸다.

"우린 이제 끝났어요…. 끝장이야…."

"무슨 소리야?"

극도의 흥분 상태에서 벗어나 침착하고 차분한 상태로 되돌아온 라울은 반박했다.

라울은 잠시 생각에 잠기다가 시계를 들여다보더니 시내용 전화기를 들고 거친 목소리를 내뱉었다.

"여보세요! 여보세요! 안 들립니까, 아가씨? 아니, 다른 곳으로 연결해달라는 게 아니라! 감독관 좀 바꿔주시오…! 여보세요! 감독관? 아! 당신이로군, 카롤린! 정말 다행이야! 안녕, 카롤린…. 다름이 아니라… 이리로 전화 좀 해줘. 5분 동안 벨소리가 울리도록… 방 안에 부상자가 있어…. 그래서 관리인이 전화벨 소리를 듣고 이리로 올라와야 되거든…. 알았지? 이런, 아냐, 카롤린, 걱정하지 마…. 괜찮아…. 그저 아주 작은 사고일 뿐이야. 그럼 잘 있어!"

라울이 수화기를 내려놓았다. 전화벨이 울리기 시작했다. 그제야 라울은 애인의 손을 잡고 이렇게 말했다.

"자, 가자. 2분 내로 관리인이 이리로 와서 필요한 조치를 취할 거야. 분명 이 앞에 있는 고르주레를 찾으러 가겠지. 안면도 익힌 사이니까. 자, 우리는 저 위로 빠져나가자고."

라울의 목소리는 침착하기 그지없었고, 여자를 붙잡고 있는 손에서는 권위가 느껴졌기에 클라라는 감히 반박할 생각도 하지 못했다.

라울은 일단 칼부터 챙긴 뒤 지문이 남지 않도록 전화기를 닦고는 발텍스의 몸에서 테이블보를 치웠다. 그리고 화면 장치를 부순 뒤 문을 활짝 열어놓은 채 그곳을 빠져나갔다.

날카로운 전화벨 소리가 끊길없게 울려 퍼졌고 그사이 두 사람은 4층, 다시 말해 장 데를르몽의 거주지 위층에 있는 하인들의 거처까지 올라갔다.

라울은 곧장 문을 부수려고 했다. 하지만 자물쇠도 잠겨 있지 않고 빗장도 걸려 있지 않아서 두 사람은 어렵지 않게 안으로 들어갈 수 있었다.

그들이 안으로 들어가 문을 닫으려는 찰나 층계에서 날카로운 비명 소리가 들려왔다. 관리인이 내지르는 비명 소리였다. 전화벨 소리를 듣고 중이층으로 달려온 관리인이 열린 문틈으로 어지러운 거실을 엿보다가 소파 위에 널브러진 채 숨을 헐떡이는 발텍스의 몸뚱이를 목격했던 것이다.

예의 그 능청스레 빈정대는 태도를 되찾은 라울은 이렇게 중얼거렸다.

"예상했던 대로 일이 술술 풀리고 있군. 이제 관리인이 알아서 처리하겠지. 책임감 있는 여자니까. 자, 이제 우린 우리 문제나 신경 쓰자고."

4층은 지금 이 시간에는 당연히 텅 비어 있을 하인들의 숙소와 여행용 가방과 낡은 가구들이 쌓여 있는 다락방들로 이루어져 있었다. 다락방들은 맹꽁이자물쇠로 잠겨 있었다. 라울은 그중 하나를 비틀어 문을 열었다. 그 안은 천창을 통해 빛이 새어 들어오고 있었다. 라울은 쉽사리 천창에 접근할 수 있었다.

클라라는 아무 말 없이 비애에 젖은 얼굴로 라울이 내리는 지시를 기계적으로 따르고 있었다. 여자는 두세 차례 이렇게 되뇌었다.

"내가 죽였어…. 내가… 당신은 이제 날 사랑하지 않을 거예요…."

여자는 자신이 살인을 저질렀다는 사실과 그 사실이 라울의 사랑에 미치게 될 영향에 대해 골몰하느라 자신의 안전이나 고르주레 형사의 추격, 지붕 위로 도주하다 겪게 될지 모를 사고 따위는 안중에도 없는 듯했다.

반대로, 라울은 성공적으로 탈출하는 데에만 온 신경을 기울이고 있었다. 자고로 모든 일은 때가 있는 법이니.

"자, 이제 됐어. 모든 일이 우리한테 유리하게 돌아가는군! 옆 건물 6층이 이곳 지붕과 비슷한 높이에 있어. 당신이 보기에도 분명 그럴 거야…."

여자가 호응해주지 않자 라울은 은근슬쩍 화제를 바꿔 자신의 만족감을 강조했다.

"그 무모한 발텍스 자식 말이야, 정말 어리석었어. 그 상황에서 우리는 당연히 반격을 할 수밖에 없었다고. 그러니 그건 어느 모로 보나 정당방위였어. 놈이 먼저 우리를 공격하려 했으니… 우리로서는 그 더러운 공격을 막을 수밖에. 그러니 우린 아주 떳떳한 입장이다, 이 말씀이야."

아무리 떳떳한 입장이라고 해도 우선은 몸을 피해야 했고 라울은 그러기 위해 열성을 다하고 있었다. 라울은 텅 빈 방에 면한 난간을 자신이 먼저 건넌 뒤 여자가 건널 수 있도록 도와주었다. 과연 행운의 여신은 그들 편이었다. 두 사람이 건너간 곳은 아무도 살지 않는 빈집이었던 것이다. 미처 이사를 다 못 마쳤는지 가구 몇 개만 휑하니 널브러져 있었다. 그들은 복도를 따라 현관문 쪽으로 다가가 별 어려움 없이 그곳을 빠져나왔다. 층계가 나왔다…. 두 사람은 한 층을 내려갔다. 그리고 또 한 층… 그렇게 중이층의 층계참에 이르렀을 때 라울은 나지막이 말했다.

"자, 생각을 한번 해보자고. 파리의 모든 건물에는 관리인이 있어. 여기에 있는 관리인이 우리가 지나가는 것을 볼지도 몰라. 만일에 대비해 함께 나가지 않는 것이 좋겠어. 당신이 먼저 나가. 여기서 나가면 제방과 직각으로 교차하는 길이 나올 거야. 그럼 센 강을 등진 채 왼쪽으로 가는 거야. 오른쪽으로 세 번째 거리 5번지에 포부르에자퐁이라는 이름의 작은 호텔이 있으니 그 호텔 로비로 들어가 있어. 내가 2분 내로 그리로 갈 테니."

라울은 여자의 목을 안고 살짝 뒤로 젖힌 다음 입을 맞추었다.

"자, 아가씨, 용기를 내… 그런 침울한 표정 짓지 말고. 당신이 내 목숨을 구했잖아. 그럼, 당신이 내 목숨을 구했고말고. 사실 권총 안에는 총알이 완벽하게 장전돼 있었거든."

라울은 그럴듯하게 거짓말을 꾸며댔다. 하지만 마음의 짐을 덜어주기에는 역부족이었다. 여자는 고개를 푹 숙인 채 처량한 모습으로 멀어져 갔다.

라울은 몸을 숙여 여자가 왼쪽으로 빠져나가는 모습을 지켜보았다.

라울은 100까지 세었다. 그리고 좀 더 신중을 기하고자 또다시 100까지 세었다. 그런 다음 코안경을 걸치고 모자를 푹 눌러쓴 채 자리를 떴다.

라울은 좁고 번잡한 길을 거슬러 올라가 세 번째 거리에 당도했다. 왼편을 보니 포부르에자퐁이라는 간판이 보였다. 호텔 외관은 소박했지만 윗부분을 유리창으로 꾸민 로비는 상당히 세련된 가구들로 장식돼 있었다.

그런데 클라라가 보이지 않았다. 게다가 어찌 된 일인지 로비에는 단 한 사람도 없었다.

몹시 불안해진 라울은 다시 밖으로 나가 거리를 살펴본 뒤, 두 사람이 빠져나온 건물로 갔다가 호텔로 되돌아왔다.

여전히 아무도 없었다.

라울은 중얼거렸다.

"황당한 일이군…! 기다려보자…. 기다려야지…."

라울은 기다렸다. 30분… 한 시간… 이따금 인근 거리들을 재빨리 살펴보고 오기도 했다.

하지만 아무도 오지 않았다.

결국 라울은 새로운 생각에 이끌려 서둘러 호텔을 나섰다. 클라라는 오퇴유 별장에 피신해 있으리라. 너무나 심적으로 힘든 탓에 약속 장소를 잘못 알았거나 깜빡 잊어버려서 그곳에서 자신을 목이 빠지게 기다리고 있을 것이다.

라울은 부리나케 택시에 올라타서는 긴박한 상황에서 언제나 그랬듯, 직접 운전대를 잡았다.

정원에서 하인을 만난 데 이어 층계에서는 쿠르빌과 마주쳤다.

"클라라는?"

"아직 집에 안 왔는데요."

하늘이 무너지는 기분이었다. 어디로 가봐야 하나? 어떻게 해야 하나? 혼란과 더불어 무슨 짓을 해도 소용없으리라는 무력감이 엄습해왔다. 무엇보다 끔찍한 생각 하나가 머릿속에서 점점 더 논리적으로 구체화되어 갔다. 곰곰이 생각하면 할수록 이성을 잃은 클라라가 뭔 사달을 낼 것만 같았던 것이다. 가련한 그 여인은 사랑하는 사람이 이제 자신을 끔찍한 살인자로 여기리라 확신한 나머지 자살 충동에 휩싸였을지도 모를 일 아닌가? 그래서 어디론가 사라져버린 것이 아닐까? 여자의 모든 행동으로 미루어 보건대, 그녀는 더 이상 라울을 만나고 싶어 하지도 않고 만날 엄두조차 못 내고 있는 것이 분명하지 않은가?

밤거리를 배회하는 클라라의 모습이 머릿속에 그려졌다. 여자는 센 강을 따라 걸었으리라. 그러다가 반짝거리는 빛이 번져 있는 검은 강물에 마음을 빼앗겼으리라. 여자는 서서히 물속으로 들어간다. 이윽고 온몸을 물속에 던진다.

라울에게는 정말이지 잔인한 밤이었다. 제아무리 자기 제어에 강한 라울일지라도 어둠의 기운과 결탁해 점점 더 확신처럼 다가오는 불길한 생각들을 도저히 떨쳐낼 재간이 없었다. 이런저런 후회가 엄습했다. 왜 발텍스의 함정을 미리 간파하지 못했을까. 어째서 일을 복잡하게 끌고 갔을까. 왜 불쌍한 클라라를 혼자 떠나보냈을까.

결국 날이 밝아서야 겨우 잠이 들었다. 아침 8시, 라울은 불현듯이 할 일이 생각난 듯 침대에서 벌떡 일어났다. 대체 무슨 일일까?

라울은 벨을 눌렀다.

"새로운 소식 있나…? 아가씨 말이야?"

라울이 묻자 하인이 대답했다.

"없습니다."

"그럴 리가?"

"쿠르빌 씨가 선생님께 더 자세히 보고를 올릴 겁니다."

쿠르빌이 들어왔다.

"그래…. 아직 안 돌아왔다고?"

"그렇습니다."

"소식도 없고?"

"전혀요."

라울은 비서를 붙잡고 소리쳤다.

"거짓말…! 거짓말을 하고 있군…! 그래, 당황한 얼굴이잖아. 무슨 일이야? 얼른 말해, 이 멍청한 자식. 내가 어디 진실을 두려워할 사람처럼 보이나?"

쿠르빌은 호주머니에서 신문을 끄집어냈다. 라울은 신문을 펼치고는 곧장 욕을 내뱉었다.

신문 1면 상단에는 굵은 활자로 다음과 같은 내용이 적혀 있었다.

키다리 폴 살해되다! 그의 옛 애인인 금발의 클라라가 현장에서 고르주레 수사반장에게 체포되었다. 경찰은 클라라와 그녀의 새로운 애인인 라울을 유력한 용의자로 지목하고 있다. 라울은 카지노 블루 개장식에서 클라라를 빼돌린 바 있으며 현재 종적을 감춘 상태이다.

16
조조트

이번에는 행운의 여신이 고르주레 수사반장 편이었다. 키다리 폴이 보낸 속달우편이 경찰청에 도착했을 때 고르주레는 이미 자리를 비운 상태였다. 금발의 아가씨가 이따금 나타난다는 시간에 맞춰 평소와 다름없이 볼테르 제방에서 순찰을 돌고 있었던 것이다. 덕분에 중이층 창문에서 자신을 부르는 관리인의 목소리에 재깍 반응할 수 있었다.

고르주레는 라울이 살던 중이층에 질풍처럼 들이닥쳤다. 하지만 곧 덜컥 멈춰 섰다. 숨이 넘어가기 직전인 키다리 폴의 모습을 보고 기겁해서 그런 것은 아니었다. 두 개의 창문 쪽으로 돌려진 채 놓여 있는 그 빌어먹을 안락의자, 라울이 자신을 골탕 먹이는 데 사용한 그 안락의자가 눈에 들어왔던 것이다.

"멈춰!"

고르주레는 자신을 따라온 두 부하에게 소리쳤다.

그리고 권총을 움켜쥔 채 조심조심 서서히 안락의자에 다가갔다. 적이 조금이라도 움직인다면 그 즉시 총알을 날릴 태세였다.

부하들은 어리둥절한 얼굴로 그런 상관의 모습을 지켜보고 있었다. 고르주레는 자신이 공연한 걱정을 했다는 걸 확인한 후 스스로의 행동에 만족해하며 뻐기듯 말했다.

"이렇게 철저하게 확인하고 넘어가야 아무 일도 일어나지 않는 법이야."

그제야 거북스러운 걱정에서 벗어난 사내는 죽어가는 키다리 폴에게 다가가 상태를 살펴보았다.

"아직 심장이 뛰고 있군…. 하지만 소생할 가망은 없겠어…. 얼른 의사를 불러와…. 바로 옆집에 의사가 살고 있으니."

고르주레는 즉시 오르페브르 제방에 있는 경찰청에 전화를 걸어 키다리 폴이 공격을 받아 죽어가고 있다는 사실을 알렸고, 부상자를 이송할 수 없을 듯하니 필요한 지시를 내려줄 것을 요청했다. 어쨌든 구급차는 필요한 상황이었다. 그러곤 부하를 시켜 인근 경찰서장에게도 상황을 알린 뒤 관리인을 대상으로 심문을 벌이기 시작했다. 관리인에게서 이런저런 이야기와 용의자의 인상착의를 들어보니 범인은 금발의 클라라와 그녀의 애인인 라울일 것이라는 확신이 생겼다.

그런 확신이 들자 고르주레는 몹시도 흥분했다. 의사가 나타나자 고르주레는 두서없는 말들을 다급히 쏟아냈다.

"너무 늦었소…. 거의 죽어가고 있소…. 어쨌든 시도는 해보시오…. 키다리 폴을 생포할 수만 있다면 사법 당국과 내게… 아주 커다란 도움이 될 거요…. 물론 당신에게도, 의사 선생."

그런데 그 순간 가뜩이나 흥분한 고르주레를 극도의 혼란 상태로 몰아넣은 사건이 벌어졌으니, 그의 심복인 플라망이 헐레

벌떡 뛰어와 이렇게 말했던 것이다.

"클라라! 그 여자를 붙잡았습니다."

"뭐? 뭐라고 했나?"

"금발의 클라라! 그 여자를 잡았다고요."

"세상에…!"

"제방에서 서성대는 걸 제가 붙잡았죠."

"그래, 지금 어디에 있나?"

"관리인실에 가둬놓았습니다."

고르주레는 층계를 미끄러지듯 내려가 여자를 움켜잡더니 계단을 다시 성큼성큼 올라와 여자를 질질 끌고 흔들어댄 뒤 키다리 폴이 숨을 거둔 소파에 내동댕이쳤다.

"자, 이 더러운 년, 네가 한 짓을 똑똑히 봐…."

여자는 겁에 질려 주춤 뒤로 물러섰다. 고르주레는 여자를 강제로 무릎 꿇린 뒤 부하들에게 명령을 내렸다.

"샅샅이 뒤져! 칼을 갖고 있을 거야…. 하! 요 앙큼한 계집, 이번에는 꼼짝없이 걸려들었군, 네 공범도 그렇고, 안 그래? 그 잘난 라울 말이야…. 아! 사람을 죽여놓고도 무사하리라 생각했나? 경찰을 허수아비로 알았나 보지…!"

하지만 아무리 뒤져보아도 칼이 나오지 않자 고르주레는 더욱더 부아를 냈다. 겁에 질린 가엾은 여자는 사내에게서 벗어나려고 몸부림을 쳤다. 여자는 결국 신경 발작을 일으키며 기절하고 말았다. 하지만 원한과 분노에 휩싸인 고르주레는 매몰차기 그지없었다. 사내는 여자를 두 팔로 안아 들며 말했다.

"자네는 여기에 남아 있게. 플라망…. 지금쯤 구급차가 와 있을 거야⋯. 10분 내로 이리로 다시 보내주지⋯."

그러고는 새로 도착한 남자에게 이렇게 말했다.

"아! 오셨군요, 서장님⋯. 저는 고르주레 수사반장입니다⋯. 제 동료가 상세하게 보고를 올릴 겁니다. 무엇보다 이 사건의 공범이자 주모자인 라울을 붙잡는 것이 관건입니다. 저는 이 살인범을 데리고 가겠습니다."

밖을 나서니 과연 구급차가 도착해 있었다. 더불어 형사 세 명이 택시에서 내렸다. 고르주레는 그들을 플라망에게 보내고 자신은 클라라를 침대에 눕혀 경찰청으로 데리고 갔다. 여전히 의식이 돌아오지 않은 클라라는 의자 두 개와 야전침대가 있는 자그마한 방으로 옮겨졌다.

그날 늦은 오후, 고르주레는 한껏 들뜬 채 클라라를 엄중히 취조할 순간을 기다리느라 족히 두 시간을 허비했다. 간단히 저녁을 먹은 그는 기다리던 취조를 시작하려 했다. 하지만 환자가 아직 심문에 응할 상태가 아니라며 담당 간호사가 면회를 허락하지 않았다.

고르주레는 볼테르 제방에 돌아와 현장 상황을 점검했지만 새로운 정보는 하나도 얻지 못했다. 행방조차 묘연한 장 데를르몽은 모레 오전 중에나 돌아올 예정이었다.

마침내 밤 9시가 되어서야 고르주레는 클라라가 누워 있는 침대에 접근할 수 있었다. 하지만 곧 기대가 산산이 부서지고 말았다. 여자가 좀처럼 입을 열지 않았던 것이다. 아무리 질문을 퍼부으며 다그치고, 추정되는 사건 경위를 늘어놓으며 증거를 들이대고, 라울을 비난하며 이제 곧 붙잡힐 것이라고 협박

해보아도 여자의 굳게 닫힌 입을 열게 할 수는 없었다. 눈물조차 흘리지 않았다. 여자는 아무런 감정도 묻어나지 않는 냉담한 얼굴을 하고 있었다.

그리고 이튿날 아침, 그리고 오후 내내 똑같은 상황이 펼쳐졌다. 여자는 단 한 마디도 하지 않았다. 검찰청에서 지정한 예심판사는 첫 심문을 다음 날로 연기했다. 심문이 연기됐다는 소식을 전해 들은 여자는 처음으로 고르주레의 질문에 입을 열었다. 자신은 결백하며 키다리 폴이 누군지도 모르고, 이번 사건에 대해서도 전혀 아는 바가 없으며, 법정에 출두하기 전에 풀려날 것이라는 이야기였다.

그렇다면 여자는 전능한 라울이 자신을 구해주리라 철석같이 믿고 있단 말인가? 극심한 불안에 사로잡힌 고르주레는 감시를 한층 강화했다. 그는 요원 두 명에게 망을 보게 한 뒤 저녁을 먹으러 집으로 향했다. 밤 10시쯤 돌아와 클라라를 마지막으로 다그쳐볼 작정이었다. 그때쯤이면 지칠 대로 지친 여자는 저항할 힘조차 내지 못할 터였다.

고르주레 형사는 포부르 생탕투안에 있는 어느 낡은 건물의 방 세 칸짜리 집에서 살았는데 깔끔하게 정돈된 집 안 곳곳에서는 우아한 취향을 지닌 안주인의 손길이 그대로 느껴졌다. 실제로 고르주레는 이미 10년 전에 결혼한 몸이었다.

고르주레는 원체 괴팍한 성격의 소유자인지라, 적갈색 머리카락에 육감적이고 매혹적인 고르주레 부인이 남편에게 절대적인 권위를 휘두르지 않았다면 사랑으로 시작한 결혼 생활은 진작 비극으로 끝장났을 터였다. 탁월한 살림꾼이지만 가벼운

데가 있어서 남자들에게 애교가 많고, 유흥을 좋아하며, 사람들 말로는 고르주레의 체면에는 그다지 관심이 없는 듯한 고르주레 부인은 동네 댄스홀에 자주 드나들었으며, 이 문제에 관해서만큼은 남편이 조금이라도 간섭하는 것을 용납하지 않았다. 대신 그 밖의 문제에 관해서는 남편이 큰소리를 칠 수 있도록 내버려두었다. 그럴 때면 어떻게 대응해야 하는지 잘 알고 있었으니 말이다.

그날 저녁, 고르주레가 저녁을 먹으러 서둘러 집으로 돌아왔을 때 아내는 아직도 귀가하지 않은 상태였다. 흔치 않은 일이었지만 이런 일이 있을 때마다 심한 말다툼이 벌어지곤 했다. 고르주레는 정확하지 않은 것을 못 참는 성미였다.

화가 머리끝까지 치솟은 고르주레는 앞으로 벌어질 광경과 부인에게 퍼부을 말들을 곱씹으며 활짝 열린 문 앞에 버티고 서 있었다.

9시가 되어도 아내는 돌아오지 않았다. 형사는 속이 부글부글 끓어올라 어린 하녀를 불러 자세히 캐물었고, 결국 아내가 무도회용 드레스를 입고 외출한 사실을 알아냈다.

"그럼 또 댄스홀에 갔다는 거야?"

"네, 생탕투안가로 가셨어요."

고르주레는 질투심 때문에 씩씩거리며 또다시 참고 기다렸다. 늦은 오후 무렵이면 댄스 타임이 끝나는데 고르주레 부인, 이 여자가 아직도 돌아오지 않고 있으니, 이 상황을 어찌 용납할 수 있단 말인가?

밤 9시 반, 이제 곧 클라라를 취조해야 한다는 생각에 초조해진 고르주레는 생탕투안가에 있는 댄스홀에 가보기로 마음먹었다. 그곳에 도착했을 때는 아직 야간 댄스 타임이 시작되기 전이었다. 몇몇 테이블에서는 손님들이 술을 마시고 있었다. 지배인에게 물어보자 그는 아름답게 치장한 고르주레 부인이 여러 남자들과 함께 있는 모습을 보았다고 자신 있게 대답했다. 아울러 떠나기 직전 고르주레 부인이 칵테일을 마셨던 테이블까지 손으로 가리키며 알려주었다.

"저기요…, 바로 저기에 앉아 있는 저 신사분과…."

고르주레는 지배인이 가리킨 곳으로 시선을 던지자마자 정신이 혼미해지는 것을 느꼈다. 저 남자의 등과 실루엣, 분명 눈에 익었다. 의심의 여지가 없었다. 자신이 아는 사람이었다.

고르주레는 부하들을 데리러 뛰쳐나가려 했다. 그것만이 저런 도발적인 행동에 대응하는 유일한 대처법이자 자신의 이성이 명령하는 단 하나의 해결책이었다. 이렇듯, 고르주레 같은 유능한 형사라면 악당이나 살인범을 맞닥뜨릴 경우 마땅히 그렇게 무력으로 상대를 제압해야 하거늘, 마음 한구석에서 의무감보다 강한 무언가가 솟구쳐 올라 그런 행동에 나서지 못하게끔 발목을 붙잡았다. 그것은 아내에게 무슨 일이 일어났는지 알고 싶은 강렬한 욕구였다. 고르주레는 분노에 차서 결연하게 발걸음을 옮겼다. 하지만 그 꼴이 두들겨 맞은 강아지처럼 어찌나 초라해 보이던지! 고르주레는 사내 곁에 있는 테이블로 다가갔다.

자리를 잡은 형사는 상대의 멱살을 잡지 않으려고, 욕설을 내뱉지 않으려고, 안간힘을 쓰며 가만히 기다렸다. 하지만 라울이 꿈쩍도 하지 않자 결국 참다못해 버럭 소리쳤다.

"비열한 자식!"

"버릇없는 놈!"

"천하에 비열한 놈!"

고르주레는 계속해서 욕을 내뱉었다.

"천하에 버릇없는 놈!"

라울이 응수했다.

한동안 침묵이 흘렀다. 음료를 주문 받으러 온 종업원이 침묵을 깨뜨렸다.

"크림 커피 두 잔."

라울이 주문을 했다.

커피 두 잔이 그들 앞에 놓였다. 라울은 다정하게 자기 잔을 고르주레의 잔에 부딪치고는 커피를 홀짝홀짝 마셨다.

이제 고르주레는 제아무리 감정을 제어해보려고 해도 라울의 멱살을 붙잡고 코밑에 총구를 들이델 생각밖에 떠오르지 않았다. 그런 행동은 자기 직무의 일부이기도 했고 그에 대한 거부감도 전혀 없었지만 어찌 된 일인지 도저히 실행에 옮길 수가 없었다.

저 지긋지긋한 라울 앞에만 서면 온몸이 마비되는 것 같았다. 볼니크 성의 폐허와 리옹 역, 그리고 카지노 블루 무대 뒤에서 마주친 일들이 머릿속에 떠오르면서 마치 구속복拘束服에 몸이 묶인 듯 일종의 무기력 상태에 빠져들어 차마 공격할 엄두가 나지 않았던 것이다.

반면 라울은 비밀을 털어놓듯 다정하게 말했다.

"저녁 식사는 아주 잘했다네…. 특히 과일… 과일을 좋아하더군."

고르주레는 얼핏 클라라에 대한 얘기일 것이라 짐작하며 물었다.

"누구 말인가?"

"누구냐고? 이름은 모르겠는데."

"누구의 이름?"

"고르주레 부인의 이름…."

고르주레는 현기증이 나는 듯 숨넘어가는 목소리로 중얼거렸다.

"그러니까 네놈이로군, 이 나쁜 자식…? 네놈이 이 파렴치한 짓을 저지른 거였어…. 조조트를 납치하다니!"

"조조트…? 아주 감미로운 이름이야! 자네가 아내에게 붙여준 애칭인가 보지? 조조트… 더할 수 없이 잘 어울려…. 아! 그 이름을 들으니 자연스레 귀여운 얼굴이 떠오르는군! 고르주레의 조조트! 조조트의 고르주레트(고르주레의 이름을 희화화한 말장난으로 여성복의 장식깃이라는 뜻이다 – 옮긴이)! 그 여자의 얼굴과 딱 어울리는 이름이야, 조조트!"

고르주레는 튀어나올 것 같은 눈을 하고 더듬거렸다.

"지금 어디에 있지? 어떻게 납치한 거야? 이 비열한 자식!"

라울은 차분하게 대답했다.

"납치하지 않았네. 그저 칵테일 한 잔을 대접했을 뿐이지. 그리고 잠시 관능적인 탱고도 췄지. 여자가 살짝 어지러워하기에 내 차를 타고 뱅센 숲을 한 바퀴 도는 게 어떻겠느냐고 했더니 흔쾌히 응하더군…. 그러고 나서 내 친구의 독신자 아파트에서 세 번째 칵테일 잔을 들기로 했지. 누구에게도 들킬 염려 없는 아주 쓸 만한 곳이거든….”

고르주레는 숨이 넘어갈 듯 물었다.

“그래서…? 그래서 무슨 일이 있었던 거야?”

“무슨 일이 있었느냐고? 아무 일도 없었어. 맙소사, 대체 무슨 일이 있었기를 바라는 건가? 조조트는 내게 신성불가침의 여자라고. 내 친구 고르주레의 여자를 건드리다니! 조조트에게서 고르주레트를 떼어내다니! 그 부인에게 욕망의 눈길을 던지다니! 큰일 날 소리!”

그제야 고르주레는 적이 또다시 자신을 끔찍한 궁지에 몰아넣었음을 깨달았다. 놈을 붙잡고 사법 당국에 넘긴다면 틀림없이 자신은 세간의 웃음거리로 전락할 터였다. 게다가 라울을 체포한다고 해서 반드시 조조트를 찾게 되리라는 보장도 없지 않은가! 고르주레는 상대에게 바짝 다가가 그 가증스러운 얼굴을 마주하며 이렇게 말했다.

“뭘 원하나? 목적이 있어서 그런 짓을 했을 거 아니야….”

“물론이지!”

“그게 뭔가?”

“금발의 클라라를 언제 보기로 했지?”

“잠시 후에.”

“또 심문할 셈인가?”

“그래.”

“그만두게.”

"어째서?"

"경찰 심문이 얼마나 끔찍하게 이루어지는지 잘 알고 있기 때문이지. 그건 야만적인 행위야. 고문을 옹호하던 과거의 잔재라고. 오직 예심판사만이 취조할 권한이 있네. 그러니 자네는 여자를 가만히 내버려 둬."

"그게 원하는 전부인가?"

"아니."

"그럼 또 뭘 원하나?"

"신문을 보니 키다리 폴의 상태가 호전되고 있다더군. 사실인가?"

"그래."

"그자가 살아나기를 원하나?"

"그래."

"클라라도 그 사실을 알고 있나?"

"아니."

"그럼 클라라는 그자가 죽은 줄 알고 있나?"

"그래."

"어째서 그녀에게 그 사실을 숨기는 거지?"

고르주레의 눈빛이 심술궂게 변했다.

"그야 그 부분이 바로 클라라의 약점이기 때문이지. 그자가 죽은 줄 알고 있어야 입을 열 것 아닌가."

"비열한 놈!"

라울은 나지막이 이렇게 내뱉고 곧장 지시를 내렸다.

"클라라를 다시 만나러 가. 하지만 취조할 생각은 집어치우고 그저 이렇게만 말하는 거야. 키다리 폴은 죽지 않았고 곧 괜찮아질 거라고. 더 이상 한마디도 하지 말고."

"그다음에는?"

"그다음에? 여기로 돌아와서 날 다시 만나는 거야. 그리고 자네 부인의 머리를 두고 맹세를 하는 거지. 시키는 대로 잘 전달했다고 말이야. 그러면 조조트는 한 시간 후에 가정의 품으로 되돌아올 거야."

"만약 내가 거절한다면?"

라울은 다음과 같은 짤막한 문장을 한 음절씩 힘주어 말했다.

"만약 자네가 거절한다면 난 조조트를 다시 만나러 가겠지…."

고르주레는 그 말의 뜻을 알아채고 분노가 치솟아 주먹을 불끈 쥐었다. 그리고 잠시 생각에 잠기더니 진지한 어조로 이렇게 말했다.

"자네는 무리한 요구를 하고 있어. 그 어떤 것도 소홀히 하지 않고 오로지 진실을 향해 전진해야 하는 게 바로 내 의무야. 클라라를 그런 식으로 봐준다면 난 배임죄를 저지르는 거라고."

"선택은 자네 몫일세. 클라라인가… 아니며 조조트인가."

"그런 식의 질문은 성립될 수 없어…."

"내게는 아주 잘 성립되는 질문이야."

"하지만…."

"내 제안을 받아들이든가, 거부하든가."

고르주레는 쉽게 물러서려 하지 않았다.

"왜 그런 말을 전하라는 거지?"

라울은 그 질문에 대답하지 말았어야 했다. 자신의 들끓는 감정까지 드러내고 말았으니….

"그녀가 절망에 빠질까 봐 두려워. 누가 알겠나! 자신이 사람을 죽였다는 생각에…."

"그 여자를 정말로 사랑하고 있군?"

"물론이지! 안 그러면…."

라울은 문득 말을 멈췄다. 고르주레의 눈동자에서 한순간 매서운 빛이 스치는 것을 보았기 때문이다. 고르주레는 말을 맺었다.

"알았네. 여기에 있게. 20분 내로 돌아와서 어찌 되었는지 전해주지. 그럼 자넨…."

"조조트를 풀어주지."

"맹세할 수 있나?"

"맹세하지."

고르주레는 자리에서 일어나 종업원을 불렀다.

"웨이터! 크림 커피 두 잔, 얼마지?"

고르주레는 돈을 지불한 뒤 황급히 멀어져 갔다.

17
불안

　사실 금발의 클라라가 체포된 사실을 알고 나서부터 생탕투 안의 댄스홀에서 고르주레를 만나기 전까지 흘러간 그 한나절 은 라울에게 있어서 한없이 괴로운 순간의 연속이었다.

　행동해야 했다. 그것도 지체 없이 행동에 나서야 했다. 하지 만 어느 방향으로 가야 한단 말인가? 라울은 분노를 여과 없이 터트렸다. 그렇게라도 안 하면 머릿속에서 내내 떠나지 않는 자살에 대한 걱정 때문에 자기 천성과는 정반대로 낙담에 빠져 정신을 차리지 못할 것 같았기 때문이었다.

　키다리 폴의 공범들, 특히 그 뚱보 운전기사가 오퇴유의 저 택 위치를 경찰에게 알렸을까 봐 라울은 생루이 섬에 사는 친 구 집으로 근거지를 옮긴 상태였다. 그 집의 절반은 언제든 라 울이 마음대로 사용할 수 있는 공간이었다. 그곳은 경찰청과 가까운 곳에 있었으며 물론 경찰청 내부에는 라울이 심어둔 심 복과 동료들이 있었다. 그런 식으로 라울은 클라라가 사법경찰 국에 감금돼 있다는 사실을 알게 되었다.

　하지만 이 상황에서 뭘 어떻게 할 수 있겠는가? 여자를 빼내

온다? 그것은 거의 불가능하며 가능하다 하더라도 오랜 준비 기간이 필요한 일이었다. 그런데 정오쯤, 신문을 사서 관련 기사 내용을 샅샅이 파악하는 임무를 맡은 쿠르빌은(오퇴유의 별장까지 적을 데리고 오는 경솔한 짓을 저지른 탓에 라울에게서 크게 꾸지람을 들은 후부터 어찌나 열성을 다해 자기 임무를 수행했는지!) 〈라 쾨이유 뒤 주르〉지를 가져왔는데, 그 신문에는 마감 직전에 게재한 다음과 같은 기사가 실려 있었다.

오늘 아침에 알려진 소식과는 달리 키다리 폴은 사망하지 않은 것으로 밝혀졌다! 설령 상태가 위중하다 할지라도 강인한 체력을 지닌 키다리 폴이 치명적인 부상을 극복하고 소생할 가능성은 얼마든지 있을 것으로 보인다.

기사를 읽자마자 라울은 소리쳤다.

"클라라가 이 소식을 알아야만 해! 틀림없이 지금 클라라에게는 바로 이 문제가 최악의 재앙일 테고 불안의 원인일 테니, 이 소식을 전해 안심시켜야 한다고. 필요하다면 최고로 좋은 소식을 만들어내서라도⋯."

오후 3시, 라울은 오래전부터 알고 지낸 사이인 데다 자신의 편의를 봐줄 만한 사법경찰국 서기와 은밀히 접선했다. 서기는 클라라에게 접근할 수 있는 담당 여직원에게 슬쩍 돈을 건네겠노라고 약속했다.

아울러 라울은 고르주레와 그의 가정사에 관해 필요한 정보를 입수했다.

저녁 6시, 자신의 사법경찰국 밀사로부터 더 이상 전해 들을 말이 없어지자 라울은 생탕투안가의 댄스홀로 향했다. 그곳에 들어가서 미리 인상착의를 파악해둔 매력적인 고르주레 부인을 곧장 알아보았고, 물론 자신의 이름은 밝히지 않은 채 고르주레 부인을 유혹하기 시작했다.

한 시간 후, 여자의 환심을 산 라울은 경계심을 완전히 푼 조조트를 생루이 섬의 친구 집에 가두어놓았다. 그리고 밤 9시, 미끼를 문 고르주레가 생탕투안가의 댄스홀로 찾아와 마침내 두 사람의 만남이 성사됐던 것이다.

따라서 그때까지는 모든 일이 라울의 의도대로 흘러가는 듯했다. 하지만 고르주레와 이야기를 나눈 뒤 거북스러운 느낌이 좀처럼 가시지 않았다. 요컨대 다 잡아놓은 승리가 자신의 통제를 벗어나 제멋대로 결말을 향해 달려가는 기분이었다. 고르주레를 손아귀에 넣었다가 그 형사가 어떻게 나올지 확인할 도리도 없이 무조건 믿고 놓아주었다. 실제로 클라라가 그 소식을 전해 들을지 무슨 수로 보장한단 말인가? 고르주레의 약속을 믿고? 하지만 고르주레가 자신은 어쩔 수 없이 강제로 약속한 것일 뿐이며 라울이 제안한 행동은 자신의 직업적 의무에 위반되는 것이라고 판단한다면?

라울은 고르주레가 어떤 생각을 하며 자기 옆에 앉아서 굴욕적인 흥정에 응할 수밖에 없었는지 아주 잘 간파하고 있었다. 하지만 밖으로 나간 형사가 냉정을 되찾고 다른 마음을 먹었을지 아무도 모를 일 아닌가? 경찰의 임무는 범인을 체포하는 것, 하지만 방금 전 고르주레에게는 그럴 수단이 없었다. 그러니

이 20분의 여유 시간 동안 그 수단을 갖추기 위해 전열을 가다듬을 수도 있지 않겠는가?

'그래, 분명 지원군을 데리러 간 거야. 아! 나쁜 놈, 오늘 밤 속 좀 새까맣게 타보라지!'

라울은 속으로 그렇게 중얼거리고 종업원을 불렀다.

"웨이터, 쓸 것 좀 갖다 주시오."

라울은 종업원이 가져다준 종이 위에 거침없이 다음과 같은 글을 적었다.

숙고 끝에 결국 난 조조트를 만나러 간다.

그리고 봉투에다 '고르주레 형사에게'라고 적었다.

라울은 가게 주인에게 편지를 맡겼다. 그리고 100미터 떨어진 곳에 세워둔 자동차에 올라타 댄스홀 입구를 유심히 지켜보았다.

라울의 짐작은 틀리지 않았다. 약속한 시간이 되자 고르주레가 나타나 댄스홀 주변에 부하들을 빙 둘러 배치시키고는 플라망을 대동하고 안으로 들어갔다.

라울은 쓸쓸히 상황을 받아들였다.

'무승부로군. 그래도 오늘은 시간이 너무 늦어서 저놈이 더 이상 클라라를 괴롭히지 못할 테니 소소한 승리는 거둔 셈이야.'

일부러 빙 돌아서 생루이 섬으로 돌아간 라울은 조조트가 한동안 난리 법석을 떨며 흐느끼다가 마침내 단념하고 조용히 잠들었다는 사실을 전해 들었다.

한편 경찰청으로부터는 클라라와 접선하려는 시도가 어찌 되었는지 아무런 소식도 들려오지 않았다.

라울은 친구에게 말했다.

"어찌 됐든 내일 정오까지 조조트를 붙잡아 둬야겠어. 고르 주레를 애태우기 위해서라도 말이야. 내일 여자를 데리러 오겠네. 어디로 나가는지 여자가 알지 못하도록 차에 커튼을 쳐놓을 거야. 오늘 밤 내게 조금이라도 전할 말이 있으면 오퇴유로 전화하게. 난 그리로 돌아가서 조용히 생각을 좀 해야겠어."

부하들은 모두 밖에서 활동 중이었고 쿠르빌과 하인은 차고로 돌아갔기 때문에 별장에는 아무도 없었다. 라울은 침실의 안락의자에 앉아 한 시간 동안 눈을 붙였다. 라울은 그 정도만 자도 충분히 피로를 떨치고 명석한 두뇌를 되찾을 수 있었다.

라울은 악몽에 시달리다가 잠에서 퍼뜩 깨어났다. 또다시 클라라가 센 강을 따라 걷다가 강물에 이끌려 몸을 숙이는 꿈이었다.

라울은 바닥을 박차고 일어나 방 안을 서성거렸다.

"그만! 이제 그만! 약해져서는 안 돼. 상황을 똑똑히 봐야 한다고. 자, 보자! 어디쯤 와 있지? 고르주레와의 게임은 물론 무승부였어. 내가 너무 서두르는 바람에 제대로 준비도 하지 않고 공격에 나섰으니까. 사랑에 눈이 멀어 열정에 휘둘리게 되면 이렇게 실수를 저지르기 마련이라니까. 모두 잊어버리자. 침착하자고. 차분히 행동 계획을 세우는 거야."

하지만 제아무리 논리적이고 힘이 되는 말을 해봐도 마음이 도무지 진정되지 않았다. 물론 라울은 자신이 클라라가 풀려날 방도를 어떻게든 찾을 것이며 사랑하는 클라라가 머지않아 경솔한 행동을 저지른 대가를 비싸게 치르지 않고도 그녀의 자리인 자신의 곁으로 돌아오리라는 사실을 잘 알고 있었다. 하지만 지금 미래의 일이 다 무슨 소용이겠는가? 당장 눈앞에 닥친 위협을 몰아내야 하는 상황인데.

그런데 이 위협은 이 끔찍한 밤 내내 끊임없이 이어지다가 판사에게 사건이 넘어갈 때 비로소 끝이 날 터였다. 바로 그 순간이 클라라에게는 구원을 의미했다. 그제야 키다리 폴이 무사하다는 소식을 듣게 될 테니 말이다. 하지만 과연 여자에게 그때까지 버틸 힘이 남아 있을까…?

그런 무자비한 생각들이 끊임없이 머릿속을 맴돌며 라울을 괴롭혔다. 라울은 지금껏 경찰국 여직원을 통해서든 고르주레를 통해서든 오로지 클라라에게 키다리 폴이 살아 있음을 전하고자 하는, 그 한 가지 목표를 위해 온갖 노력을 쏟아부었다. 그러니 만약 이 목표가 좌절된다면 이성을 잃고 벽에 머리를 박는 광란을 일으킬 수밖에 없지 않겠는가? 클라라는 모든 것을 견뎌낼 수 있을 것이다. 감옥, 법정 공방, 유죄판결… 하지만 자신의 두 손으로 사람을 죽였다는 생각을 여자가 과연 견뎌낼 수 있을지…?

비틀거리며 무너지는 사내 앞에서 겁에 질려 소스라치던 여자의 모습이 머릿속에 떠올랐다.

"내가 죽였어…! 내가…! 당신은 이제 나를 사랑하지 않을 거예요."

그리고 라울은 그 가엾은 여자의 도피가 죽음으로의 질주, 이 세상에서 사라지고 싶은 강렬한 욕망으로의 도주라고 생각했다. 그런데 체포되어 감금되어 있다니…. 그것은 여자로 하여금 자신이 사람을 죽였으며, 살인을 저지른 수많은 사악한 존재 중 한 명이 자신임을 여실히 자각하게 하는 상황이 아닌가 말이다.

그러한 생각이 라울을 몹시도 괴롭혔다. 밤이 깊어갈수록 라울은 끔찍한 일이 곧 벌어질 것이며, 어쩌면 이미 벌어졌을지도 모른다는, 견딜 수 없는 확신 속에 점점 빠져들었다. 머릿속에서 가장 기괴하며 잔인한 자살 방법들이 떠올랐다. 그렇게 처참한 광경을 보고 신음과 비명 소리를 들은 뒤, 또다시 상상에 빠져 또 다른 형태의 끔찍한 광경을 보고 신음과 비명 소리를 듣는 형벌을 끊임없이 스스로에게 가했다.

나중에 그 단순하고 당연한 진실을 깨달았을 때, 그래서 수수께끼의 해답이 명료하게 보였을 때, 라울은 자신이 그 해답을 미리 알아채지 못한 사실이 너무나 기가 막혀서 한동안 멍한 상태에 빠질 수밖에 없었다. 진작 자신의 눈앞에 펼쳐졌어야 할 그 광경은 정말이지 지극히 일상적이고 평범한 나날의 이미지였다. 여러 정황에 이끌려서 깨닫기 전에, 인간적으로 파악할 수 있는 진실의 요소들, 말하자면 자신의 지각할 수 있고 만질 수 있는 능력들을 토대로 애초에 그 사실을 마땅히 알아차렸어야 했다. 하긴 이런 식으로 일이 꼬이는 법도 종종 있기 마련 아니던가. 등잔 밑이 어두운 법이니 말이다.

하지만 그 순간이 오기 전까지 라울은 자신이 칠흑 같은 암흑 속에 갇혀 있다고 생각했다. 너무나 고통스러운 나머지 아무것도 내다보지 못한 채 한 줄기 빛도 없는 현재에 꼼짝없이 묶여 있었던 것이다. 스스로 힘을 북돋고 밑바닥을 차고 오르는 데 익숙한 그였지만 그날 밤 라울은 끝없이 이어질 것 같은 일분일초를 견디고 또 견디고만 있었다.

2시… 2시 반….

라울은 열린 창문을 바라보며 저 나무 위로 하얗게 동이 터오르기를 기다리고 있었다. 순진하게도 아직 클라라가 죽지 않았다면 그녀가 대낮에는 차마 자살할 용기를 내지 못하리라 생각했던 것이다. 자고로 자살은 어둠과 침묵의 행위가 아니던가.

가까운 성당에서 3시를 알리는 종소리가 들렸다.

3시 5분… 3시 10분….

그런데 갑자기 라울이 소스라쳤다.

누군가 거리에 있는 철책 문에서 초인종을 눌렀던 것이다. 친구일까? 누군가 새로운 소식을 전하러 온 것일까?

평상시에는 이처럼 야심한 시간에 누군가 찾아오면 일단 누군지 확인부터 하고 문을 열어주었지만, 그날 라울은 자기 방에서 재빨리 문을 열어주었다.

주변이 원체 어두워서 철책 문을 열고 들어와 정원을 가로질러 오는 사람이 누군지 도저히 분간할 수 없었다. 계단을 천천히 올라오는 발소리가 어렴풋이 들렸다.

초조함에 사로잡힌 라울은 어쩌면 불행만을 가중시킬지도 모를 미지의 상황을 맞이할 엄두가 나지 않아 차마 문턱까지 걸어가지도 못했다.

누군가 힘없는 손길로 문을 열었다.

클라라였다….

18
두 미소에 얽힌 비밀

물론 라울의 인생은(다시 말해 아르센 뤼팽의 인생은) 그 누구의 인생 못지않게 놀라운 일들, 비극적이고 희극적인 사건들, 불가해한 충격적인 일들, 모든 현실과 논리를 초월하는 반전들로 가득했다. 하지만 아마도(훗날 아르센 뤼팽이 고백했듯이) 금발의 클라라가 불현듯 나타난 그 순간이야말로 라울의 인생을 통틀어 가장 아연실색한 순간이었을 것이다.

클라라가 나타나다니, 있을 수 없는 일이었다. 안색이 창백한 여자는 기진맥진한 채 슬픈 표정으로 열에 들뜬 눈을 반짝이고 있었고, 입고 있는 드레스는 더럽고 구깃구깃한 데다 옷깃까지 찢겨져 있었다. 그렇다. 의심의 여지 없이 여자는 분명 살아 있었다. 하지만 틀림없이 자유의 몸은 아닐 터! 경찰은 잡아놓은 먹잇감, 그것도 현행범으로 검거한 확실한 용의자를 아무 이유 없이 풀어주지는 않는다. 더군다나 경찰청에서 여자가, 그것도 클라라처럼 고르주레의 특별한 감시를 받고 있는 여자가 탈출한 예도 일찍이 없었다. 그렇다면 대체 어찌 된 영문이란 말인가?

두 사람은 아무 말 없이 서로를 물끄러미 바라보았다. 당혹감에 휩싸인 라울은 얼빠진 얼굴을 한 채 도무지 닿을 수 없을 것 같은 진실을 잡으려 머리를 쥐어짜고 있었고, 참담함과 수치심에 사로잡힌 여자는 쭈뼛거리며 마치 이렇게 얘기하는 듯한 표정을 짓고 있었다.

'아직도 날 원하나요? 사람을 죽인 여자를 받아줄 건가요…? 당신 품으로 달려가야 하나요…? 아니면 이대로 뛰쳐나갈까요…?'

마침내 여자는 불안감에 온몸을 떨며 나지막이 말했다.

"죽을 용기가 없었어요…. 그러고 싶었는데… 몇 번이나 물에 뛰어들려 했지만… 차마 용기가 나지 않아서…."

어안이 벙벙한 라울은 꼼짝도 하지 않은 채 여자를 멍하니 바라보았다. 여자의 말은 거의 듣지도 않은 채 어찌 된 영문인지 생각하고 또 생각했다…. 사실 문제는 더할 나위 없이 분명하고 적나라하게 드러나 있었다. 자신의 눈앞에 있는 클라라가 경찰청에도 있다. 이 모순적인 사실, 그것이 바로 이 문제의 해답 그 자체나 다름없었다. 라울은 처음부터 이 사실의 좁은 테두리 안에 머물러야 했고, 빠져나올 생각을 하지 말아야 했다.

아르센 뤼팽은 진실을 눈앞에 두고 무한정 넋 놓고 있을 인물이 아니었다. 그 진실이 너무나 단순한 까닭에 지금껏 어이없이 헤맸지만, 이제는 정말 끝장을 내야 할 때가 온 것이다.

나무 위로 동이 터올라 하늘이 환해지면서 이내 새벽빛이 방 안의 전등 불빛과 뒤섞였다. 클라라의 얼굴에도 새벽빛이 내려앉았다. 여자는 나지막이 되뇌었다.

"죽을 용기가 없었어요…. 죽었어야 했는데, 그렇죠? 그랬다면 날 용서했을 텐데… 차마 용기가 나지 않았어요…."

라울은 절망과 고통이 서린 여자의 얼굴을 한동안 물끄러미 바라보았다. 그렇게 여자의 표정을 살피며 서서히 냉정을 되찾는가 싶더니 어느새 평온한 표정이 되고 급기야 옅은 미소까지 짓는 것이었다. 그러더니 그토록 엉뚱한 반응을 보이리라는 아무런 예고도 없이, 그야말로 느닷없이 웃음을 터트리기 시작했다. 그것은 찰나의 웃음이나 억눌린 웃음, 지금의 비장한 분위기에 곧장 제압당할 웃음이 아니라 영원히 멈출 것 같지 않은 포복절도였다.

뿐만 아니라 이 시의적절치 않은 유쾌함에 난데없는 춤까지 살짝 가미했는데, 그런 모습에서 즉흥적이며 천진스러운 라울의 성격이 여실히 드러나 보였다. 그 발작적인 유쾌함은 이런 의미를 담고 있는 듯했다.

'내가 웃는 건, 당신이 운명의 장난으로 그런 상황에 처하게 된 것을 보니 도저히 웃지 않을 수 없었기 때문이야.'

사형선고라도 받은 듯 낙담해 있던 클라라는 이 뜬금없는 폭소에 몹시 어리둥절해하는 모습이었다. 라울은 당황한 여자에게 달려들어, 두 팔로 번쩍 들어서 마네킹처럼 빙글빙글 돌리다가 격정적으로 입을 맞추고 품에 안은 뒤 마침내 침대에 눕히며 이렇게 속삭였다.

"자, 이제 마음껏 울어, 내 사랑. 실컷 다 울고 나서 당신이 죽어야 할 이유가 하나도 없다는 사실을 깨닫고 나면, 그때 가서 이야기 좀 나눠보자고."

그러자 여자는 벌떡 일어나 라울의 어깨를 껴안으며 말했다.

"그럼 날 용서해주는 건가요? 내 사과를 받아주는 거예요?"

"용서하고 말고 할 것도 없어. 당신이 사과할 일도 없고 말이야."

"아니에요. 내가 살인을 저질렀잖아요."

"당신은 살인을 저지르지 않았어."

여자가 의아해했다.

"그게 무슨 말이죠?"

"죽은 사람이 없으니 살인을 저지른 게 아니라는 뜻이지."

"분명 사람이 죽었어요."

"아니."

"아! 라울, 대체 무슨 얘기를 하려는 거예요? 그럼 내가 발텍스를 칼로 찌르지 않았다는 건가요?"

"찌르기야 찔렀지. 하지만 그런 놈들은 쉽게 죽지도 않는 법이야. 신문을 읽지 않은 모양이지?"

"예. 읽고 싶지 않았어요…. 내 이름이 실렸을까 봐 두려웠거든요…."

"당신 이름이야 대문짝만하게 실렸지. 하지만 그게 발텍스가 죽었다는 뜻은 아니잖아."

"정말인가요?"

"어젯밤 우리 친절한 고르주레가 직접 알려주더군. 발텍스, 그자가 목숨을 건졌다고 말이야."

여자는 라울을 안고 있던 팔을 풀더니 남자가 예상했던 대로 마음껏 울며 그간의 절망을 털어내기 시작했다. 여자는 침대에

엎드린 채 신음과 탄식을 내뱉으며 아이처럼 흐느꼈다.

라울은 여자가 실컷 울도록 내버려 둔 채 생각에 잠겼다. 머릿속에서 번뜩 섬광이 스치면서 얽히고설킨 수수께끼가 서서히 풀리기 시작했다. 하지만 아직도 얼마나 많은 부분이 어둠 속에 가려져 있는지!

라울은 한참 동안 방 안을 서성거리며 처음 시골 아가씨가 층을 잘못 찾아 자신의 집으로 들어서던 모습을 머릿속으로 떠올렸다. 그 앳된 얼굴이 어찌나 매력적이었던지! 그 표정과 살짝 벌린 입술이 어찌나 해맑아 보였던지! 그 상큼하고 순수했던 시골 아가씨는 지금 자신의 곁에서 가혹한 운명에 허덕이고 있는 저 여자와 얼마나 다른 모습이었던가! 이제 그 두 이미지는 뒤섞여 하나로 합쳐지는 대신 각기 다른 별도의 이미지로 분리되었다. 두 개의 미소가 따로 떨어졌다. 시골 아가씨의 미소, 그리고 클라라의 미소… 가엾은 클라라! 보다 매혹적이고 관능적이긴 하지만 순수함과는 거리가 먼 여인!

라울은 침대로 돌아와 가장자리에 걸터앉아 여자의 이마를 부드럽게 어루만졌다.

"많이 피곤한 거야? 내 질문에 대답해줄 수 있겠어?"

"예."

"우선 다른 질문을 요약하는 질문부터 하지. 내가 방금 무엇을 깨달았는지 알고 있겠지?"

"예."

"그럼 클라라, 알고 있었으면서 왜 내게 그 사실을 말하지 않았어? 어째서 그토록 교묘하게 얼버무려가며 내가 착각하게끔 내버려 둔 거야?"

"당신을 사랑했으니까요."

"날 사랑했기 때문이라…."

라울은 그 뜻을 이해하지 못한 듯 여자의 말을 되받아 중얼 거렸다.

여자가 심히 괴로워하고 있는 사실을 눈치챈 라울은 그녀를 달래기 위해 농을 던졌다.

"그것참 되게 복잡하군, 귀여운 아가씨. 누구든 당신 이야기 를 듣는다면 당신이 살짝… 살짝…."

"살짝 미쳤다고 생각할 거라고요? 하지만 내가 제정신이고 지금 하는 말도 모두 진실이라는 사실을 당신도 잘 알고 있잖 아요. 인정하시죠…? 분명 그럴 거예요…."

라울은 어깨를 으쓱하고는 다정한 어조로 채근했다.

"어서 얘기해봐, 내 사랑. 당신이 처음부터 쭉 이야기를 하고 나면 지금껏 날 믿지 않았던 것이 얼마나 어리석은 일이었는지 곧 깨닫게 될 거야. 현재 우리가 이런 곤란한 상황에 처하게 된 것도, 또 비극에 맞서 발버둥 치는 것도 다 당신이 침묵을 고집 했기 때문이라고."

여자는 하염없이 흐르는 눈물을 침대 시트로 닦아낸 뒤 나지 막한 목소리로 고분고분 말하기 시작했다.

"더 이상 거짓말하지 않겠어요, 라울. 내 어린 시절을 포장하 지 않을 거예요…. 행복하지 않았던 어느 작은 소녀에 대한 이 야기랍니다…. 내 어머니의 이름은 아르망드 모랭, 날 무척이 나 사랑하셨죠. 하지만 어머니의 인생은 그리 순탄하지 않았어요…. 그래서 날 많이 보살펴주지는 못했죠. 우린 파리의 한 아파트에서 살았는데 항상 사람들의 발길이 끊이지 않았어요…. 명령하는 아저씨… 선물을 한 보따리씩 가지고 오는 아저씨… 먹을거리와 샴페인을 가지고 오는 아저씨… 가지각색의 아저씨들이 찾아왔는데 그중에는 물론 저한테 잘해주는 분도 있었지만 불쾌하게 구는 아저씨들도 있었죠…. 그래서 난 거실에 나가 있거나… 하인들과 함께 찬방에 머물러 있곤 했어요…. 그 후 수차례 이사를 다녔는데 이사를 갈 때마다 집이 점점 더 작아지더니 결국 단칸방에서 살게 되었죠."

여자는 잠시 말을 멈춘 뒤 더욱 작은 목소리로 이야기를 이어나갔다.

"게다가 불쌍한 엄마는 병들기까지 하셨죠. 기력을 잃자 갑자기 늙어버리시더군요. 난 엄마를 돌봐드렸죠…. 살림도 하고… 학교는 더 이상 다닐 수 없게 됐지만 틈틈이 교과서도 읽었고요…. 엄마는 내가 공부하는 모습을 슬픈 표정으로 바라보곤 하셨어요. 그러던 어느 날 엄마는 신열에 들떠 정신이 온전치 않은 상태에서 이런 말씀을 하셨어요. 아직도 그 말 한 마디 한 마디를 생생히 기억하고 있답니다.

'클라라, 네 출생에 대해 전부 알아야만 해. 네 아빠의 이름도 알아야 하고… 엄마는 젊었을 때 파리에 살았단다. 당시 조용한 성격이었던 난 어느 가정집에서 품삯을 받고 재단사로 일했는데, 거기서 날 유혹했던 한 남자를 만나 마음을 빼앗겼지. 난 무척 불행했어. 그 남자에게는 나 말고도 애인이 아주 많았거든…. 그 사람은 네가 태어나기 몇 달 전에 내 곁을 떠나더니

1~2년 동안 돈만 보내주더구나. 그러다가 아예 여행을 떠나버렸지…. 그 후 난 그 사람을 단 한 번도 찾지 않았고, 아마 그 사람도 내 소식을 전혀 듣지 못했을 거야. 그 사람은 후작이었어…. 아주 부자였지…. 그 사람의 이름을 알려주마….'

그날 불쌍한 엄마는 정신이 몽롱한 상태에서 내 친부에 대한 이야기를 좀 더 들려주었죠.

'그 사람에게는 나보다 먼저 만난 애인이 한 명 있었는데, 시골에서 가정교사를 하는 아가씨였단다. 어쩌다 보니 여자가 임신한 사실을 알기 전에 그 사람이 그녀를 떠나버린 사실까지 알게 되었어. 그런데 몇 년 전 도빌에서 리지외까지 여행하던 중, 너와 헷갈릴 정도로 꼭 닮은 열두 살짜리 어린 여자아이를 만난 거야. 그래서 그 아이에 대해 알아보았지. 이름이 앙토닌이더구나. 앙토닌 고티에….'

이상이 엄마한테서 들은 내 과거 이야기 전부예요. 엄마는 아버지의 이름을 말해주지도 못한 채 돌아가셨죠. 그때 난 열일곱 살이었어요. 엄마가 남긴 서류를 뒤적여보았지만 단서가 될 만한 건 루이 16세풍의 커다란 책상 사진 하나밖에 없었어요. 그런데 그 사진에 비밀 서랍에 대한 얘기와 그 서랍을 여는 방법이 적혀 있더군요(엄마 필체로요). 하지만 당시에는 크게 신경 쓰지 않았어요. 전에도 말했듯이 난 일을 해야 했어요. 그래서 춤을 추기 시작했죠…. 그러다가 18개월 전에 발텍스를 알게 된 거고요."

클라라는 문득 말을 멈췄다. 지친 기색이 역력했다. 하지만 이야기를 이어나가고 싶어 했다.

"발텍스는 그다지 외향적인 성격이 아니라 내게 사적인 이야기를 좀처럼 털어놓지 않았어요. 그런데 어느 날, 그러니까 그날이 내가 볼테르 제방에서 그자를 기다린 날이었는데, 자신이 오랫동안 알고 지내는 사람이 있다며 데를르몽 후작에 대해 이야기하기 시작하는 거예요. 방금 그 사람 집에서 나왔는데 그 집 고가구들이 정말 멋졌다며 감탄하더라고요. 특히 루이 16세풍의 책상이 기막히게 아름다웠다면서요. 후작에다… 책상까지… 혹시나 하는 마음에 그 책상에 대해 이것저것 물어보았죠. 얘기를 듣다보니 확신이 생기더군요. 그 책상은 내가 가지고 있는 사진 속 가구이며, 후작은 내 어머니를 사랑했던 그 남자일 거라는 확신 말이에요. 그리고 후작에 대해 나름대로 알아낸 모든 사실들이 그런 짐작을 공고히 뒷받침해주었죠. 하지만 정말이지 뭘 어떻게 해볼 생각은 조금도 없었어요. 그저 호기심, 알고 싶은 자연스러운 욕구에 따랐을 뿐이에요. 그런데 한번은 발텍스가 오묘한 미소를 지으며 내게 이렇게 말하는 거예요.

'자, 이 열쇠 좀 봐…. 그래, 바로 데를르몽 후작 집 열쇠야…. 열쇠 구멍에 꽂아놓은 채 잊어버린 모양이야…. 주인에게 돌려줘야겠지….'

그렇게 해서 난 거의 무의식적으로 그 열쇠를 가로채게 된 거예요. 그리고 한 달 후에 발텍스는 경찰에게 포위되었고, 난 달아난 후 파리에서 숨어 지냈고요."

"그런데 왜 그때 데를르몽 후작을 찾아가지 않았지?"

라울이 물었다.

"그분이 내 친부라는 확신이 있었다면 당장 도움을 청했겠죠. 하지만 확신을 갖기 위해서는 일단 후작의 집에 잠입해 책상을 살펴보고 비밀 서랍을 뒤져봐야 했어요. 그래서 제방 위를 서성대기 시작했죠. 후작이 나오는 모습을 몇 번 보았지만 차마 다가가지는 못했어요. 그렇게 후작의 습관을 파악하게 됐고… 쿠르빌의 얼굴부터 라울 당신의 얼굴, 그리고 모든 하인들의 얼굴까지 알게 되었죠…. 그리고 내 호주머니에는 언제든 후작의 집으로 들어갈 수 있는 열쇠가 있었고요. 하지만 선뜻 결심이 서지 않았어요. 내 성격상 꿈도 꿀 수 없는 행동이었으니까요! 그런데 그날 늦은 오후, 어떤 사건이 발생해 날 행동에 나서게끔 이끈 거예요. 그래서 결국 다음 날 밤 우리가 서로 가까워진 거고요…."

여자는 마지막으로 숨을 골랐다. 이제 이야기는 수수께끼의 가장 난해한 부분을 향해 달려가고 있었다.

"그때가 4시 반이었어요. 아무도 알아보지 못하도록 어두운 옷을 입고 머리는 베일로 가린 채, 제방 위 건너편 보도에서 망을 보고 있던 나는 발텍스가 후작의 집에서 나와 어디론가 떠나는 것을 확인한 후 후작의 집으로 다가가고 있었죠. 그런데 그 순간 웬 택시 한 대가 그 집 앞에 멈췄어요. 그리고 곧 짐 가방을 든 젊은 여자가 택시에서 내렸죠. 얼핏 보니 나처럼 금발에다 나와 비슷한 외모를 지닌 것 같더라고요. 좀 더 자세히 살펴보니 얼굴 형태며 머리 색깔, 표정까지, 누구라도 놀라지 않을 수 없을 만큼 나와 가족처럼 꼭 닮은 여자였어요. 그 순간 엄마가 리지외로 가는 길에 만났다던 그 여자아이가 자연스레 생각났죠. 그 아이가 지금 내 눈앞에 있는 저 여자가 아닐까? 그리고 자매처럼, 아니 이복 자매처럼 나를 쏙 빼닮은 여자가 데를르몽 후작의 집에 찾아왔다는 사실은 데를르몽 후작이 나와 저 여자의 아버지라는 사실을 입증하는 증거가 아니겠는가? 그날 저녁, 데를르몽 후작이 집을 비운 상태라는 사실을 안 나는 그다지 망설이지도 않고 그 집에 잠입해 계단을 올라가 루이 16세풍의 책상을 발견하고 비밀 서랍을 연 뒤 엄마의 사진을 찾아냈어요. 그렇게 해서 결국 후작이 내 친부라는 확신이 생겼죠."

라울이 이해가 안 간다는 듯 얼른 물었다.

"좋아. 그런데 그 여자가 앙토닌이라는 사실은 어떻게 확신하게 된 거지?"

"당신 덕분에요."

"내 덕분이라고?"

"예…. 그로부터 5분 후에 당신이 날 앙토닌이라고 불렀으니까요…. 또 당신 덕분에 앙토닌이 당신 집에 방문한 사실도 알게 되었고요. 당신은 그 여자와 나를 착각한 나머지 당신 집을 방문한 사람이 나인 줄 알더군요."

"그럼 왜 사람을 잘못 봤다고 얘기하지 않은 거야, 클라라? 그때부터 일이 꼬이기 시작했잖아."

"맞아요. 그때부터 일이 꼬이기 시작했죠. 하지만 생각해보세요. 당시 난 남의 집에 몰래 침입해 당신한테 들킨 상태였어요. 그러니 당연히 당신이 착각하도록 내버려 두어 내가 저지른 행동을 다른 여자가 한 짓이라고 믿게끔 내버려 둘 수밖에 없지 않겠어요? 그때만 해도 난 당신을 다시 볼 생각이 없었으니까요."

"하지만 날 다시 봤잖아. 그때 얘기해줄 수도 있었을 텐데. 어째서 클라라와 앙토닌이 두 사람이라는 사실을 말해주지 않은 거지?"

여자는 얼굴을 붉혔다.

"예, 그래야 했죠. 하지만 당신을 다시 봤을 때, 그러니까 우리가 카지노 블루 개장식에서 만난 그날 저녁, 당신은 내 목숨을 구해줬고 발텍스와 경찰로부터도 날 구해줬어요. 난 당신을 사랑하게 됐죠⋯."

"그렇다고 해서 말하지 못할 이유가 대체 뭐란 말이야?"

"질투가 났거든요."

"질투라고?"

"예. 곧장 깨달았어요. 당신의 마음을 빼앗은 사람은 내가 아니라 바로 그 여자라는 사실을요. 내가 아무리 애를 써도 당신은 나를 보며 그 여자를 떠올렸죠. 당신의 표현에 따르면 그 귀여운 시골 아가씨를 말이에요⋯. 당신은 그 모습에 집착했고, 내 행동이나 눈빛에서 그 모습을 찾으려 했죠. 나란 여자는 다소 거칠고 불같으며 열정적이고 변덕스러운데, 당신이 사랑하는 여자는 그런 여자가 아니었어요. 순수한 그 여자였죠. 그래서⋯ 그래서 당신이 육체적으로 원하는 여자와 첫눈에 반한 여자를 혼동하게끔 그냥 내버려 두었어요. 자, 라울. 볼니크 성에서 한밤중에 앙토닌의 침실로 몰래 들어갔을 때를 떠올려 보세요⋯. 당신은 감히 그 여자의 침대 곁으로 다가가지 못했어요.

본능적으로 그 시골 아가씨를 존중해주었던 거죠···. 반면 그 다음다음 날, 카지노 블루에서 날 구해준 후, 당신은 본능적으로 날 끌어안았어요. 하지만 그러면서도 당신에게는 앙토닌과 클라라가 똑같은 여자였죠."

라울은 반박하지 않은 채 생각에 잠긴 목소리로 중얼거렸다.

"그래도 내가 당신들 두 사람을 혼동하다니 정말 희한하군."

"희한하다고요? 전혀 아니에요. 사실 당신은 앙토닌을 한 번밖에 보지 못했어요. 당신이 살던 중이층에서요. 그리고 그날 저녁에는 나, 클라라를 보았죠. 이전과 아주 다른 환경에서 말이에요! 그 후 볼니크 성에서 또 한 차례 앙토닌을 만나기는 했지만 얼굴을 제대로 보지는 못했잖아요. 그게 다예요. 그 뒤로는 쭉 나만 봤는데 어떻게 나와 그 여자를 구분할 수 있었겠어요? 게다가 난 엄청나게 신경을 썼다고요! 당신에게 자세하게 캐물어서 마치 내가 그 자리에 있었고 그 말을 했고, 또 그 사실을 아는 것처럼 말했죠! 게다가 옷도 그녀가 파리에 도착한 날 입었던 식으로 입으려고 얼마나 신경을 썼던지!"

라울이 천천히 말했다.

"그래···. 알고 보니 정말 간단한 일이로군."

그러고는 생각에 잠겼다. 마치 지난 사건이 눈앞에 펼쳐지는 듯했다. 약 1분 후 라울은 이렇게 덧붙였다.

"누구라도 깜빡 속았겠군···. 그러니 고르주레 역시 그날 역에서 앙토닌을 클라라로 착각했지. 그리고 그저께는 당신인 줄 알고 앙토닌을 체포했고 말이야."

클라라는 소스라쳤다.

"뭐라고요? 앙토닌이 체포됐다고요?"

"아직 모르고 있었던 거야? 하긴 그저께부터 모든 일에 눈을 감은 채 살았겠지. 그러니까 우리가 달아나고 한 30분쯤 후에 앙토닌이 제방에 도착했어. 물론 후작의 집으로 올라갈 생각이었겠지. 때마침 플라망이 그런 그녀를 보고 고르주레에게 끌고 갔고, 고르주레는 그 여자를 사법경찰국으로 데리고 가서 질문 공세를 퍼부으며 괴롭혔지. 그도 그럴 것이 고르주레에게는 그 여자가 바로 클라라 아니겠어?"

클라라는 침대에서 일어나 무릎을 꿇었다. 볼에 서서히 돌아오던 혈색이 다시금 사라졌다. 안색이 하얗게 질린 여자는 파르르 떨며 더듬거렸다.

"체포됐다고요? 나 대신에? 나 대신 지금 감옥에 갇혀 있단 말이죠?"

라울은 유쾌한 어조로 대꾸했다.

"그래서? 그 여자 대신 아파해주기라도 할 생각이야?"

여자는 벌떡 일어나 열에 들뜬 동작으로 옷매무새를 가다듬고 모자를 눌러썼다.

"뭐 하는 거야? 어디로 가게?"

"그리로요."

"그리로?"

"예, 그 여자가 있는 곳으로요. 발텍스를 칼로 찌른 건 그녀가 아니라 나예요···. 금발의 클라라도 그녀가 아니라 나고요. 그런데 어떻게 나 대신 그 여자가 고통을 겪고 심판을 받도록 내버려 둘 수 있겠어요···?"

"당신 대신 유죄판결을 받을 거라고? 당신 대신 교수대에 오를 거라고?"

라울은 또다시 쾌활한 태도를 보였다. 웃음을 터트리며 여자의 모자와 옷을 벗기더니 이렇게 소리쳤다.

"정말 재미있는 아가씨로군! 그러니까 당신은 아직 그 여자가 거기에 잡혀 있을 거라고 생각하는 거야? 이런, 이봐요, 순진한 아가씨. 앙토닌은 자신을 충분히 잘 변호할 수 있을 거야. 해명을 하고 알리바이를 대고 후작에게 증언을 요청할 거라고…. 고르주레가 제아무리 멍청한 작자라도 상황을 직시하지 않고는 못 배길걸."

"그래도 가봐야겠어요."

여자는 고집을 꺾지 않았다.

"좋아, 가자. 내가 같이 가겠어. 가서는 무엇보다 우아한 몸짓을 취하는 게 중요해. 그리고 이렇게 말하는 거지. '고르주레 씨, 우리가 왔소. 아가씨 대신 우리를 잡아가라고 이렇게 왔소이다.' 그럼 고르주레가 뭐라고 대답할까? '그 아가씨는 이미 풀어줬소. 뭔가 오해가 있었거든. 하지만 이렇게 제 발로 여기까지 와주셨으니, 자, 어서 감옥으로 들어가시오, 친구들.'"

그제야 여자는 고집을 꺾었다. 라울은 여자를 다시 침대에 눕힌 후 토닥여주었다. 기진맥진해 있던 여자는 서서히 잠에 빠져들었다. 하지만 여전히 생각의 끈을 놓지 않으려 애쓰며 희미하게 중얼거렸다.

"왜 그 여자는 자신을 변호하지 않았을까요? 어째서 곧장 해명하지 않은 걸까…? 분명 무슨 이유가 있을 텐데…."

여자는 완전히 잠에 곯아떨어졌다. 라울도 옆에서 꾸벅꾸벅 졸았다. 그러다 잠에서 깼을 때, 밖에서 아침을 여는 부산한 소리가 들려오는 가운데 라울은 곰곰이 생각에 잠겼다.

'그래. 왜 앙토닌은 자신을 변호하지 않은 거지? 모든 사실을 밝히는 게 그리 어려운 일은 아니었을 텐데 말이야. 이제는 그녀도 자신을 닮은 여자가 있고, 내가 그 여자의 공범이자 애인이라는 사실을 알고 있을 텐데. 그런데 웬일인지 적극적으로 혐의를 반박한 것 같지는 않아. 도대체 왜?'

그러고는 복잡한 감정에 휩싸인 채, 온화하고 애처로우며 입을 꾹 다물고 있는 그 시골 아가씨를 머릿속으로 그려보았다….

아침 8시, 생루이 섬에 사는 친구에게 전화를 건 라울은 이런 소식을 들었다.

"경찰국 여직원이 여기 와 있네. 오늘 아침부터 그 여자와 이야기를 나눌 수 있을 거라고 하는군."

"좋아. 이제 내 필체로 쪽지를 써주게. '아가씨, 침묵을 지켜주어서 고맙습니다. 분명 고르주레가 나는 체포됐고 키다리 폴은 죽었다고 말했겠지요. 모두 거짓말입니다. 아무런 문제가 없어요. 그러니 이제 사실대로 말하고 거기서 빠져나오십시오. 그리고 7월 3일에 만나기로 한 약속을 잊지 않으셨으면 합니다. 존경하는 마음을 담아….'"

그리고 덧붙였다.

"잘 받아 적었나?"

"그래. 잘 받아 적었네."

상대는 어리둥절해하며 대답했다.

"그럼 친구들은 모두 해산시키게. 이제 일이 마무리됐으니 난 클라라와 여행을 떠날 예정이네. 조조트는 자기 동네로 데려다주게. 그럼 잘 있게."

라울은 수화기를 내려놓고 쿠르빌을 불렀다.

"커다란 차를 대기시키게. 짐을 꾸리고 서류를 모두 옮기도록. 이제 곧 한바탕 소란이 벌어질 거야. 아가씨가 일어나는 즉시 모두 여기를 뜬다."

19
고르주레, 이성을 잃다

고르주레 부부는 일촉즉발의 살벌한 분위기 속에서 대화를
나누고 있었다. 조조트는 일종의 상상 속 가공인물을 통해 남
편의 질투심을 부추길 기회를 잡자 한껏 기분이 좋아져서, 잔
인하게도 그 남자가 세련되고 자상하며 섬세한 태도를 갖춘 데
다 재기와 매력이 넘치는 완벽한 신사인 듯 잔뜩 치켜세웠다.

"이거 뭐, 백마 탄 왕자가 따로 없군!"

수사반장이 으르렁대듯 말했다.

"사실 그 이상이죠."

여자가 빈정대며 응수했다.

"하지만 다시 말하지만 당신의 그 백마 탄 왕자는 키다리 폴
의 살인범이자 금발의 클라라의 공범인 라울일 뿐이야. 그래,
당신은 살인자와 함께 밤을 보낸 거라고!"

"살인범? 그렇게 말하니 더욱 흥미롭군요! 황홀할 정도야."

"이런 방탕한 여자 같으니라고!"

"그게 어디 내 잘못인가요? 난 납치당했을 뿐이라고요!"

"납치당할 만한 행동을 했으니까 납치를 당했지! 왜 그자의

자동차까지 따라간 거야? 그자의 집에는 왜 따라 올라간 거고? 칵테일은 왜 넙죽넙죽 받아 마셨어?"

여자는 솔직히 고백했다.

"모르겠어요. 그 남자에겐 자기 뜻대로 상대를 움직이는 재주가 있었다고요. 도저히 저항할 수 없었어요."

"그래! 바로 그게 문제야! 당신은 저항조차 하지 않았어…. 이제야 순순히 실토하시는군."

"그 남자는 내게 아무것도 요구하지 않았어요."

"아무렴, 어련하시겠어? 당신 손등에 입이나 맞추는 걸로 만족했겠지. 좋아, 하늘에 맹세컨대 클라라가 그놈 대신 대가를 톡톡히 치르도록 해주겠어. 그 여자를 가차 없이 혼쭐내줄 거라고."

고르주레는 격분한 상태로 집을 나와 길거리 한복판에서 요란한 몸짓을 하며 고래고래 소리를 질러댔다. 그 악마 같은 라울 때문에 완전히 이성을 잃었던 것이다. 고르주레는 자기 아내의 명예가 심각하게 훼손되었으며, 그 적절치 않은 관계가 앞으로도 쭉 지속될 것이라고 확신했다. 그놈이 거주하는 지역이 어딘지 모른다고 조조트가 딱 잡아뗀 사실이 확실한 증거가 아니겠는가? 오고 가며 두 번이나 지나쳤을 그 길에 대해 아무런 단서도 낚아채지 못했다니, 어떻게 그 말을 곧이곧대로 믿을 수 있겠는가?

플라망 형사가 사법경찰국에서 그를 기다리고 있었다. 플라망은 고르주레가 새로운 정보를 제공하기만 하면 검찰 측이 그날 안으로 곧장 첫 번째 심문을 시행할 예정이라고 전했다.

"완벽해! 확실히 그런 지시가 내려온 거지? 당장 그 계집을 족치러 가자, 플라망. 이번에는 반드시 그 계집의 입을 열어야만 해. 안 그러면….'

하지만 고르주레의 불타는 전의는 더할 수 없이 기상천외하고 예기치 못한 광경 앞에 한순간에 물거품처럼 사그라지고 말았다. 적은 마치 딴사람이 된 것처럼 완전히 변해 있었다. 어찌나 상냥하게 미소를 지으며 쾌활하고 고분고분하던지, 지금껏 의기소침해하고 저항하던 모습이 모두 연극이 아니었나 의심이 들 정도였다. 여자는 단정한 머리 모양과 말끔한 옷차림을 한 채 의자에 앉아 있었다. 그리고 고르주레를 보자 한없이 다정하게 그를 맞이하는 것이었다.

"고르주레 형사님, 제가 무엇을 도와드리면 될까요?"

화가 머리끝까지 치솟아 있던 고르주레는 여자가 대답하지 않을 경우 가차 없이 갖은 욕설과 협박을 날릴 태세였다. 하지만 적이 이 같은 반응을 보이자 어안이 벙벙해졌다.

"형사님, 저는 형사님께 적극적으로 협조할 생각입니다. 어차피 몇 시간 내로 자유의 몸이 될 테니 공연히 오랫동안 수고를 끼치고 싶지 않거든요. 우선 무슨 질문부터….'

순간 고르주레의 머릿속에 끔찍한 생각이 엄습했다. 고르주레는 여자를 유심히 살펴보더니 나지막한 목소리로 근엄하게 말했다.

"라울과 내통한 모양이로군…. 그놈이 붙잡히지 않은 걸 알고 있어…. 키다리 폴이 살아 있다는 사실도… 라울이 당신을 구해주겠다고 약속한 거야…'

혼란에 빠진 고르주레는 거의 상대가 저항하기를 구걸하는 모습이었다. 하지만 여자는 저항하기는커녕 쾌활하게 이렇게 말했다.

"그럴지도 모르죠…. 불가능한 일도 아니잖아요…. 원체 비범한 사람이니…."

고르주레는 성난 목소리로 단호하게 말했다.

"제아무리 비범한 놈일지라도 내가 널 붙들고 있는 걸 어쩌지는 못해, 클라라. 넌 이제 끝장이라고."

여자는 곧장 대꾸하는 대신 제법 위엄 있게 상대를 바라보더니 부드럽게 말했다.

"형사님, 말을 낮추지 말아 주세요. 제가 형사님께 붙들려 있다고 해서 저를 함부로 대하지 마시라고요. 우리 사이에는 이제 그만 종식시켜야 할 오해가 있어요. 저는 당신이 클라라라고 부르는 그 여자가 아닙니다. 저는 앙토닌이에요."

"앙토닌이나 클라라나, 그게 그거지."

"당신에게는 그렇겠지요, 형사님. 하지만 현실은 그렇지 않아요."

"그럼 클라라라는 여자는 존재하지 않는다는 거요, 뭐요?"

"아니요. 존재해요. 단지 제가 그 여자는 아니라는 뜻이죠."

고르주레는 그 말의 뜻을 파악하지 못한 채 웃음을 터트렸다.

"아, 보아하니 새로운 방어 전략인가 보군! 하지만 그래 봤자 아무 소용없어요, 딱한 아가씨. 어쨌든 오해는 없어야 하니 묻는 말에 예, 아니요로 답하시오. 내가 생 라자르 역에서 볼테르 제방까지 추적한 여자가 당신이 맞습니까?"

"예."

"라울이 거주하는 중이층 근처에서 내가 목격한 여자도 당신이 맞고요?"

"예."

"볼니크 성의 폐허에서 내가 마주친 여자도 당신이 맞소?"

"예."

"제길… 그렇다면 지금 내 눈앞에 있는 여자가 당신이 맞긴 맞소?"

"예, 저 맞아요."

"그런데?"

"그런데 그 여자는 클라라가 아니에요. 저는 클라라가 아니니까요."

고르주레는 절망에 휩싸인 상황을 연기하는 희극배우처럼 두 손으로 머리를 감싼 채 버럭 소리쳤다.

"무슨 말인지 도통 모르겠군! 뭐가 뭔지 모르겠어!"

앙토닌은 미소를 지었다.

"형사님, 형사님이 상황을 이해하지 못하는 건 문제를 있는 그대로 보지 않으려고 하시기 때문이에요. 저는 이곳에 갇힌 후 생각을 하고 또 했답니다. 그래서 결국 상황을 이해하게 됐죠. 제가 침묵을 한 이유도 바로 그 때문이고요."

"대체 무슨 의도로?"

"영문도 모른 채 형사님께 괴롭힘을 당할 때마다 저를 구해 준 어느 분의 활동에 폐를 끼치지 않기 위해서예요. 그분은 첫날에 두 번, 그리고 볼니크 성에서 또 한 차례 저를 구해주셨거든요."

"그리고 카지노 블루에서 네 번째로 당신을 구해주었고. 그렇지, 아가씨?"

여자는 웃음을 터트리며 말했다.

"아! 그때는 클라라를 구해준 거였죠. 키다리 폴을 칼로 찌른 것도 클라라고요."

순간 고르주레의 눈동자에 광채가 어리는가 싶더니 금세 사라지고 말았다. 고르주레는 아직 진실을 깨달을 만큼 무르익지 않은 상태였다. 게다가 여자는 짓궂게도 진실을 속 시원히 밝히지 않고 있었다.

여자는 진중하게 말했다.

"이제 그만 결론을 짓도록 하죠, 형사님. 파리에 온 이후 저는 클리시가 맨 끝에 있는 되피종 호텔에 묵고 있었어요. 키다리 폴이 칼에 찔렸을 때, 다시 말해 정확히 저녁 6시에는 호텔 여주인과 이야기를 나누고 있었고요. 그 후 지하철을 타러 갔죠. 그러니 그 호텔 주인의 증언을 엄중히 요청하는 바입니다. 아울러 장 데를르몽 후작의 증언도요."

"후작은 지금 집에 없소."

"오늘 돌아오실 거예요. 사건이 벌어지고 30분 후, 형사님이 저를 체포하셨을 때, 바로 그 소식을 하인들에게 전하러 그곳에 가던 길이었죠."

고르주레는 슬그머니 거북한 마음이 들었다. 아무 말 없이 그곳을 나온 그는 사법경찰국 국장실로 건너가서 상황을 보고했다.

"되피종 호텔로 전화를 걸어보시오, 고르주레."

고르주레는 즉시 지시에 따랐다. 국장과 고르주레는 둘 다 수화기를 귀에 갖다 댔다. 고르주레가 물었다.

"되피종 호텔이죠? 여기는 파리 시 경찰청입니다. 당신네 호텔 투숙객 중 앙토닌 고티에라는 아가씨가 있는지 알고 싶은데요, 부인."

"네, 있습니다, 선생님."

"언제 입실했죠?"

"잠깐만요. 숙박부를 확인해봐야겠어요…. 아, 6월 4일 금요일에 들어왔네요."

고르주레가 상관에게 말했다.

"바로 그 날짜입니다."

수사반장은 계속 물었다.

"아가씨가 방을 비운 적이 있습니까…?"

"예, 닷새 동안요. 그리고 6월 10일에 돌아왔네요."

고르주레가 중얼거렸다.

"카지노 블루 개장식 날짜로군…. 부인, 그럼 호텔로 돌아온 후 그날 밤 다시 외출하지는 않았나요?"

"아니요, 선생님. 우리 호텔에 온 이후로 앙토닌 양은 단 한 번도 밤에 외출한 적이 없는 걸요. 저녁 식사 전에 나간 적은 몇 번 있었지만… 나머지 시간에는 제 사무실에서 바느질을 하곤 했어요."

"지금 호텔에 있습니까?"

"아니요, 선생님. 그저께 저와 함께 있다가 6시 15분쯤에 지하철을 타러 간다며 나간 뒤 아직 돌아오지 않고 있어요. 안 그래도 아무 연락이 없어서 상당히 걱정하고 있던 참이랍니다."

고르주레는 수화기를 내려놓았다. 얼굴에는 당황한 기색이 역력했다.

잠시 침묵이 흐른 뒤 마침내 국장이 입을 열었다.

"당신이 좀 성급했던 건 아닌지 걱정되는군, 고르주레. 그러니 당장 호텔로 달려가서 방을 수색해보시오. 나는 데를르몽 후작을 소환할 테니."

고르주레의 수색 작업은 아무런 성과도 얻지 못했다. 여자의 수수한 옷가지에는 A. G.라는 이니셜이 새겨져 있었고 출생증명서에는 앙토닌 고티에, 부친 미상, 리지외 출신이라고 적혀 있었다.

"제장… 빌어먹을…."

수사반장은 연신 투덜거렸다.

고르주레는 잔인하기 그지없는 세 시간을 보냈다. 플라망과 함께 식사를 했지만 도저히 음식이 목구멍으로 넘어가지 않았다. 조리 있게 자기 의견을 피력할 수도 없었다. 플라망은 측은한 마음이 들어 상관의 사기를 북돋아 주었다.

"저기, 반장님. 지금 많이 흥분하신 것 같습니다. 클라라가 범행을 저지른 게 아니라면 굳이 이렇게 집착하실 필요가 없을 텐데요?"

"이런, 바보 멍청이! 그러니까 넌 클라라가 범행을 저지르지 않았다는 가정을 인정하는 건가?"

"아니요. 범인은 바로 그 여자입니다."

"카지노 블루에서 춤을 춘 사람도 그 여자가 맞고?"

"예. 그 여자입니다."

"그럼 이건 어떻게 설명하겠나? 첫째, 그 여자는 카지노 블루 개장식이 있던 날 외박하지 않았으며 둘째, 키다리 폴이 칼에 찔리던 그 순간 되피종 호텔에 있었어."

"저는 설명은 못합니다. 그저 확인할 뿐이죠."

"무엇을 확인했다는 말인가?"

"아무것도 설명하지 못한다는 사실을요."

고르주레도, 플라망도 앙토닌과 클라라를 따로 떼어낼 생각을 조금도 하지 못했다.

오후 2시 반, 마침내 데를르몽 후작이 도착해 국장실로 안내되었다. 국장실 안에서는 고르주레와 국장이 이야기를 나누고 있었다. 장 데를르몽은 어제저녁 스위스 티롤에서 돌아오는 길에 프랑스 신문을 읽었던 터라 자기 건물 안에서 벌어진 비극과 세입자인 라울이 수배를 받고 있다는 것, 그리고 클라라라는 아가씨가 체포된 사실을 모두 알고 있었다.

후작은 이렇게 덧붙였다.

"실은 몇 주 전부터 내 개인 비서로 일하고 있는 앙토닌 고티에라는 아가씨가 역에 나와 있을 거라고 생각했었습니다. 몇 시에 도착하는지 미리 정확히 알려놓았거든요. 하인들에게 대충 들은 바로는 이 아가씨가 이번 사건에 휘말렸다는 것 같은데…."

대답을 한 사람은 국장이었다.

"사실 앙토닌 양은 현재 사법 당국의 관할하에 있는 상태입니다."

"그럼 체포됐다는 말씀입니까?"

"아니요. 단지 우리가 데리고 있을 뿐입니다."

"하지만 대체 무슨 이유로?"

"키다리 폴 사건을 담당하고 있는 고르주레 수사반장의 말에 따르면 앙토닌 고티에가 다름 아닌 금발의 클라라라고 하는군요."

후작은 아연실색했다. 그러고는 왈칵 성을 내며 소리쳤다.

"뭐라고! 앙토닌이 클라라라고? 제정신이 아니군! 이 불쾌한 장난은 대체 다 뭐요? 지금 즉시 앙토닌 고티에를 풀어줄 것을 강력히 요청하는 바이오. 아울러 경찰 측의 실수로 피해를 입힌 데 대해 최대한 정중히 사과도 하시오. 워낙 심성이 여려 한없이 고통스러웠을 거란 말이오."

국장은 고르주레의 표정을 살폈다. 고르주레는 눈썹 하나 깜짝하지 않았다. 수사반장은 상관의 못마땅한 눈초리를 받으며 자리에서 일어나 후작에게 다가가 이렇게 툭 내뱉었다.

"그럼 후작님, 후작님은 이번 사건에 대해 전혀 아는 바가 없으십니까?"

"전혀 없소."

"그럼 키다리 폴이 누군지 모르십니까?"

장 데를르몽은 고르주레가 여전히 키다리 폴의 정체를 파악하지 못했을 것이라 판단하고 단호하게 대답했다.

"모르오."

"금발의 클라라도 모르시고요?"

"앙토닌은 알지만 금발의 클라라는 모르오."

"그리고 앙토닌은 금발의 클라라가 아니라는 말씀이시죠?"

후작은 어깨를 으쓱할 뿐 아무런 대답도 하지 않았다.

"한 가지만 더 묻겠습니다, 후작님. 앙토닌 고티에와 볼니크 성으로 잠시 여행을 떠나 있을 때, 그녀를 떠난 적이 있었습니까?"

"없었소."

"그렇다면 제가 볼니크 성에서 앙토닌 고티에와 마주친 날, 후작님도 그곳에 계셨겠군요?"

데를르몽은 제대로 함정에 걸려들었다. 도저히 돌려서 말할 수 없는 상황이었다.

"그렇소."

"거기서 뭘 하고 계셨는지 말씀해줄 수 있으십니까?"

후작은 당황한 나머지 잠시 머뭇거리다가 마침내 이렇게 대꾸했다.

"난 성의 소유자 자격으로 그곳에 있었소."

고르주레가 깜짝 놀라 소리쳤다.

"뭐라고요! 성의 소유자 자격으로요?"

"그렇소. 난 15년 전에 그 성을 사들였소."

고르주레는 정신을 차릴 수가 없었다.

"그 성을 사들였다고요…? 하지만 아무도 그 사실을 모르고 있었는데…! 왜 그 성을 사들인 겁니까? 어째서 그 사실을 함구해왔던 거죠?"

고르주레는 상관에게 잠시 할 얘기가 있다고 청한 뒤 창문 쪽으로 데리고 가서 나지막한 목소리로 말했다.

"이 사람들이 모두 서로 짜고 우리를 속이려는 것 같습니다, 국장님. 볼니크 성에는 그 예쁘장한 금발의 아가씨만 있었던 게 아닙니다. 라울도 있었다고요."

"라울이라고!"

"예, 제가 두 사람을 모두 목격했거든요. 그러니 이제 아시겠습니까, 국장님…? 데를르몽 후작… 금발의 아가씨… 그리고 라울…! 모두 한패거리입니다. 하지만 그보다 더욱 흥미로운 사실이 있죠."

"그게 뭐요?"

"후작은 과거 볼니크 성에서 비극이 벌어졌을 때, 여가수 엘리자벳 오르냉이 살해당하고 목걸이를 도난당한 현장에 있었던 목격자 가운데 한 명입니다."

"세상에! 일이 점점 더 복잡해지는군."

고르주레는 더욱 몸을 숙였다.

"그뿐만이 아닙니다, 국장님. 제가 어제 키다리 폴이 마지막으로 묵었던 호텔 방을 찾아냈습니다. 마침 그곳에 가방이 남겨져 있더군요. 그래서 가방을 뒤지다가 아주 중요한 사실 두가지를 발견했죠. 안 그래도 국장님께 그 결과를 보고하려던 참이었습니다. 첫 번째, 후작은 엘리자벳 오르냉의 애인이었습니다. 하지만 예심 과정에서 이에 대해 일언반구도 하지 않았죠. 왜 그랬을까요? 두 번째, 키다리 폴의 진짜 이름은 발텍스입니다. 그런데 발텍스는 바로 엘리자벳 오르냉의 조카이지요. 게다가 제가 알아본 바로는 그자가 데를르몽 후작의 집에 자주 드나들었더군요. 자, 어떻게 생각하십니까?"

국장은 이 같은 사실에 상당히 흥미를 느끼는 듯했다. 잠시 후 그는 고르주레에게 이렇게 말했다.

"사건의 양상이 달라진 듯하니 우리도 전략을 바꿔야 할 것 같군. 후작과 정면 대응을 해서는 곤란해. 지금은 일단 앙토닌 의 문제는 제쳐두고, 사건을 전체적으로 바라보면서 그 속에서 후작이 어떤 일을 담당했는지 심도 있게 조사해야겠어. 당신 의견도 그렇지 않소, 고르주레?"

"전적으로 동의합니다, 국장님. 우선 일 보 후퇴해야만 라울 에게 접근할 수 있을 겁니다. 게다가….'

"게다가?"

"아마도 국장님께 보고드릴 내용이 조만간 또 생길 듯합니다."

여자는 즉시 석방됐다. 고르주레는 데를르몽에게 몇 가지 물 어볼 말이 있으니 5~6일 내로 찾아가겠다고 말한 뒤 후작을 앙토닌이 있는 방으로 데려다주었다. 앙토닌은 대부를 보자마 자 웃음과 울음을 동시에 터트리며 와락 달려들었다.

"쳇, 삼류 배우가 따로 없군!"

고르주레가 입속으로 투덜거렸다.

그렇게 해서 고르주레는 그날 오후쯤 온전히 정신력을 회복 했다. 새로운 진실의 요소들이 드러나 상관에게 보고를 올리면 서, 평상시 방식대로 이성적인 사고를 할 수 있는 두뇌를 서서 히 되찾아갔던 것이다.

하지만 그런 안정적인 상태는 그리 오래 지속되지 않았다. 곧장 새로운 사건이 터져 기껏 되찾은 평정심이 다시금 허물어지고 말았던 것이다. 고르주레는 노크도 하지 않고 벌컥 국장실 안으로 들어섰다. 흡사 광기에 사로잡힌 사람 같았다. 고르주레는 자그마한 초록색 수첩을 흔들더니 떨리는 손으로 어느 부분을 가리키려 애쓰며 더듬거렸다.

　"드디어 알아냈습니다! 세상에, 이런 기막힌 반전이! 그 누가 상상이나 할 수 있었겠어요…! 어쨌든 모든 게 확실해졌습니다…."

　국장은 고르주레를 진정시키려 애썼다. 마침내 가까스로 진정한 고르주레는 하던 말을 마저 이어나갔다.

　"제가 보고드릴 내용이 또 있을 거라고 말씀드리지 않았습니까…. 바로 이겁니다…. 키다리 폴… 아니 발텍스의 가방에서 이 수첩을 발견했는데… 이 안에는 시시한 메모들… 숫자들… 주소들… 그리고 여기저기에 지우개로 엉성하게 지워진 문장들이 있더군요. 그 문장들이 심상찮아 보이기에… 어제 감식과에 보내 해독을 의뢰했지요…. 그런데 그 가운데에… 더할 수 없이 값진 정보가 하나 있더라, 이 말입니다. 자, 이겁니다. 감식과에서 이 밑에 그대로 옮겨 적었는데… 과연 조금만 주의 깊게 들여다보면 훤히 알아볼 수 있더군요…."

　국장은 수첩을 받아들고 베껴놓은 글씨를 읽기 시작했다. 그 내용은 다음과 같았다.

　라울의 주소, 오퇴유, 모로코가 27번지, 뒤쪽으로 열리는 차고를 경계할 것. 내 생각에 라울은 다름 아닌 아르센 뤼팽임. 확인 바람.

고르주레가 버럭 소리쳤다.

"틀림없습니다, 국장님! 이건 수수께끼를 푸는 암호예요…. 금고를 여는 열쇠라고요…! 이 열쇠만 있으면 모든 문제가 술술 풀릴 겁니다…. 모든 사실이 훤히 밝혀질 거예요. 이렇게 담대하게 일을 저지를 수 있는 놈은 오로지 아르센 뤼팽, 그자밖에 없습니다. 우리를 이토록 궁지에 몰아넣고 골탕 먹일 수 있는 자는 바로 그놈밖에 없단 말입니다. 라울, 그자는 다름 아닌 아르센 뤼팽입니다."

"그래서?"

"당장 저 주소로 달려가겠습니다, 국장님. 이런 놈을 잡으려면 한시도 지체해서는 안 돼요. 계집이 풀려났으니… 놈도 그 사실을 이미 알고 있을 겁니다…. 곧 달아날 거예요. 당장 달려가야 합니다!"

"부하들을 데려가시오."

"10명이 필요합니다."

"필요하면 20명을 데려가도 좋소. 얼른 가시오, 고르주레…."

국장 역시 흥분에 휩싸여 소리쳤다.

"알겠습니다. 일단 기습할 테니… 지원을 해주시겠죠? 모두 비상 체제에 들어가야 합니다…."

고르주레는 우선 플라망을 붙잡은 뒤 가다가 마주친 형사 네

명을 더 낚아채고는 안뜰에 나란히 주차돼 있는 차들 중 한 대에 잽싸게 올라탔다.

곧바로 경찰 여섯 명을 태운 차가 뒤따라왔다. 뒤이어 세 번째 차도 출발했다….

정말이지 허겁지겁 정신없는 출동이었다. 온갖 종과 북이 요란하게 울리고 모든 나팔이 비상사태를 알리며, 트럼펫과 사이렌이 총동원되어 공격 신호를 보내는 것 같은 분위기였다.

복도와 사무실은 물론이고 경찰청 이쪽 끝에서 저쪽 끝까지 온통 들썩거렸다.

"라울이 아르센 뤼팽이래…. 아르센 뤼팽이 바로 라울이라고."

오후 4시가 조금 지난 시각이었다.

경찰청에서 모로코가지는 전속력으로 달려도 족히 15분은 걸렸다. 하지만 차가 밀릴 경우도 고려해야 했다….

20
아우스터리츠전투가 될 것인가,
워털루전투가 될 것인가? [1]

오후 4시 정각, 오퇴유의 침실에는 클라라가 여전히 잠을 자고 있었다. 정오 무렵에 허기를 느껴 잠시 잠에서 깬 클라라는 꾸벅꾸벅 졸며 배를 채운 뒤 또다시 곤히 잠든 상태였다.

라울은 초조했다. 무슨 고민이 있어서 그런 것이 아니라 결정을 내렸을 때, 더욱이 그 결정이 세심한 신중함과 지혜를 통해 내려진 것이라면 그 결정의 시행을 지나치게 오랫동안 미루는 것을 좋아하지 않는 탓이었다. 게다가 키다리 폴이 소생함으로써 현재 자신들이 처한 위기 상황이 더욱 심각해질 수 있으며, 후작의 증언과 앙토닌의 진술로 인해 상황이 더욱 복잡해질 것이라는 불안한 예감까지 들었다.

떠날 준비는 이미 다 되어 있었다. 라울은 위기가 닥칠 때 혼자 있는 편을 선호하기 때문에 하인은 모두 내보낸 뒤였다. 가

---

1) 각각 나폴레옹이 대승과 완패를 기록한 전투 – 옮긴이

방은 이미 자동차에 실어놓은 상태였다.

오후 4시 10분, 라울은 퍼뜩 잊고 있던 생각이 떠올랐다.

"이런! 아무리 그래도 올가에게 작별 인사도 없이 떠날 수는 없지. 무슨 생각을 하고 있을까? 이미 신문을 읽었겠지? 나와 라울을 연관시켜 생각하고 있는 건 아닐까? 어쨌든 과거의 일은 말끔히 청산하자고…."

라울은 전화 연결을 요청했다.

"트로카데로 팔라스 부탁합니다…. 여보세요…? 왕비 폐하의 처소를 좀 대주십시오."

라울은 너무나 마음이 조급했던 터라 전화를 받은 상대가 누구인지 확인하지 않는 커다란 실수를 저지르고 말았다. 비서의 목소리인지, 마사지사의 목소리인지 분간하지도 않았으며, 보로스티리아의 왕은 이미 파리를 떠났을 것이라 생각한 라울은 수화기 저편에 왕비가 있으리라 확신한 채 한없이 다정하고 부드러운 목소리로 속사포처럼 떠들어대기 시작했다.

"올가, 당신이야? 내 사랑, 잘 지냈어? 나한테 단단히 화가 나서 날 아주 몹쓸 놈이라고 여기고 있겠지? 하지만 그런 게 아냐, 올가. 너무 바빴어. 골칫거리가 산더미 같았다고…. 목소리가 잘 안 들리는군, 자기…. 그렇게 남자처럼 굵은 목소리 좀 내지 마…. 저기 말이야… 정말 안타깝게도 급히 떠나게 됐어…. 스웨덴 해안으로 출장을 가야 하거든. 참 나, 이런 난처한 일이! 그런데 왜 당신의 귀염둥이가 라울에게 아무런 말도 하지 않는 거지? 화났어?"

곧 '귀염둥이 라울'은 소스라치게 놀랄 수밖에 없었다. 수화기 저편에서 들려오는 음성은 의심의 여지 없이 남자의 목소리, 그것도 전에 한번 들어본 적이 있는 보로스티리아 왕의 목소리였던 것이다. 화가 머리끝까지 난 왕은 부인보다 더 심하게 R 발음을 굴리며 으르렁대듯 말했다.

"선생, 당신은 부ㄹㄹㄹㄹㄹ한당이오. 당신이 경며ㄹㄹㄹㄹㄹ스럽소."

순간 등골에 식은땀이 흘렀다. 보로스티리아의 왕이 전화를 받다니! 설상가상으로 뒤를 돌아보니 클라라가 잠에서 깨어나 있었다. 통화 내용을 빠짐없이 전부 엿들은 눈치였다.

클라라는 불안한 기색을 띤 채 물었다.

"누구와 통화하는 건가요? 그 올가라는 여자는 대체 누구죠?"

예기치 않은 일에 봉착해 당황한 라울은 곧장 대답하지 못한 채 머뭇거렸다. 쳇, 하긴 뭐가 그리 대수겠는가! 올가의 남편은 자기 아내의 무분별한 행동에 일일이 격노할 위인이 아니지 않는가. 무릇 하나를 얻으면 하나를 잃는 법, 더 이상 이 일에 대해 생각하지 말자.

"올가가 누구냐고? 내 늙은 사촌 누나인데 말투가 너무나 상스러워서 내가 가끔씩 기분을 맞춰줘야 하지. 방금 당신도 들었잖아…! 자, 준비는 됐어?"

"준비요?"

"그래, 여기를 떠날 거야. 파리는 공기가 영 안 좋아."

여자가 생각에 잠긴 채 꼼짝하지 않자 라울은 다그치듯 말했다.

"제발 부탁이야, 클라라. 여기선 더 이상 할 일이 없어. 꾸물

거리다간 위험해질 수 있다고."

여자는 라울을 물끄러미 바라보았다.

"불안한 건가요?"

"슬슬 불안해지기 시작하는군."

"뭐가 불안한데요?"

"글쎄… 전부 다."

여자는 심각한 상황임을 깨닫고 재빨리 옷을 갈아입었다. 그 때 정원 열쇠를 갖고 있던 쿠르빌이 별장으로 돌아와 석간신문을 들고 방으로 들어왔다. 라울은 신문을 훑어보았다.

"모든 일이 잘 풀리고 있어. 키다리 폴의 상처 말이야, 확실히 생명에는 지장이 없대. 하지만 심문을 받을 정도가 되려면 일주일은 기다려야 한다는군…. 아랍인은 여전히 침묵을 고집하고 있고."

"그럼 앙토닌은요?"

클라라가 물었다.

"석방됐어."

라울은 냉담하게 대답했다.

"신문에 실렸나요?"

"그래. 후작의 증언이 결정적이었어. 완전히 석방됐다는군."

워낙 확신에 찬 말투인지라 클라라는 라울의 말을 순순히 받아들였다.

라울은 방을 나서려는 쿠르빌에게 마지막으로 물었다.

"이제 여기에는 문제가 될 만한 서류가 남아 있지 않겠지? 모두 깨끗이 치웠나?"

"예, 말끔히 치웠습니다, 선생님."

"마지막으로 한 번 더 살펴보고 여기를 빠져나가게. 앞으로는 생루이 섬에 있는 우리의 새로운 본부에서 매일 모일 예정이라는 사실을 잊지 말고. 어차피 조금 있다가 자동차 옆에서 만나겠지만."

그사이 클라라는 라울의 재촉에 떠밀려 준비를 마쳤다. 여자는 모자를 쓰고 라울의 손을 붙잡았다.

"왜 그래?"

라울이 물었다.

"아까 그 올가라는 여자 말이에요, 맹세해요…?"

"이런! 아직도 그 생각을 하고 있는 거야?"

라울이 웃으며 소리쳤다.

"내 입장이 돼서 생각해봐요…."

"하지만 아까 유산을 남겨줄 늙은 숙모라고 분명히 얘기했잖아…!"

"아뇨, 늙은 사촌 누나라고 했어요."

"숙모이자 사촌 누나야. 그 여자의 의붓아버지와 내 삼촌의 누이가 세 번째로 결혼을 했거든."

여자는 미소를 지으며 라울의 입을 손으로 막았다.

"거짓말하지 말아요, 내 사랑. 아무래도 상관없어요. 내가 질투를 느끼는 상대는 딱 한 명뿐인걸요."

"쿠르빌? 맹세컨대 난 그에게 순수한 우정 말고는…."

"농담하지 말아요…. 웃지도 말고… 내가 누구를 얘기하는지 잘 알고 있잖아요."

라울은 여자를 끌어안았다.

"당신은 당신 자신한테 질투를 느끼는 거야. 당신 모습에 질투를 느끼는 거라고."

"당신 말이 맞아요. 내 모습에 질투를 느끼고 있죠. 하지만 나와 다른 표정을 지닌 그 얼굴, 더욱 부드러운 그 눈동자…."

라울은 여자를 더욱 열정적으로 끌어안으며 말했다.

"당신은 세상에서 가장 부드러운 눈동자를 지녔어. 더할 수 없이 감미로운 눈동자를…."

"너무 많이 운 눈이겠지요."

"별로 많이 웃지 않는 눈이긴 하지. 당신에게 부족한 게 바로 그거야, 웃음. 이제부터 내가 그걸 가르쳐줄게."

"한 가지만 더 물어볼게요. 앙토닌이 어째서 지난 이틀 동안 아무런 말도 하지 않고 경찰이 착각하도록 내버려 뒀는지, 그 이유를 알고 있나요?"

"몰라."

"당신에게 불리한 진술을 하게 될까 봐 두려웠던 거예요."

"어째서 그게 두려웠던 거지?"

"당신을 사랑하니까요."

라울은 기뻐서 어쩔 줄 모르겠다는 듯 춤을 추기 시작했다.

"아! 그 사실을 알려주다니 이렇게 친절할 수가! 정말 그 여자가 날 사랑한다고 생각해? 그럼 뭐야, 난 거부할 수 없는 매력덩어리란 말인가! 앙토닌도 날 사랑하고, 올가도 날 사랑해. 조조트도 날 사랑하지. 쿠르빌도 날 사랑하고, 고르주레도 날 사랑해."

라울은 여자를 번쩍 안아 층계로 데리고 가다가 문득 걸음을 멈췄다.

"전화!"

실제로 그들 가까이에서 전화벨이 울리고 있었다.

라울은 수화기를 집어 들었다. 쿠르빌이었다…. 쿠르빌은 가쁜 숨을 몰아쉬며 더듬거렸다.

"고르주레입니다…! 부하 두 명을 대동하고 왔어요…! 밖으로 나가자마자 멀리서 다가오는 모습을 봤어요…. 지금 철책문을 부수고 있습니다…. 그래서 저는 카페 안으로 들어와 있고요…."

전화를 끊은 라울은 3~4초 동안 꼼짝하지 않았다. 그러더니 클라라를 덜컥 붙잡아 어깨에 둘러멨다.

"고르주레야."

라울은 그저 이 말만 내뱉었다.

그렇게 어깨에 짐을 진 채 라울은 층계를 미끄러지듯 내려갔다.

현관문 앞에 이르자 라울은 가만히 귀를 기울였다. 자갈을 밟는 발소리가 들렸다. 창살이 설치된 먼지 낀 유리창 너머로 여러 사람의 형체가 보였다. 라울은 클라라를 내려놓았다.

"식당까지 후퇴하자."

"그럼 차고는 어때요?"

"거긴 안 돼. 놈들이 이미 포위했을 거야. 그게 아니라면 여기에 고작 세 명만 데리고 왔을 리 없지…. 나한테 장정 셋은 한 주먹감도 안 되는데."

라울은 현관의 빗장조차 채워놓지 않았다. 침입자들이 문짝을 거세게 흔들고 있는 가운데 그는 한 발짝 한 발짝 물러났다.

클라라가 말했다.

"두려워요."

"두려움에 사로잡히면 어리석은 짓을 저지르기 마련이야. 당신이 칼을 휘둘렀던 일을 떠올려 보라고. 앙토닌은 감옥에서 꼼짝도 하지 않았어."

라울은 좀 더 부드럽게 타일렀다.

"당신은 두렵다고 하지만 난 그 반대야. 오히려 재미있어. 기껏 이렇게 다시 만났는데 내가 저런 짐승 같은 자들에게 당신이 붙잡히도록 내버려 둘 것 같아? 자, 그러니 웃으라고, 클라라. 당신은 그저 연극 한 편을 보는 거야. 그것도 희극이라고."

그 순간 문짝이 벌컥 열렸다. 고르주레가 권총을 겨눈 채 껑충껑충 뛰어서 방의 입구까지 들이닥쳤다.

라울은 버티고 서서 여자를 자신의 몸으로 가렸다.

"손들어! 안 그러면 쏜다."

고르주레가 소리쳤다.

그에게서 다섯 걸음 정도 떨어져 있는 라울이 빈정거렸다.

"저런, 아주 구식이구먼! 아직도 그런 멍청한 방식을 고수하다니. 날 쏠 생각인가? 나, 이 라울을!"

"그래. 자네, 뤼팽을 쏠 거야."

고르주레가 의기양양하게 소리쳤다.

"이런, 내 이름을 아는군?"

"그럼 인정하는 건가?"

"귀족 칭호를 부인하는 사람은 없는 법이지."

고르주레가 반복해서 소리쳤다.

"손들어! 안 그러면 쏜다."

"클라라도 쏠 텐가?"

"여기 있다면 못 쏠 것도 없지."

라울은 슬쩍 옆으로 비켜섰다.

"보다시피 여기에 있네."

순간 고르주레의 눈이 휘둥그레졌고 팔까지 축 늘어졌다. 클라라! 조금 전 데를르몽 후작에게 넘겨준 그 금발 머리 계집! 이것이 과연 현실에서 가능한 일인가…? 아니, 절대 가능할 리없다. 눈앞에 있는 여자가 클라라라면(그런데 그 여자는 의심의여지 없이 클라라였다) 다른 여자는 분명….

라울은 장난스럽게 말했다.

"자… 이제 거의 다 왔어…. 조금만 더 머리를 써봐…. 그래, 바로 그거야, 멍청한 친구야. 여자가 두 명 있는 거라고…. 한명은 시골에서 올라온 아가씨인데 자네가 클라라라고 철석같이 믿었던 바로 그 여자이고, 다른 여자는…."

"키다리 폴의 애인이지."

"이런 천박한 놈! 그러고도 어떻게 자네가 그 사랑스러운 조조트의 남편이라고 할 수 있나?"

화가 머리끝까지 치솟은 고르주레는 부하들을 다그치며 소리쳤다.

"저놈을 당장 붙잡아서 내 앞에 끌고 와. 조금이라도 움직이면 박살을 내버릴 테다, 이 더러운 자식!"

부하 두 명이 쏜살같이 달려들었다. 라울은 제자리에서 펄쩍 뛰어오르더니 두 남자의 복부에 각각 발차기를 날렸다. 두 사내는 주춤 뒤로 물러났다.

"이게 바로 나만의 묘기이지! 이중 사바트 기술이라고나 할까?"

순간 총성이 울려 퍼졌다. 하지만 고르주레가 쏜 총알은 라울에게서 한참 떨어진 곳을 향해 날아갔다.

라울은 웃음을 터트렸다.

"이런, 우리 집 벽을 부서트렸잖아! 어리석은 놈! 하긴 그렇게 멍청하니 조심성 없이 이렇게 무작정 모험에 뛰어들었지. 무슨 일이 있었는지 안 봐도 훤해. 누군가 내 주소를 알려줬겠지. 그리고 자네는 붉은색을 본 황소처럼 내게 달려왔을 테고. 부하 스무 명 정도는 필요했겠어, 딱한 친구."

"곧 100명! 아니, 1000명이 올 거다!"

고르주레는 때마침 차가 멈추는 소리가 들려오는 거리 쪽으로 몸을 돌리며 버럭 소리쳤다.

"잘됐군. 슬슬 따분해지던 참이었는데."

"비열한 놈, 넌 이제 끝장이다!"

고르주레는 지원 경찰을 이끌고 오려고 방을 나서려 했다. 그런데 희한하게도 그가 방 안에 들어선 후 굳게 닫힌 문은 아무리 자물쇠를 쥐고 흔들어보아도 꿈쩍도 하지 않는 것이었다.

"공연히 기운 빼지 말게. 그 문은 저절로 잠기게 돼 있어. 문도 아주 단단한 목재로 만들어졌지. 관을 짤 때 쓰는 나무라네."

그리고 클라라에게 아주 나지막이 말했다.

"조심해, 클라라. 그리고 놀라지 마."

라울은 오른쪽, 방을 하나로 만들기 위해 허물어버린 내력벽의 남은 부분을 향해 돌진했다.

고르주레는 자신이 시간을 허비하고 있다는 사실을 깨닫고, 이제는 무슨 수를 써서라도 끝장을 보리라 결심하고는 고함을 치며 다시금 공격 태세에 들어갔다.

"사살해라! 놈이 달아나고 있다!"

라울은 경찰들이 사격 준비를 하는 사이 버튼 하나를 눌렀고, 그러자 천장에서 강철 셔터가 덜컥 떨어졌다. 그 바람에 방은 반으로 나뉘어졌고 동시에 덧창들도 안에서 저절로 닫혔다.

"켁! 단두대다! 아마 고르주레의 모가지가 댕강 잘렸을 거야. 잘 가게, 고르주레."

라울은 찬장에서 물병을 꺼내 두 개의 잔에 물을 따랐다.

"자, 마셔, 클라라."

"얼른 가요, 도망치자고요."

클라라는 눈물을 글썽이며 애원했다.

"걱정하지 마. 우리 아기 클라라."

라울은 결국 여자에게 물을 마시도록 한 뒤 자신도 잔을 비웠다. 그는 무척 침착했고 조금도 서두르지 않았다.

"이 소리 들려? 저쪽에서 들리는 소리? 저놈들 마치 정어리처럼 통조림 신세가 된 거야. 강철 셔터가 떨어지면 모든 덧문이 저절로 닫히게 돼. 전선도 차단되고 말이야. 칠흑 같은 밤이 따로 없지. 그러니까 바깥에서 보자면 난공불락의 요새이고 안에서 보자면 감옥이 되는 셈이야. 어때! 훌륭하지?"

여자는 조금도 열광적으로 호응할 기분이 아니었다. 라울이 여자의 입술에 입을 맞추자 클라라는 비로소 생기를 되찾았다.

"이제 드디어 열심히 일한 사람이 전원과 자유, 휴식을 누릴 때가 온 거야."

라울은 찬방으로 사용하는 자그마한 방으로 건너갔다. 찬방과 주방 사이에는 비좁은 공간이 있었는데, 그곳에 있는 붙박이장을 여니 지하 저장고로 내려가는 층계가 나왔다. 두 사람은 곧장 아래로 내려갔다.

라울은 가르치는 듯한 어조로 말했다.

"참고삼아 당신이 알아둬야 할 사실이 있어. 제대로 설계된 건물이라면 출구가 세 개 정도는 있어야 해. 하나는 누구나 드나드는 공식적인 출구, 다른 하나는 경찰을 따돌리기 위한 겉으로 보이는 비밀 문. 그리고 마지막 세 번째로는 진짜 후퇴용인, 감쪽같이 숨겨진 비밀 문이 있어야 하지. 그렇게 해서 고르주레의 패거리가 차고 쪽을 감시하는 사이 우리는 지하 통로로 슬쩍 빠져나갈 수 있는 거라고. 이만하면 꽤 철저하지 않아? 어떤 은행가한테서 이 별장을 사들였지."

두 사람은 3분 동안 전진한 뒤 계단을 올라가 가구는 하나도 없고 창이 모조리 닫힌 어느 자그마한 집으로 들어갔다. 그 집은 거리를 향해 있었다.

그 거리에는 쿠르빌의 감시하에 커다란 자동차 한 대가 주차돼 있었다. 차 안에는 이미 여행용 가방과 자그마한 짐들이 차곡차곡 실려 있었다. 라울은 쿠르빌에게 마지막 지시를 내렸다.

곧바로 자동차가 횡하니 출발했다.

그로부터 한 시간 뒤 고르주레는 면목이 없어 어쩔 줄 몰라 하며 국장에게 보고를 올렸다. 두 사람은 뤼팽에 관한 이야기는 일체 언론에 발설하지 않기로 합의했다. 그리고 만약 이야기가 새어나간다고 하더라도 부인하기로 의견을 모았다.

이튿날 고르주레는 다시금 자신감 넘치는 모습으로 나타나, 붙잡았다가 놓아준, 그러니까 클라라가 아닌 그 금발의 계집이 후작의 집에서 밤을 보낸 뒤 조금 전에 후작과 함께 자동차를 타고 떠났다고 보고했다.

그리고 다음 날 고르주레는 두 사람이 볼니크에 도착했음을 알게 되었다. 확실한 소식통에 따르면 이미 15년 전부터 볼니크 성의 소유주였던 장 데를르몽이 어느 외지인의 중개로 재매각된 그 성을 되사들였으며 그 외지인의 인상착의가 라울의 인상과 정확히 일치한다는 것이었다.

고르주레와 국장은 머리를 모아 가능한 한 모든 조치를 취했다.

21
라울, 행동하고 말하다

"오디가 선생님, 그렇게 말씀해주시니 정말 고마워요. 하지만…."

"저를 오디가 선생이라고 부르지 마십시오, 아가씨."

"설마 이름으로 불러달라는 말씀은 아니시겠죠?"

여자는 웃으며 물었다.

"그렇게만 해주신다면 저야 행복할 겁니다. 제 소원을 들어주신다는 뜻이 될 테니까요."

"그렇게 빨리 원하는 답을 드릴 수는 없어요. 그렇다고 거절하는 것도 아니고요. 제가 이곳에 돌아온 지 나흘밖에 안 됐고 우리는 아직 서로를 잘 알지 못하잖아요."

"그럼 언제쯤이면 답변을 주실 수 있을 만큼 저를 충분히 아시게 될 것 같습니까?"

"4년 후쯤? 아니면 3년 후? 너무 긴가요?"

사내는 유감이라는 몸짓을 했다. 볼니크에서의 경직된 생활을 한결 부드럽게 해준 이 아리따운 아가씨에게서 어떠한 약속도 결코 듣지 못하리란 사실을 깨달았던 것이다.

두 사람의 대화는 그것으로 끝났다. 오디가 선생은 아가씨에게 작별 인사를 한 뒤 근엄하고 화가 난 얼굴로 성을 떠났다.

홀로 남은 앙토닌은 폐허를 한 바퀴 둘러보고 정원과 숲을 산책했다. 발걸음은 경쾌했고, 얼굴에는 입꼬리가 살짝 올라가는 예의 그 미소가 번져 있었다. 여자는 새로운 드레스 차림에 커다란 밀짚모자를 쓰고 있었다. 이따금 노래도 흥얼거렸다. 그러면서 장 데를르몽 후작에게 가져다줄 야생화를 하나둘 꺾어 모았다.

후작은 테라스 끝에 있는 돌 벤치에 앉아 앙토닌을 기다렸다. 두 사람은 그 벤치에 앉는 것을 좋아했다. 마침내 여자가 나타나자 후작이 말을 건넸다.

"정말 예쁘구나! 피곤한 기색도, 충격을 받은 기색도 전혀 없는데? 험한 일을 다 겪었는데도 말이야."

"그 이야기는 더 이상 하지 말아요, 대부님. 지나간 일일 뿐이에요, 전 이제 기억도 잘 안 나는걸요."

"그럼 이제 완전히 행복한 거니?"

"예, 정말 행복해요. 이렇게 대부님과 함께 있으니까요…. 더군다나 제가 좋아하는 이 성 안에서요."

"이 성은 이제 우리 것이 아니란다. 우린 내일 떠날 거야."

"이 성은 대부님 것이 맞아요. 그러니 우린 떠나지 않을 거예요."

후작은 코웃음을 치며 말했다.

"그럼 넌 여전히 그 사내를 믿고 있는 거니?"

"그 어느 때보다 더요."

"한데 난 그렇지가 않구나."

"대부님, 대부님도 분명 기대하는 마음이 있으니까 그 사람을 믿지 않는다는 말을 벌써 네 차례나 하신 거라고요."

데를르몽은 팔짱을 꼈다.

"그럼 너는 그자가 근 한 달 전에 한 막연한 약속을 지키기 위해 우리를 만나러 올 거라고 믿고 있는 거니? 그동안 그렇게 많은 사건이 일어났는데도?"

"바로 오늘이에요, 7월 3일. 경찰청에서 사람을 시켜 제게 건넨 쪽지에서도 이 날짜에 보자고 재차 강조하던걸요."

"그저 말뿐인 약속이겠지."

"그 사람은 자기가 한 약속은 반드시 지켜요."

"약속 시간이 4시라고 했니?"

"예, 4시에 올 거예요. 그러니까 20분 정도 남은 셈이죠."

데를르몽은 고개를 끄덕이며 호탕하게 고백했다.

"내 속마음을 솔직히 털어놓아 볼까? 사실 나 또한 그 사내가 나타나기를 바란단다. 믿음이란 어쩌나 희한한지! 게다가 우리가 믿으려는 그 대상이 어떤 인물이냐? 내가 요구하지도 않았는데 내 일에 불쑥 끼어들어 경찰들을 자극해가며 기상천외한 방식으로 일을 벌이는 웬 건달 같은 작자가 아니더냐. 무엇보다, 너도 요 며칠간의 신문을 읽어서 알고 있겠지만… 언론이 뭐라고 떠들던? 우리 집 건물에 세 든 라울 씨가 너와 꼭 닮은, 그 베일에 싸인 클라라의 애인이자 뤼팽이라고 하지 않더냐. 물론 경찰은 부인하고 있다. 하지만 또다시 우스운 꼴이 될까 봐 그 지긋지긋한 뤼팽의 그림자를 떨쳐내고자 그렇게 대응하는 걸 테지. 그런데 바로 그런 사람이 우리의 협력자라니!"

여자는 잠시 생각에 잠겼다가 더욱 진지한 목소리로 입을 열었다.

"우리는 여기에 왔던 사람을 믿는 거예요, 대부님. 그런 사람을 믿지 않을 수는 없는 법이라고요."

"그래…. 물론이지…. 솔직히 보통 사람이 아니야…. 사실 내게도 어찌나 강한 인상을 남겼는지 오죽하면…."

"다시 그 사람을 만나 대부님 혼자서는 갈피를 잡을 수 없는 진실을 밝히고 싶으시겠죠…. 우리 두 사람의 소원만 이루어준다면 그 사람의 이름이 라울이든 아르센 뤼팽이든 그게 무슨 대수겠어요!"

여자는 생기에 차 있었다. 후작은 놀란 눈으로 그 모습을 바라보았다. 여자의 두 뺨은 발갛게 달아올라 있었고 두 눈은 반짝거렸다.

"화내지 않을 거지, 앙토닌?"

"그럼요, 대부님."

"내 생각에는 말이다, 네가 만약 라울이라는 사람과 그렇게 엮이지만 않았더라면 오디가 선생에게 좀 더 마음을 열었을지도…."

후작은 그쯤에서 말을 얼버무렸다. 앙토닌의 장밋빛 볼이 이제는 아예 새빨갛게 물들어 있었고 시선도 갈 곳을 잃은 채 흔들리고 있었던 것이다.

"아! 대부님! 어쩜 그런 짓궂은 생각을!"

여자는 어색한 웃음을 지으며 말했다.

후작은 자리에서 일어났다. 마을 성당에서 4시 5분 전을 알리는 은은한 종소리가 울렸다. 후작은 앙토닌을 데리고 성의 정면을 따라 걷다가 오른쪽 모퉁이에서 멈춰 섰다. 그곳 입구 망루 아래에는 나지막한 아치가 펼쳐져 있었는데 바로 그 끝쪽에 쇠를 박아 넣은 육중한 문 하나가 있었다.

"바로 저기서 초인종을 누를 거야."

그리고 후작은 미소를 지으며 이렇게 덧붙였다.

"《몬테크리스토 백작》은 읽어봤겠지? 그 소설 속에서 주인공이 어떤 식으로 등장하는지 기억나니? 백작이 세계 각지를 돌아다니며 알게 된 몇몇 사람들이 그와 함께 점심 식사를 하려고 기다리고 있지. 이미 수개월 전에 정오에 맞춰 그곳에 가겠노라고 백작이 약속을 한 상태거든. 주인은 백작이 여행 중이어서 참석 여부가 불확실한데도 그가 반드시 제시간에 도착하리라 호언장담해. 마침내 정오를 알리는 종소리가 울리기 시작하지. 그리고 12번째 종소리가 울리자 주인은 곧장 이렇게 선포를 하는 거야. '자, 몬테크리스토 백작이십니다.' 우리도 마치 그 자리에 있던 사람들처럼 믿음과 불안을 품은 채 그 사내를 기다리고 있구나."

그 순간 아치 아래에서 초인종이 울렸다. 관리인이 재빨리 현관 앞 계단을 내려갔다.

장 데를르몽이 속삭였다.

"몬테크리스토 백작일까? 일찍 오느니 차라리 늦게 도착하는 게 더 우아한 등장인데."

문이 열렸다.

하지만 기다리던 손님이 아니라 등장만으로도 두 사람을 혼란에 빠트린 또 다른 인물, 바로 고르주레였다.

잔뜩 위축된 앙토닌이 중얼거렸다.

"아! 대부님… 왠지 저는 저자만 보면 무서워요…. 여기에 무슨 일로 온 걸까요? 정말 두려워요."

데를르몽 역시 흠칫 놀란 듯했지만 이렇게 대꾸했다.

"뭐가 두렵다는 거냐? 너한테 해코지할까 봐? 아니면 나를 괴롭힐까 봐? 이제는 우리와 아무 상관 없는 일이란다."

여자는 아무런 말도 하지 않았다. 형사는 관리인과 대화를 나눈 뒤 후작을 알아보고는 곧장 그에게 다가왔다.

손에는 지팡이 대신 둥그런 쇠가 달린 거대한 곤봉이 들려 있었다. 저속한 인상을 지닌 사내는 거대하고 육중하며 단단한 체격을 지니고 있었다. 하지만 그 험상궂은 얼굴을 상냥하게 보이려고 나름대로 노력하고 있었다.

성당에서 종소리가 네 차례 울려 퍼졌다.

고르주레는 한껏 정중한 말투로 물었다.

"후작님, 실례지만 잠시 면담을 요청해도 되겠습니까?"

"무슨 용건으로요?"

데를르몽이 무뚝뚝하게 대답했다.

"그게… 우리의 일 때문에 그렇습니다."

"무슨 일 말입니까? 이제 우리 얘기는 끝난 걸로 압니다만. 게다가 당신이 내 대녀에게 저지른 차마 말로 표현할 수 없는 행실들을 생각하면 난 우리 관계를 지속시키고 싶은 마음이 추호도 없습니다."

"아직 우리 얘기는 끝나지 않았습니다."

고르주레가 처음보다 덜 상냥한 어조로 대꾸했다.

"우리 관계가 끝난 것도 아니고요. 국장님이 계신 자리에서 제가 이미 언질을 드렸을 텐데요. 몇 가지 정보가 더 필요할 것 같다고 말입니다."

데를르몽 후작은 30미터 정도 떨어진 대문 앞에 있는 관리인을 바라보며 소리쳤다.

"문을 닫으세요. 누가 문을 두드려도 열어주지 말고… 아무에게도, 알았소? 열쇠도 내게 주시오."

앙토닌은 그 말에 동의한다는 뜻으로 후작의 손을 살며시 잡았다. 라울이 도착한다고 하더라도 대문을 잠가놓으면 고르주레와 라울의 충돌을 사전에 막을 수 있기 때문이었다.

관리인은 후작에게 열쇠를 건네주고 숙소로 돌아갔다. 형사는 미소를 지었다.

"후작님, 보아하니 저 말고 방문객이 또 있는데 그 사람의 출입을 막고 싶으신 것 같군요. 그분이 생각보다 늦는가 보지요?"

장 데를르몽이 응수했다.

"선생, 지금 난 모든 방문객이 불청객처럼 느껴집니다."

"물론 저부터도 그렇겠지요."

"당신부터도 그렇소. 그러니 얼른 끝냅시다. 서재로 따라오시오."

후작은 앙토닌과 형사를 데리고 안뜰을 가로질러 성으로 되돌아갔다.

그런데 건물 모퉁이를 돌자 테라스 벤치에 앉아서 여유롭게 담배를 피우고 있는 한 신사의 모습이 눈에 들어왔다.

후작과 앙토닌은 너무 놀라 덜컥 걸음을 멈췄다.

고르주레도 그들을 따라 걸음을 멈췄지만 매우 침착한 모습이었다. 라울이 성벽 안에 들어와 있는 것을 알고 있었던 걸까?

그들을 본 라울은 담배를 던져버리고 자리에서 일어나 후작을 바라보며 유쾌하게 말했다.

"후작님, 약속 장소는 여기 이 벤치였음을 상기시켜드리는 바입니다. 네 번째 종소리가 울리는 순간, 저는 이 벤치에 앉았습니다."

균형 잡힌 몸에 밝은색 여행용 정장을 우아하게 차려입은 그 사내는 장난기 넘치는 표정을 짓고 있었다. 정말이지 호감이 가는 인상이었다. 사내는 모자를 벗고 허리를 깍듯하게 숙이며 앙토닌에게 인사를 건넸다.

"다시 한 번 용서를 빕니다, 아가씨. 당신이 몇몇 무례한 자들에게 괴롭힘을 당한 데는 사실 제 책임이 상당히 큽니다. 그래도 저를 너무 나쁘게 생각지는 말아 주십시오. 모두 데를르몽 후작님을 도우려고 한 행동이었으니까요."

반면 고르주레에게는 단 한 마디도 건네지 않았다. 마치 라울의 눈에는 형사의 육중한 몸집이 전혀 보이지 않는 것처럼 느껴질 정도였다.

고르주레는 꿈쩍도 하지 않았다. 더욱 진중해졌지만 여전히 침착한 표정으로, 마치 모든 것이 정상적인 상황인 듯 무덤덤한 태도를 유지하고 있었다. 형사는 차분히 기다리고 있었다.

데를르몽 후작과 앙토닌도 잠자코 기다렸다.

사실상 지금 이 상황은 라울의 독무대였다. 다른 사람들은 그저 귀를 기울이고 지켜보면서 라울이 등장하라고 할 때까지 기다리기만 하면 되는 상황이었다.

라울은 이런 상황이 전혀 거북하지 않았다. 그는 젠체하며 장광설을 늘어놓기를 좋아했다. 특히 자신이 연출한 연극의 마지막 장, 일반적인 법칙에 따른 긴박한 순간에 간결하고 절제된 몸짓이 요구될 때 더더욱 그러했다. 라울은 뒷짐을 진 채 서성이면서 거만한 표정을 지었다가, 생각에 잠겼다가, 경쾌했다가, 침울했다가, 희색이 만면한 모습을 차례차례 보여주었다. 그러다가 마침내 걸음을 멈추고 후작에게 말했다.

"말을 꺼내야 하나 말아야 하나 망설였습니다, 후작님. 사실 우리 약속은 사적인 것이기 때문에 외부인이 있으면 우리를 이렇게 한 자리에 모이게 한 문제를 허심탄회하게 다룰 수 없을 거란 생각이 들었거든요. 그런데 곰곰이 생각해보니 꼭 그렇지만도 않은 것 같습니다. 앞으로 우리가 나눌 얘기는 누구 앞에서라도 떳떳이 밝힐 수 있는 그런 얘기입니다. 물론 후작님을 의심해서 감히 해명을 요구하고 나서는 경찰의 하급 대리인 앞에서라도 말이지요. 따라서 저는 오직 진실과 정의를 위해 상황을 있는 그대로 얘기하려고 합니다. 정직한 사람은 고개를 꼿꼿이 들 수 있는 법이니까요."

거기까지 말하고 라울은 잠시 뜸을 들였다. 앙토닌은 진중한 분위기에 불안과 당혹감을 느끼면서도 자꾸 웃음이 새어 나와 입술을 질끈 깨물어야 했다. 라울의 과장된 억양과 미세하게 깜빡거리는 눈, 위로 말려 올라가는 입술, 살짝살짝 흔들거리는 상체에서 왠지 모를 익살스러움이 느껴져 도무지 현 상황을 심각하게 받아들일 수 없었던 것이다. 게다가 어쩜 저토록 태연하단 말인가! 위험에 직면한 상황에서도 거침없는 저 태도! 사실 지금껏 라울의 입에서 나온 말들은 전부 쓸데없는 이야기였으며, 짐작건대 적을 혼란에 빠트리기 위한 교란용 잡담인 듯했다.

"사실 최근 벌어진 일에 대해 더 이상 연연할 필요가 없습니다. 금발의 클라라와 앙토닌 고티에라는 두 존재, 이 두 여인의 꼭 닮은 외모와 행동, 키다리 폴의 행동, 라울이라는 자의 행동, 한때 이 완벽한 신사와 고르주레가 맞붙었던 일, 그래서 전자가 후자를 압도적으로 제압했던 일, 완전히 해결돼서 이 세상 어떠한 권위로도 또다시 들쑤실 수 없는 이런저런 문제들…. 이제 우리가 신경 써야 할 문제는 그런 것들이 아니라 볼니크 성의 비극과 엘리자벳 오르냉의 죽음, 그리고 바로 후작님의 재산을 되찾는 일이죠. 서두가 좀 길다고 해서 너무 언짢아하지는 마십시오. 이렇게 해두어야만 앞으로 다룰 다양한 문제들을 몇 마디 말로 간단하게 해결할 수 있으니까요. 그렇게 되면 후작님은 어느 누구의 모욕적인 심문도 피하실 수 있을 겁니다."

후작은 상대가 잠시 숨을 고르는 틈을 타 이의를 제기했다.

"나는 심문을 받을 아무런 이유가 없소."

"하지만 후작님, 사법 당국은 볼니크 성의 비극에 대해 아무것도 알아낸 게 없기 때문에 분명 후작님을 도마 위에 올려놓으려 할 겁니다. 어디로 가야 할지 갈피도 못 잡은 채, 이 사건에서 후작님이 어떠한 역할을 했는지 자세히 캐내려 할 거라고요."

"난 아무런 역할도 하지 않았소."

"저 역시 그렇게 믿고 있습니다. 하지만 사법 당국은 어째서 후작님이 엘리자벳 오르냉과의 관계를 밝히지 않았는지, 무슨 이유로 볼니크 성을 은밀히 사들였는지, 무슨 일로 이따금 야밤에 이 성을 찾아왔는지 의아해하고 있습니다. 특히 어떤 놀라운 증거 때문에 후작님이 고발을 당하실 수도….'"

후작은 소스라치게 놀랐다.

"고발이라니! 이게 다 무슨 이야기요? 대체 누가 날 고발한단 말이오? 대관절 무슨 이유로?"

후작은 마치 자신을 공격하려는 적을 대하듯 왈칵 성을 내며 라울에게 덤벼들었다.

"다시 한 번 묻겠소. 누가 날 고발한단 말이오?"

"발텍스입니다."

"그 악당 놈이?"

"그놈이 후작님에게 치명적으로 작용할 여러 자료들을 모았습니다. 놈은 분명 몸이 회복되는 대로 그 자료들을 사법 당국에 넘길 겁니다."

앙토닌은 창백해진 얼굴로 불안에 떨었다. 고르주레 역시 그 무표정한 가면을 벗어던지고 라울의 말에 귀를 기울였다.

데를르몽 후작은 라울에게 다가가 근엄한 목소리로 요구했다.

"말하시오…. 당장 알아야겠소…. 그 몹쓸 놈이 대체 무슨 혐의로 날 고발한단 말이오?"

"엘리자벳 오르냉을 살해한 혐의로요."

이 끔찍한 말이 내뱉어지자 잠시 무거운 침묵이 감돌았다. 하지만 곧 후작의 얼굴이 부드러워졌다. 그러더니 아무런 거북함도 섞이지 않은 호탕한 웃음까지 터트렸다.

"어디 그 얘기를 좀 들어봅시다."

라울이 이야기를 풀기 시작했다.

"후작님, 후작님은 당시 가시우 영감이라는 좀 모자라고 정신이 살짝 나간 이 지방 목동 한 명을 알고 계셨습니다. 드 주벨 부부의 성에 머무르는 동안 종종 그 사람을 찾아가 이야기를 나누곤 하셨죠. 그런데 그 가시우 영감에게는 놀라울 정도로 남다른 재주가 하나 있었으니, 바로 물매로 돌을 던져 사냥감을 죽이는 재주였어요. 그래서 엘리자벳 오르냉이 후작님의 청을 받아들여 폐허에서 노래를 부르는 동안 후작님에게 매수된 그 반쯤 정신 나간 목동이 돌멩이를 던져 그 여자를 죽였다는 거죠."

"터무니없는 소리! 그런 짓을 감행할 동기가 없지 않소! 내가 왜 사랑하는 여자를 죽였겠소?"

"그 여자가 노래를 부르러 갈 때 후작님께 맡겨둔 보석을 차지하기 위해서랍니다."

"그 보석은 모조품이었소."

"진품이었습니다. 바로 그 점 때문에 후작님의 행동이 더욱 의심받고 있는 것이죠! 엘리자벳 오르냉이 아르헨티나 출신 갑부로부터 받은 보석이랍니다."

이번에는 데를르몽 후작도 침착한 태도를 유지할 수 없었다. 후작은 자리에서 벌떡 일어나 격분하기 시작했다.

"거짓말! 엘리자벳은 나를 만나기 전까지 그 누구도 사랑하지 않았소! 그런 여자를 내가 죽였다고? 내가 사랑하고 여태껏 잊지 못하는 그 여자를! 맙소사! 내가 이 성을 사들인 이유도 그녀를 위해서, 그녀를 추억하기 위해서였소! 그녀가 죽은 장소가 다른 사람의 손에 들어가는 것을 막기 위해서였단 말이오! 내가 이따금 이곳에 들른 이유도 엘리자벳을 위해 폐허 위에서 기도를 하기 위해서였지, 그 외에 무슨 딴 이유가 있었겠소? 내가 만약 그 여자를 죽였다면 그 끔찍한 짓에 대한 기억을 어째서 굳이 간직하려 했겠소? 이것 보시오, 그렇게 사람을 모함하는 일은 흉악하기 그지없는 짓이오!"

라울은 만족한 표정으로 손을 비비며 말했다.

"브라보, 후작님! 아! 25일 전에도 이렇게 열정적으로 대답해주셨다면 우리 모두 그 고된 일을 겪지 않아도 되었을 텐데! 다시 한 번 브라보, 후작님! 그리고 확실하게 말씀드리자면, 개인적으로 저는 그 고약한 발텍스의 말과 그자가 모은 거짓 증거들을 단 한 순간도 심각하게 받아들인 적이 없습니다. 가시우? 물매? 헛소리일 뿐이죠! 모두 공갈일 뿐입니다. 하지만 교묘한 공갈이어서 후작님께 커다란 부담이 될 수 있으니 최대한 신중을 기울여야 하는 상황이죠. 이런 상황에서 해결책은 단하나, 바로 진실, 절대적이며 반박의 여지가 없는 진실입니다. 그래야 우리가 당장 오늘부터 사법 당국에 맞설 수 있습니다."

"난 그 진실을 모르오."

"저 역시 모릅니다. 하지만 현 시점에서는 오직 후작님의 명쾌한 대답만이 진실을 밝힐 수 있는 유일한 열쇠가 될 것 같군요. 그러니까 예, 아니요로 대답해주십시오. 그 사라진 보석은 진품입니까, 모조품입니까?"

후작은 이제 더 이상 망설이지 않고 딱 부러지게 말했다.

"진품이오."

"그리고 원래 그 보석은 후작님 것이었고요, 그렇죠? 후작님은 흥신소를 통해 도난당한 유산을 찾고 계셨습니다. 제가 기억하기로는 에를르몽 가문의 재산은 인도에서 나바브라고 불리며 사셨던 조상으로부터 내려온 것으로 알고 있는데, 그렇다면 그분이 그 막대한 재산을 아름다운 보석으로 바꿔서 상속했으리라고 추정되거든요. 제 말이 맞습니까?"

"그렇소."

"아울러 나바브 에를르몽의 상속인들이 그 보석 목걸이에 대해 일체 함구한 이유는 상속세를 내지 않기 위해서라는 생각도 드는데, 이번에도 제 생각이 맞습니까?"

"아마도 그럴 거요."

후작이 대답했다.

"그리고 틀림없이 후작님은 엘리자벳 오르냉에게 그 목걸이를 빌려줬겠죠?"

"그렇소. 이혼하자마자 내 아내가 되기로 약속한 여인이었소. 난 엘리자벳을 자랑스러워했고 또 사랑했기에 그녀가 목걸이를 하고 있는 모습을 보는 게 좋았소."

"엘리자벳 오르냉도 그 보석이 진품이라는 사실을 알고 있었습니까?"

"그렇소."

"그럼 사건 당일 그 여자가 몸에 지니고 있던 보석은 예외 없이 모두 후작님의 것이었습니까?"

"그건 아니오. 아주 값나가는 천연 진주 목걸이는 내가 그녀에게 아주 준 것이었소."

"직접 건네주셨습니까?"

"보석상을 시켜서 주었소."

라울은 고개를 끄덕였다.

"자, 후작님, 이제 발텍스가 얼마나 위협적인 패를 쥐고 있는지 아시겠지요. 만약 발텍스가 그 진주 목걸이의 소유주가 자기 고모임을 입증하는 자료를 모았다면 그 자료는 후작님께 상당히 부담이 되는 증거로 작용할 겁니다!"

그러고는 이렇게 덧붙였다.

"이제 관건은 그 진주 목걸이와 다른 목걸이를 찾는 것이겠군요. 마지막으로 몇 가지만 더 묻겠습니다. 사건이 발생한 날, 폐허로 올라가는 언덕 아래까지 엘리자벳 오르냉을 데려다주셨습니까?"

"조금 올라가긴 했소."

"그래요. 여기서 보이는 저 식나무 오솔길까지 말이죠?"

"그렇소."

"그리고 두 분은 생각보다 오랫동안 사람들의 시선이 닿지 않는 곳에 머물러 계셨고요?"

"그랬소. 지난 2주 동안 엘리자벳을 볼 기회가 없었기 때문에 우리는 오랫동안 포옹했습니다."

"그다음에는요?"

"그다음에는 엘리자벳이 자기가 부를 곡에는 최대한 간소한 차림새가 어울린다며 자신의 목걸이를 맡아달라고 하더군요. 하지만 내 생각은 달랐소. 엘리자벳은 더 이상 고집을 부리지 않고 내가 떠나가는 모습을 우두커니 지켜보았지. 내가 식나무 오솔길 끝을 돌 때까지도 엘리자벳은 그 자리에 꼼짝 않고 있 었소."

"그렇다면 엘리자벳 오르냉이 폐허 꼭대기에 도착했을 때도 여전히 목걸이를 하고 있었단 말입니까?"

"그건 나도 잘 모르겠소. 그 점에 대해서는 그 자리에 있던 사람들 중 그 누구도 자세하게 진술하지 못했소. 목걸이가 사 라진 사실을 알아차린 건 사건이 벌어진 후였소."

"알겠습니다. 그런데 발텍스가 수집한 자료에는 그와 반대 되는 진술들이 포함돼 있더군요. 사건이 벌어졌을 때, 엘리자 벳은 이미 목걸이를 하고 있지 않았다는 겁니다."

후작은 이렇게 결론지었다.

"그럼 식나무 오솔길에서 언덕 꼭대기로 올라가는 사이 누 군가가 이미 보석을 훔친 거로군?"

잠시 침묵이 흐른 후 라울은 한 음절씩 또박또박 천천히 말 했다.

"보석은 도난당한 게 아닙니다."

"뭐라고! 도난당하지 않았다니! 그럼 어째서 엘리자벳 오르 냉이 살해당했단 말이오?"

"엘리자벳 오르냉은 살해당하지 않았습니다."

라울은 이처럼 충격적인 발언을 하며 분위기를 이끌어가는 것에 일종의 희열을 느꼈다. 그리고 이러한 희열은 두 눈동자 속에서 이글거리는 작은 불꽃을 통해 여실히 드러나고 있었다.

후작은 또다시 소리쳤다.

"도대체 뭔 소리요! 내 두 눈으로 똑똑히 상처를 보았소⋯. 그 누구도 범죄가 벌어진 사실에 대해서는 의심을 품지 않았단 말이오. 대체 누가 이 같은 범죄를 저질렀단 거요?"

그러자 라울은 팔을 들고 검지를 추켜세우며 단호하게 말했다.

"페르세우스."

"무슨 뜻이오?"

"누가 범죄를 저질렀느냐고 물으시기에 아주 진지하게 대답해드린 겁니다. 페르세우스!"

그러고는 이렇게 말을 맺었다.

"자, 이제는 폐허까지 저를 따라와 주십시오."

22
페르세우스의 범죄

장 데르를몽은 선뜻 라울을 따라가지 못한 채 흥분한 기색이 역력한 얼굴로 망설이고 있었다.

"그러니까 우리가 목적지에 가까이 다가갈 수 있다는 말입니까…? 내가 여태껏 진실을 밝히고자 얼마나 애써왔는데, 엘리자벳의 원한을 풀어줄 길이 없어서 얼마나 고통스러웠는데…! 이제 드디어 그 죽음에 얽힌 진실을 알게 될 거라, 이 말입니까?"

라울이 단언했다.

"저는 이미 그 진실을 알고 있습니다. 그리고 그 나머지 일, 즉 사라진 보석에 관해서도 진상을 규명할 수 있을 듯합니다…."

앙토닌은 확신하고 있었다. 여자의 환한 얼굴이 라울에 대한 절대적인 신뢰를 고스란히 드러내고 있었다. 앙토닌은 자신의 기꺼운 확신을 전하기 위해 장 데르를몽의 손을 꼭 잡았다.

고르주레로 말할 것 같으면 얼굴은 온통 일그러져 있었고 턱에는 경련까지 일고 있었다. 자신이 그토록 애써왔지만 해결하지 못한 문제를 하필 그토록 증오스러운 적이 풀어냈다는 사실을 도저히 인정할 수 없었다. 고르주레는 자신에게는 치욕적일 수밖에 없는 라울의 성공을 은근히 바라는 동시에 꺼리고 있었다.

장 데를르몽은 15년 전 여가수와 동행했던 그 길을 다시 걸었다. 앙토닌이 그 뒤를 따랐고 라울과 고르주레가 그 뒤를 이었다.

이 와중에 가장 태평한 사람은 물론 라울이었다. 라울은 앞서가는 여자를 찬찬히 바라보며 클라라와 어떤 점이 다른지 하나하나 알아내는 즐거움을 만끽하고 있었다. 앙토닌의 걸음걸이는 클라라보다 덜 유연하고 덜 부드러웠지만 더욱 절제되고 균형 잡혔으며, 덜 관능적이었지만 더욱 당당했고, 덜 애교스러웠지만 더욱 자연스러웠다. 걷는 뒷모습에서 그 같은 특징을 파악한 라울은 앙토닌을 정면에서 바라봤을 때도 그 자태와 얼굴에서 그러한 점을 고스란히 발견할 수 있음을 깨달았다. 오솔길 위에는 잡초가 무성했기에 그들은 두 번이나 걸음을 늦춰야 했는데, 그러면서 라울과 앙토닌은 자연스레 나란히 걷게 되었다. 라울이 힐끗 보니 여자의 얼굴이 붉게 달아올라 있었다. 두 사람은 아무런 얘기도 나누지 않았다.

후작은 침상 정원을 지나 돌계단을 오른 뒤, 두 번째 층에 이르는 계단을 오르기 시작했다. 오른쪽과 왼쪽에는 받침에 균열이 간 데다, 이끼가 낀 오래된 화분으로 장식된 식나무들이 줄줄이 늘어서 있었다. 후작은 폐허를 가로지르는 오르막길과 그 위의 계단으로 향하기 위해 왼쪽으로 방향을 틀었다. 라울은 그곳에서 문득 걸음을 멈췄다.

"후작님과 엘리자벳 오르냉이 지체했던 곳이 바로 여기죠?"

"그렇소."

"정확히 어느 지점입니까?"

"바로 내가 서 있는 곳이오."

"성에서 후작님을 볼 수 있었을까요?"

"아니오. 지금은 손질도 하지 않고 돌보지도 않아서 관목들이 휑한 상태지만 옛날에는 위에서 아래까지 두터운 장막을 형성하고 있었소."

"그렇다면 후작님이 울타리 끝에서 뒤돌아봤을 때 엘리자벳 오르냉이 서 있었던 곳도 바로 이곳이겠군요."

"그렇소. 이곳에 서 있던 모습이 아직도 눈에 선합니다. 엘리자벳은 내게 손으로 입맞춤을 날려 보냈지요. 그 열정적인 몸짓과 태도, 저기 있는 오래된 화분, 그 주변을 감싸고 있는 녹음까지, 난 하나도 잊지 않았소."

"정원에서 내려오셨을 때 또다시 뒤를 돌아보셨습니까?"

"그렇소. 엘리자벳이 오솔길을 나가는 모습을 보려고 했지요."

"그래서 보셨나요?"

"곧바로 보지는 못했지만 그래도 금세 모습을 드러냈소."

"원래는 곧바로 보여야 정상이죠? 오솔길을 곧바로 벗어났어야 정상 아닌가요?"

"그렇소."

라울은 빙그레 미소를 지었다.

"왜 웃는 겁니까?"

데를르몽이 물었다.

앙토닌 역시 라울 쪽으로 몸을 잔뜩 기울이며 의아한 마음을 드러냈다.

"제가 웃는 이유는 바로 이겁니다. 사람들은 문제가 복잡해 보이면 으레 그 해답도 복잡하려니 하고 기대하지요. 결코 단순한 생각에 집중하지 않아요. 기상천외하고 배배 꼬인 해답만 찾으려고 한다니까요. 후작님께선 나중에 조사를 벌이셨을 때 무엇을 찾으려 하셨나요? 목걸이입니까?"

"아니오. 그건 어차피 도난당한 거니까요. 살인범의 흔적을 찾을 수 있는 실마리를 찾으려 했습니다."

"그럼 그 목걸이가 도난당한 게 아닐 수도 있다는 의심을 품어본 적은 단 한 번도 없으십니까?"

"단 한 번도 없었소."

"그리고 고르주레와 그의 부하들 역시 그런 의심을 품어본 적이 없지요. 진정한 질문을 제기하는 대신 똑같은 질문만 계속 되뇌고 있었던 셈입니다."

"그 진정한 질문이라는 게 대체 뭡니까?"

"후작님의 말을 듣고 자연스레 떠오른 아주 기초적인 질문입니다. 엘리자벳 오르냉이 목걸이를 하지 않고 노래를 부르고 싶어 했으니 그 목걸이를 어딘가에 놓아두지 않았을까 하는 질문 말입니다."

"그럴 리가! 지나가는 사람이 집어 갈 수도 있는데 그런 고가의 물건을 아무렇게나 방치했을 리 없잖소."

"지나가는 사람 누구요? 후작님과 엘리자벳은 모든 사람들이 성 주위에만 모여 있다는 사실을 아주 잘 알고 있지 않았습니까."

"그럼 당신 말은 엘리자벳이 어딘가에 보석을 놓아두었을 거란 말입니까?"

"10분 후에 내려오면서 다시 목걸이를 챙겨 갈 생각이었겠죠."

"하지만 그랬다면 그 사건이 벌어진 후 우리 모두 달려갔을 때 이미 그 목걸이가 발견되었겠지요?"

"글쎄요…. 만약 엘리자벳 오르냉이 눈에 띄지 않는 곳에 목걸이를 놓아두었다면?"

"그게 어디란 말입니까?"

"예를 들면 이 낡은 화분일 수도 있겠지요. 여자의 손이 닿을 만한 곳인 데다 그때는 나무에 잎이 무성해서 주위에 그림자를 드리웠을 테니까요. 엘리자벳 오르냉은 그저 까치발을 들고 팔을 뻗쳐서 이 화분 속에 있는 흙 위에 보석을 놓기만 하면 됐을 겁니다. 그저 자연스러운 행동이었고, 임시적인 보관이었는데 우연과 사람들의 어리석음으로 인해 영구적인 보관이 되고 말았죠."

"뭐라고요… 영구적이라니?"

"물론이죠! 나무가 시들고 나뭇잎이 떨어지면 그게 썩어서 일종의 부식토를 형성하겠죠. 그리고 그렇게 형성된 부식토가 목걸이를 덮어버리면 이제는 그 누구도 접근할 수 없는 완벽한 은닉처가 되는 겁니다."

데를르몽과 앙토닌은 한없이 차분하면서도 확신에 찬 라울의 태도에 압도당해 아무 말도 못 하고 있었다.

"무척 단정적으로 말씀하시는군요!"

"제가 단정적으로 말하는 이유는 그게 사실이기 때문입니다. 간단한 일이니 후작님께서 직접 확인해보시죠."

후작은 망설였다. 얼굴도 허예졌다. 그러다가 마침내 엘리자벳 오르냉이 했을 법한 행동을 그대로 따라했다. 즉, 까치발을 들고 팔을 뻗어서 오랜 시간에 걸쳐 화분 속에서 형성된 축축한 부식토를 헤집었다. 그러다가 갑자기 몸을 파르르 떨면서 이렇게 중얼거리는 것이었다.

"그래⋯. 여기에 있군⋯. 목걸이가 만져져⋯. 보석들⋯ 그 보석들을 연결하고 있는 줄⋯ 세상에! 이 목걸이를 하고 있는 엘리자벳의 모습이 아직도 생생히 떠오르는데!"

어찌나 감정이 북받쳤는지 후작은 겨우겨우 하던 일을 마무리 지었다. 후작은 하나, 둘 목걸이를 끄집어냈다. 모두 다섯 개였다. 비록 더러워진 상태였지만 루비의 붉은빛, 에메랄드의 초록빛, 사파이어의 푸른빛이 광채를 발했고 금 조각도 반짝거렸다. 후작은 중얼거렸다.

"하나가 모자라⋯. 모두 여섯 개였으니⋯."

후작은 잠시 생각에 잠기더니 다시 중얼거렸다.

"그래⋯ 분명 하나가 모자라⋯ 내가 준 진주 목걸이가 없어졌어⋯. 정말 이상한 일이지 않소? 엘리자벳이 다른 목걸이를 여기에 놓아두기 전에 누군가 그 진주 목걸이만 달랑 훔쳐 갔단 말인가?"

후작은 그 마지막 수수께끼가 해결 불가능한 난제처럼 느껴졌기에 자기가 내뱉은 질문을 그리 중요하게 여기지 않았다. 하지만 라울과 고르주레의 눈길이 맞부딪쳤다. 수사반장은 이런 생각을 하고 있었다.

'바로 저자가 진주를 가로챘어…. 오늘 아침이나 어제 이곳을 다 뒤지고, 전리품 일부를 슬쩍하고는 지금 우리 앞에서 마치 요술쟁이라도 되는 듯 연기를 하고 있는 거라고.'

라울은 고개를 끄덕이며 미소를 짓고 있었는데, 그 표정이 마치 이렇게 이야기하고 있는 듯했다.

'그래 맞아, 이 친구야…. 용케 비밀을 알아내셨군…. 하지만 뭐, 어쩌겠나? 나도 먹고살아야 할 것 아닌가!'

순진한 앙토닌은 아무런 추측도 하지 않고 그저 후작을 도와 보석 목걸이를 정리해 챙기고 있었다. 그 일이 끝나자 데를르몽 후작은 라울을 폐허로 데리고 갔다.

"계속 얘기해보시오. 엘리자벳에게 무슨 일이 벌어졌는지 말입니다. 엘리자벳이 왜 죽은 겁니까? 누가 그 불쌍한 여인을 죽였단 말입니까? 그 끔찍한 죽음을 한시도 잊은 적이 없습니다…. 아직도 고통에서 벗어나지 못하고 있어요…. 그러니 난 꼭 알아야겠소!"

후작은 라울이 모든 진실을 움켜쥐고 있고, 마음만 먹으면 얼마든지 장막을 걷어서 감춰진 무언가를 보여줄 수 있는 사람이라고 확신한 듯 상대를 채근하며 물었다. 이제 라울이 원하기만 하면 암흑이 빛으로 가득 차고 놀라운 진실이 입 밖으로 나올 터였다.

그들은 엘리자벳이 죽음을 맞은 지점 근처, 언덕 상단에 있는 평지에 이르렀다. 그곳에서는 성 전체와 정원, 입구의 망루가 한눈에 내려다보였다.

라울 곁에 바짝 붙어 있던 앙토닌이 속삭였다.

"대부님의 일이 잘 풀려서 정말 다행이에요. 고마워요…. 하지만 왠지 두렵군요…."

"두렵다고요?"

"예… 고르주레가 두려워요…. 이제 그만 떠나셔야 해요!"

라울은 부드럽게 대답했다.

"그렇게 말씀해주시니 정말 기쁘군요! 하지만 내가 알고 있는 모든 것을 얘기하지 않는 한, 즉 고르주레가 알고 싶어 안달이 난 사실을 털어놓지 않는 한 저자도 나를 어쩌지는 못할 겁니다! 그러니 벌써 떠날 이유가 없지 않습니까?"

여자가 안심한 듯했고 후작도 질문 공세를 퍼붓는지라 라울은 자초지종을 설명하기 시작했다.

"어떻게 그런 비극이 벌어진 거냐고요? 후작님, 저는 목표에 도달하기 위해 지금 제가 후작님으로 하여금 걷게 한 길과는 정반대의 길을 걸었습니다. 예, 그렇습니다. 제 생각은 정반대의 지점에서 출발해 전개됐습니다. 제가 도둑이 없을 거라고 결론지은 이유는 처음부터 살인범이 존재하지 않는다고 가정했기 때문입니다. 그리고 그렇게 가정한 이유는 만약 살인범이 존재한다면 여러 정황상 그자는 도저히 사람들의 눈에 띄지 않을 수 없었기 때문이고요. 대낮에 40여 명 앞에서 살인을 저질렀는데 그중 살인을 저지른 광경을 본 사람이 아무도 없다니,

그건 있을 수 없는 일입니다. 총을 쐈을까요? 그랬다면 총성이 들렸겠지요. 몽둥이로? 그랬다면 눈에 띄었겠지요. 돌을 던져서? 그런 동작은 목격됐을 겁니다. 하지만 아무것도 눈에 보이지 않았고 아무 소리도 들리지 않았습니다. 그러니 완전히 인위적인 사망, 즉 인간의 의지로 유발된 사망 가능성은 배제해야만 했습니다."

후작이 물었다.

"그럼 사고사였단 말이오?"

"우연이 만들어낸 일종의 사고사였습니다. 그런데 우연이란 도무지 종잡을 수 없는 것이어서 더없이 엉뚱하고 예외적인 형태로 나타날 수가 있지요. 언젠가 제가 계단도 없는 어느 높다란 망루 꼭대기에 감춰진 서류 하나로 어떤 사람의 명예와 재산이 좌우되는 모험에 가담한 적이 있었습니다(《바르네트 탐정 사무소》 중 〈우연이 기적을 행하다〉 참조 – 옮긴이). 어느 날 아침 이 사내는 아주 기다란 밧줄의 양 끝이 망루의 양면에 걸쳐져 있는 것을 보았죠. 저는 이 밧줄이 전날 밤 하늘을 날던 기구에서 떨어졌으리라는 가정을 세울 수 있었어요. 사람들이 기구의 무게를 줄이려고 모든 장비를 내던질 때 같이 떨어졌을 거라는 가정 말입니다. 그런데 우연히도 밧줄이 정확하게 망루에 걸쳐지는 바람에 사내가 손쉽게 망루를 오르내릴 수 있는 방도가 생긴 겁니다. 분명 그건 기적이었습니다. 하지만 자연 속에서는 숱한 요인이 얽히고설키다 보니 매 순간 그 같은 기적이 헤아릴 수 없이 많이 일어난답니다."

"그래서요…?"

"그래서 엘리자벳 오르냉의 죽음 역시 매우 빈번히 일어나긴 하지만 죽음을 초래하는 일은 극히 드문, 어떤 물리적인 현상의 결과라는 말씀을 드리려는 겁니다. 목동 가시우가 물매로 돌을 던졌을 거라는 발텍스의 주장을 듣자 그런 가설이 제 머릿속에 세워지더군요. 가시우가 그곳에 있었을 리는 없지만 엘리자벳 오르냉이 돌을 맞았을 수 있고, 오직 그것만이 여자의 죽음을 설명할 수 있는 유일한 가설이라는 생각을 한 겁니다."

"그럼 하늘에서 돌이 뚝 떨어지기라도 했단 말이오?"

후작이 빈정거리듯 말했다.

"그런 가정을 못 할 이유라도 있습니까?"

"그럴 리가 없잖소! 어서 말해보시오, 대체 누가 그 돌을 던졌단 말이오?"

"이미 말씀드렸잖습니까, 친애하는 후작님. 페르세우스라고요!"

후작은 거의 애원하다시피 말했다.

"제발 이제 장난은 그만둡시다."

라울은 단호하게 대답했다.

"하지만 저는 지금 굉장히 진지한걸요. 지극히 이성적으로, 가설이 아니라 부인할 수 없는 사실에 입각해서 이야기하고 있는 겁니다. 매일 수만 개의 유성과 운석, 해체된 위성 파편 같은 돌덩이들이 아찔한 속도로 우주를 날아다니다가 대기권과 만나 불꽃을 튀기며 하늘에서 떨어집니다. 매일 그런 식으로 어마어마한 양의 돌덩이가 떨어지죠. 지금껏 그런 돌덩이들이 헤아릴 수 없이 많이 채집되었고, 그 크기와 형태도 무척이나 다

양합니다. 정말 끔찍한 일이지만 충분히 가능한 일이고 이미 확인된 사실이기도 한데, 그 돌덩이 중 하나가 우연히 생명체에 부딪칠 수도 있고, 그러면 그 생명체는 죽음을 맞게 됩니다. 때로는 원인조차 규명하지 못하는 허망한 죽음을 맞는 거지요. 그런데…."

라울은 잠시 뜸을 들인 뒤 구체적인 이야기로 들어갔다.

"그런데 일 년 내내 떨어지는 이 별똥별들은 어느 특정 시기에 더욱 빈번하고 조밀하게 쏟아집니다. 그중에서 가장 널리 알려진 시기는 8월 중순, 보다 정확하게 말하자면 8월 9일에서 14일 사이고요. 그 시기에 수많은 별똥별이 페르세우스자리에서 떨어지는 것으로 추측되는데, 그래서 바로 이 별똥별 무리를 페르세우스 유성군이라고 일컫는 것이죠. 또 바로 그런 이유로 제가 좀 전에 농담처럼 페르세우스를 범인으로 지목한 것이고요."

라울은 후작이 의문이나 이의를 제기할 여유를 주지 않고 곧장 이야기를 이어갔다.

"이미 나흘 전부터 유능하고 헌신적인 제 부하 한 명이 밤에 틈이 난 성벽을 뛰어넘어서 동이 트자마자 이 언덕 주변 폐허를 샅샅이 뒤졌고, 저 역시 어제 새벽부터 오늘까지 직접 이곳을 조사했습니다."

"무언가를 찾아냈습니까?"

"예."

라울은 호두만 한 크기의 자그마한 돌멩이 하나를 보여주었다. 돌멩이는 둥글었지만 표면이 우둘투둘하고 거칠었으며, 모났던 부분이 녹아서 뭉툭해진 채, 유약을 발라놓은 듯 검은 윤기가 돌고 있었다.

라울은 잠시 숨을 고르는가 싶더니 이야기를 이어갔다.

"초동수사를 벌였을 당시 경찰도 분명 이 운석을 보았을 겁니다. 하지만 아무도 주의를 기울이지 않았겠죠. 총알이나 인간이 만든 무기만을 찾았을 테니까요. 하지만 저는 운석이 이곳에 있다는 사실이 진실을 보여주는 명백한 증거라고 생각했습니다. 물론 다른 증거 역시 가지고 있습니다. 우선 이 사건이 벌어진 날짜가 그 증거입니다. 8월 13일, 페르세우스 유성군이 지구에 쏟아지는 시기가 아닙니까. 사실 바로 이 8월 13일이라는 날짜가 제게 문제 해결의 가닥을 잡을 수 있는 실마리를 제공해준 셈이었죠. 아울러 또 다른 부인할 수 없는 증거가 있는데, 이는 논리와 추론에 입각한 증거일 뿐만 아니라 과학적인 증거이기도 합니다. 어제 이 돌멩이를 비시에 있는 생물화학 실험실로 가져갔습니다. 그런데 거기서 윤이 나는 표면층에 불에 탄 세포조직이 붙어 있는 것을 발견한 겁니다…. 예, 불덩이 같은 운석이 생명체에 부딪쳐 그 살점과 세포가 떨어져 나가면서 새까맣게 불에 타, 시간이 지나도 없어지지 않을 정도로 운석에 찰싹 달라붙은 거지요. 채취된 견본은 화학자가 보관하고 있고, 이를 토대로 일종의 공식적인 보고서를 작성할 예정이라는군요. 데를르몽 후작님에게, 그리고 관심이 있다면 고르주레 선생에게도 이 보고서가 전달될 겁니다."

라울은 고르주레 쪽으로 몸을 돌렸다.

"게다가 사법 당국은 이미 15년 전에 이 사건을 종결했기 때문에 이제 와서 군이 수사를 재개하지는 않을 겁니다. 물론 고르주레 선생이 이 사건에 어떤 우연의 일치가 있었으며 그 안에서 후작님이 어떤 특정한 역할을 담당했다는 점에 주목했을 수도 있겠지요. 하지만 그래 봤자 발텍스가 제공한 거짓 증거 말고는 아무런 증거도 확보하지 못할 겁니다. 더욱이 자신에게 그토록 망신을 안겨준 모험을 또다시 감행할 엄두도 못 낼 거고요. 그렇지 않소, 고르주레 선생?"

라울은 고르주레에게 다가가 그 앞에 우뚝 서더니 마치 그제야 그 사내가 있었음을 깨달은 듯 태연하게 말을 건넸다.

"자, 어떻게 생각하나, 친구? 내 설명이 타당하다고 생각하지 않나? 진실 그 자체를 드러낸 거나 다름없지 않냐, 이 말일세. 도난도 없었고, 살인도 없었어. 그럼 뭐야, 자네는 더 이상 아무 짝에도 쓸모없는 신세 아닌가? 사법 당국… 경찰… 모두 다 헛소리 아니겠나? 나처럼 부족하고 순박하며 보잘것없는 사내가 자네들이 전혀 갈피를 잡지 못하는 사건 한복판을 가로질러 실타래를 풀어 나가며, 아무도 찾아내지 못한 운석을 발견하고 결국 목걸이를 찾아내 마치 꿰어놓은 조약돌인 양 멋지게 냉큼 넘겨줬으니 말이야…. 그리고 고개를 꼿꼿이 들고 입가에는 미소를 머금은 채 뿌듯한 마음을 안고 홀쩍 떠나겠다, 이거야. 잘 있게, 뚱뚱이 친구. 고르주레 부인에게도 안부 좀 전해주고, 오늘 이 이야기도 꼭 해주게. 무척 재미있어 할 거야. 나한테 한층 더 매력을 느끼겠지만, 뭐 내게 신세를 졌으니 그 정도는 기꺼이 해줄 수 있지 않겠나."

수사반장은 아주 천천히 팔을 들어 묵직한 손을 라울의 어깨에 얹었다. 라울은 어안이 벙벙한 표정으로 소리쳤다.

"엥? 이게 무슨 짓인가? 날 체포하시겠다고? 이런, 뻔뻔하기 짝이 없군! 내가 자네 일을 대신 해결해줬는데 그 대가가 고작 수갑이야…? 이건 뭐, 자네 눈앞에 신사가 아니라 강도가 있었으면 뭔 짓을 저질렀을지 모를 사람이군그래."

고르주레는 여전히 이를 악물고 있었다. 마치 사건의 주도권을 잡고 있으며 타인의 말이나 생각에 전혀 개의치 않는 사람처럼 고르주레는 무심하면서 경멸이 어린 태도를 취했다. 라울이야 신나게 떠들어대라지…. 더욱 잘된 일 아닌가! 라울의 말을 듣고 중요한 사실을 추려서 나름대로 판단을 내린 뒤 자기 뜻대로 사건을 처리하기만 하면 될 터이니 말이다.

사내는 마침내 커다란 호각을 집더니 침착하게 입에다 물고 신호를 보냈다. 그 날카로운 소리가 인근 암벽에 부딪치고 골짜기 사이에서 튀어 오르며 메아리쳤다.

라울은 놀라움을 감추지 않았다.

"정말 한번 해보자는 건가?"

수사반장은 거만한 태도로 이죽거렸다.

"어때, 원하나?"

"또다시 제대로 한번 붙어보자고?"

"그래, 하지만 이번에는 차근차근 준비를 해놓았지. 어제부터 이 부근을 감시했고 오늘 아침부터는 네놈이 이곳에 숨어들어 온 사실을 알고 있었어. 그래서 성 주변은 물론, 이 가파른 절벽과 이어져서 좌우 모두 폐허로 이르는 성벽까지 모조리 포위해두었지. 군경들과 파리에서 온 형사들, 현지 경찰들, 모두 전투태세를 갖춘 상태라고."

그때 성 입구 쪽에서 초인종 소리가 울렸다.

고르주레가 경고했다.

"일차 공격진이야. 이 공격진이 안으로 들어오고 두 번째 호각 소리가 울리면 본격적으로 공격이 개시되는 거지. 만약 네 놈이 달아나려고 수작을 부리면 곧장 총에 맞아 개죽음을 당할 거야. 엄중히 명령을 내려놓았거든."

후작이 불쑥 끼어들었다.

"형사 양반, 내 허락 없이 함부로 내 집에 들어오는 행태를 난 도저히 용인할 수 없소. 이 사람은 나와 약속을 한 내 손님이고 날 도와준 사람이오. 그러니 문을 열어주지 않을 거요. 열쇠도 어차피 내가 가지고 있소."

"문을 부술 겁니다, 후작님."

고르주레의 대답에 라울이 빈정거렸다.

"파성추破城槌로 부술 건가? 아니면 도끼로 쳐서? 밤이 될 때까지는 어림도 없겠는걸? 그때쯤이면 과연 난 어디에 있을까?"

고르주레가 으르렁대듯 말했다.

"다이너마이트로 부술 거야!"

"자네 호주머니 속에 있나 보지?"

라울은 상대를 구석진 곳으로 데리고 가서 말했다.

"간단히 말하겠네, 고르주레. 지난 한 시간 동안 내가 자네에게 해준 봉사로 인해 난 사실 우리가 친구처럼 팔짱을 끼고 이곳을 나란히 나갈 수 있으리라 기대했네. 하지만 자네가 이렇게 거부하니 내 부탁을 하겠네. 공격 계획을 취소해주게. 역사적 가치가 있는 성문도 부수지 말고. 내가 한없이 존중하는 아가씨 앞에서 모욕을 당하는 일도 없게 해주게."

고르주레는 곁눈질로 상대의 표정을 살피며 말했다.

"날 놀리는 거지?"

라울은 펄쩍 뛰었다.

"자네를 놀리는 게 아니야, 고르주레. 단지 이 싸움으로 인해 초래될 결과를 자네가 한번 진지하게 생각해봤으면 하는 것뿐이라고."

"모조리 생각해봤어."

"한 가지는 빼먹었어!"

"그게 뭔가?"

"자네가 계속 그렇게 고집을 부리면 두 달 후에…."

"두 달 후에?"

"조조트를 데리고 보름 동안 여행을 떠날까 해."

그 말을 듣자 얼굴이 시뻘게진 고르주레는 자세를 고친 뒤 거친 목소리로 쏘아붙였다.

"그 전에 네놈의 거죽을 벗겨낼 거다!"

"자, 이만 가지."

라울은 유쾌하게 소리쳤다.

그리고 장 데를르몽에게 다가가 이렇게 요청했다.

"후작님, 부디 고르주레 선생과 함께 가셔서 성문을 활짝 열어주십시오. 제가 약속드리지요. 이곳에 피 한 방울 떨어지는 일 없이, 신사 대 신사로, 더할 수 없이 조용하게 일이 마무리될 것입니다."

이제 장 데를르몽은 라울의 권위에 완전히 압도당했기에 자신의 불안감을 덜어주는 그 사내의 해결책을 순순히 받아들일 수밖에 없었다.

"앙토닌, 너도 갈 거니?"

　후작이 걸음을 옮기며 말하자 생뚱맞게 고르주레가 라울을 다그쳤다.

"너도 가는 거야, 라울."

"아니, 난 여기에 남겠네."

"내가 자리를 비운 사이 달아날 생각인가 보군?"

"그 정도 위험은 감수해야지, 고르주레."

"그럼 나도 여기에 남을 거야…. 네놈에게 조금도 틈을 주지 않을 거라고."

"그럼 나도 지난번처럼 자네를 꽁꽁 묶고 입에 재갈을 물리지. 자, 선택하게."

"도대체 뭣 때문에 이러는 거야?"

"체포되기 전에 마지막으로 담배 한 대 좀 피우려고 그러네."

　고르주레는 망설였다. 하지만 대체 두려워할 이유가 뭐란 말인가? 이미 철저하게 대비를 해놓았으니 저자가 도주하기란 사실상 불가능하지 않은가. 고르주레는 데를르몽 후작을 뒤쫓아 갔다.

　앙토닌 역시 그들을 따라가려 했지만 그럴 힘이 없었다. 여자의 창백한 얼굴에는 극도의 불안감이 어려 있었다. 항상 입가에 머금고 있던 미소의 흔적조차 사라지고 없었다.

"왜 그러십니까, 아가씨?"

라울은 다정하게 물었다.

여자는 괴로운 심정을 드러내며 간절하게 애원했다.

"제발 몸을 숨기세요…. 어딘가 안전한 은신처가 있을 거예요."

"내가 왜 숨어야 하죠?"

"뭐라고요! 그야 저들이 당신을 붙잡을 테니까요!"

"절대 그런 일은 없을 겁니다. 난 곧 떠날 거예요."

"빠져나갈 곳이 없어요."

"그건 내가 떠나지 못할 이유가 못 됩니다."

"저들이 당신을 죽일 거예요."

"그래서 괴로우신 겁니까? 그럼 언젠가 이 성안에서 아가씨에게 모욕감을 안겨준 사내에게 불상사가 닥치면 그래도 어느 정도 슬퍼해주실 거란 말씀이군요? 아니… 대답하지 마십시오…. 우리가 함께 있을 시간이 이제 아주 조금밖에 남아 있지 않아요…! 기껏해야 몇 분… 하지만 들려드리고 싶은 이야기는 얼마나 많은지…!"

라울은 여자의 몸에 손을 대지 않은 채 정원에서 자신들의 모습이 보이지 않도록 조금 더 먼 곳으로 여자를 데리고 갔다. 여자는 무의식적으로 라울을 따라갔다. 옛 누대의 잔해인 거대한 벽체와 무너져 내린 폐허 더미 사이에는 약 10미터쯤 되는 공터가 있었다. 그 공터는 절벽을 굽어보고 있었고 또 주위에는 아담한 돌담까지 둘러쳐져 있어서 마치 거대한 창문이 시원스레 열려져 있는 외진 방 같은 형태였다. 그 바로 아래에는 까마득히 깊은 강물이 흐르고 있었고, 저만치에서는 넘실대는 초

원의 경이로운 지평선이 펼쳐져 있었다.

앙토닌은 불안이 조금 가신 목소리로 먼저 말을 꺼냈다.

"무슨 일이 벌어질지 모르겠지만… 그래도 좀 전보다 덜 두렵네요…. 데를르몽 후작님을 대신해서 감사한 마음을 전하고 싶어요…. 이전에 제안하신 것처럼 후작님이 이 성을 그대로 유지하는 거죠?"

"그렇습니다."

"한 가지 더… 알고 싶은 것이 있는데… 오직 당신만이 대답해주실 수 있는 문제예요…. 데를르몽 후작님이 제 아버지이신가요?"

"그래요. 당신이 어머니를 대신해 후작에게 건네준 편지를 읽고 명확하게 그 사실을 알 수 있었어요."

"저도 그럴 거라고 확신했지만 증거가 하나도 없었어요. 그래서 후작님과 저 사이에 다소 어색한 분위기가 감돌았고요. 이제 마음껏 제 애정을 표현할 수 있게 돼서 정말 기뻐요. 물론 그분이 클라라의 아버지이기도 하겠죠?"

"맞아요. 클라라는 당신의 이복 자매랍니다."

"제가 후작님께 그 사실을 알려드려야겠네요."

"이미 짐작하고 계실 겁니다."

"그렇지 않을 수도 있잖아요. 어쨌든 앞으로는 후작님이 제게 해주실 일을 클라라에게도 똑같이 해주셨으면 해요. 언젠가는 클라라를 만나볼 수 있겠죠? 편지라도 보내주면 좋을 텐데…."

여자는 과장이나 지나친 심각함이 배어 있지 않는 어조로 천진하게 말했다. 여자의 입가에는 예의 그 사랑스러운 미소가 살짝 피어올랐다. 라울은 전율을 느끼며 그 아름다운 입술에서 눈길을 떼지 못했다. 여자가 중얼거렸다.

"그녀를 사랑하고 있죠?"

라울은 여자를 깊이 응시하며 나지막한 목소리로 말했다.

"당신과의 추억을 통해서 그녀를 사랑하고 있지요. 가시지 않는 아쉬움과 함께 말이에요. 내가 그녀를 사랑하는 건 파리에 도착한 날, 내 집에 들어온 어느 아가씨에 대한 첫인상 때문입니다. 그 아가씨는 내 기억 속에서 절대 잊힐 리 없는 미소와 보자마자 내 마음을 온통 뒤흔들어놓은 특별한 무언가를 지니고 있었어요. 이름이 앙토닌이든 클라라이든 내가 줄곧 찾아 헤맸던 건 바로 그것입니다. 이제 두 여인이 있다는 사실을 알았으니 이제 난 그 아름다운 이미지를 가져가려 합니다… 내 사랑의 이미지이자… 내 사랑 그 자체인… 그리고 당신이 내게서 절대 빼앗아갈 수 없는 그 이미지를 말이에요."

여자는 얼굴을 붉히며 말했다.

"맙소사! 제게 그런 고백을 해도 괜찮은 건가요?"

"예. 이제 우리가 다시 만날 일은 더 이상 없을 테니까요. 우연찮게 두 여인이 닮은 까닭에 우리는 실제적으로 연을 맺어온 셈입니다. 내가 클라라를 사랑하는 한, 내가 사랑하는 건 바로 당신이지요. 클라라에 대한 사랑 안에는 당신에 대한 호감… 애정이 뒤섞여 있을 수밖에 없으니까요…."

여자는 당혹감을 감추려 하지 않고 속삭였다.

"어서 가세요. 부탁이에요."

라울이 난간을 향해 한 발 내디디자 여자가 질겁하며 소리쳤다.

"안 돼요! 그만둬요! 그쪽이 아니에요."

그 무시무시한 위협이 여자를 순식간에 딴사람처럼 변화시켰다. 자신도 모르는 감정에 휩싸여 혼동에 빠진 한 여인의 공포와 불안, 애절한 마음이 얼굴에 여실히 드러나 있었다.

그러는 사이 성 쪽에서, 어쩌면 바로 아래 침상 정원 쪽에서 목소리가 올라오고 있었다. 고르주레와 그의 부하들이 폐허로 다가오는 것일까?

"가만히 계세요…. 그냥 여기에… 제가 구해드릴게요…. 아! 정말 두려워요!"

라울은 이미 한쪽 다리를 돌담 밖으로 걸쳐놓고 있었다.

"두려워하지 말아요, 앙토닌…. 이곳 암벽에 대해서는 이미 충분히 알아뒀어요. 그리고 이전에도 이 암벽을 탄 사람이 분명 있을 테고요. 단언컨대 이건 내게 그저 한낱 장난일 뿐입니다."

여자는 또다시 라울의 영향력에 이끌려 침착함을 되찾았다.

"미소를 지어줘요, 앙토닌."

여자는 힘겹게 미소를 지었다.

"아! 눈동자에 담긴 미소만으로 어떻게 내게 기적 같은 일이 일어나기를 바라는 겁니까? 내게 힘을 더 줘요, 앙토닌. 날 구하고 싶다면 손을 이리 주시오."

여자는 라울 앞에 서서 손을 내밀었다. 하지만 라울이 손등에 입을 맞추기도 전에 여자는 얼른 손을 빼더니 몸을 숙이고 눈을 반쯤 감은 채 잠시 머뭇거리다가, 몸을 더욱 숙이며 남자에게 입술을 내맡겼다.

그 몸짓에는 순진한 매력과 티 없이 맑은 순결함이 배어 있기에 라울은 여자가 그 행동에 순수한 우정 외에는 별다른 의미를 부여하지 않고 있음을 금세 알아챘다. 물론 여자가 느끼는 감정 안에는 상대에 대한 강렬한 이끌림도 포함돼 있었지만, 여자는 그 이끌림의 심오한 이유를 파악하지 못하고 있었다. 라울은 미소를 머금은 채 부드러운 입술에 자신의 입술을 살짝 스치면서 아가씨의 싱그러운 숨결을 들이마셨다.

마음속에서 알 수 없는 감정이 일자 깜짝 놀란 여자는 몸을 일으킨 뒤 휘청대다가 더듬거렸다.

"가세요…. 이젠 두렵지 않아요…. 얼른 가세요…. 당신을 잊지 않을 거예요…."

여자는 폐허 쪽으로 몸을 돌렸다. 차마 까마득한 심연으로 시선을 떨어뜨려 울퉁불퉁한 절벽에 매달려 있는 라울의 모습을 바라볼 엄두가 나지 않았던 것이다. 점점 커져가는 거친 목소리를 들으며 여자는 라울이 무사하다면 틀림없이 보내줄 신호를 기다리고 있었다. 라울이 성공하리라는 확신이 있었기에 여자는 크게 걱정하지 않았다.

공터 아래에서는 사람들이 몸을 숙인 채 덤불을 헤치며 다가오고 있었다.

후작이 소리쳤다.

"앙토닌…! 앙토닌…!"

그렇게 몇 분이 흘렀다. 심장이 점점 옥죄여왔다. 그 순간 골짜기에서 자동차 소리, 그리고 유쾌하게 연달아 메아리치는 경적 소리가 들려왔다.

눈에 눈물이 가득 고인 여자는 우수 어린 아름다운 미소를 머금은 채 살며시 속삭였다.

"안녕…! 안녕…!"

그곳에서 20킬로미터 떨어진 곳, 클라라는 어느 여관방에서 라울을 애타게 기다리고 있었다. 라울이 나타나자 여자는 열에 들떠 와락 달려들었다.

"그 여자를 보았나요?"

라울은 웃으며 말했다.

"그보다는 고르주레를 만났는지, 어떻게 그 삼엄한 포위망을 뚫고 나왔는지 먼저 물어봐줘. 정말 힘들었다고. 하지만 결국 멋지게 해냈지."

"그 여자는…? 그녀에 대해 말해줘요…."

"목걸이를 찾았어…. 운석도…."

"그 여자는…? 그녀를 만났어요? 솔직히 말해줘요."

"누구…? 아! 앙토닌 고티에…? 물론 만났지. 거기에 있더라고. 우연찮게도…."

"그 여자에게 말을 걸었나요?"

"아니… 아니야…. 그 여자가 내게 말을 걸었어."

"무슨 얘기를 하던가요?"

"오! 당신에 관한 얘기만 하던걸. 당신이 자기 자매라는 걸 눈치챘더라고. 그래서 언젠가 한번 만나보고 싶다고…."

"나랑 닮았나요?"

"응… 아니… 그냥 얼핏 닮았을 뿐이야. 차근차근 모두 다 이 야기해줄게, 내 사랑."

하지만 그날 여자는 더 이상 이야기를 들으려 하지 않았다. 하지만 스페인으로 가는 자동차 안에서 이따금 질문을 던지곤 했다.

"그 여자 예뻐요? 나보다 더 예쁜가요, 아니면 덜 예쁜가요? 시골 아가씨 특유의 아름다움을 지니고 있을 거야, 그렇죠?"

라울은 최선을 다해, 하지만 때로는 살짝 무심한 듯 여자의 질문에 대답했다. 그러면서 마음속으로는 고르주레를 따돌린 방식을 떠올리며 이루 말할 수 없는 통쾌함을 만끽하고 있었 다. 사실대로 말하자면 행운의 덕이었다. 고르주레의 음모를 사전에 알지 못했기에 라울은 이 낭만적인 도주를 미리 준비하 지 못했던 것이다. 허공을 가르며 성공한 이 도주는 얼마나 멋 들어진 작품이었던가! 게다가 싱그러운 미소를 지닌 아가씨의 입맞춤은 또 얼마나 감미로운 보상이었는지…!

'앙토닌… 앙토닌….'

라울은 속으로 연신 그 이름을 되뇌었다.

발텍스는 충격적인 폭로를 하겠노라고 예고했다. 하지만 마 음을 고쳐먹고 입을 굳게 다물었다. 게다가 고르주레 수사반장 이 발텍스, 일명 키다리 폴을 겨냥해 두 가지 혐의를 자세히 파 헤쳐 유죄를 입증해내자 그 악당은 미칠 지경으로 불안해하더 니 결국 어느 날 아침 목을 맨 채 발견됐다.

한편 아랍인은 밀고의 대가로 받은 돈을 단 한 푼도 만져보지 못했다. 두 건의 범죄 사건에 가담한 혐의로 강제 노역을 선고받은 그는 탈옥을 시도하다가 결국 목숨을 잃고 말았다.

여담 아닌 여담을 덧붙이자면, 그로부터 석 달 후 조조트 고르주레가 보름 동안 가출을 하고 집으로 돌아와 남편에게 한마디 해명도 하지 않고 이렇게 말했다.

"날 받아들이든 말든 당신이 결정하세요. 날 원하나요?"

가출을 하고 돌아온 조조트는 그 어느 때보다 매력적인 모습이었다. 두 눈동자가 반짝거렸고 얼굴은 행복에 젖어 빛나고 있었다. 그 매력에 매료된 고르주레는 용서를 구하며 팔을 벌렸다.

또 한 가지, 관심을 둘 만한 가치가 있는 사실 하나를 이야기해야겠다. 몇 달 후, 정확히 말하자면 올가 왕비가 왕과 함께 파리를 떠나고 거의 7개월이 지났을 때쯤 다뉴브 강가에 위치한 보로스티리아 왕국에서는 중대한 사건을 알리는 종소리가 요란하게 울려 퍼졌다. 어언 10년을 기다리다가 희망의 끈마저 놓고 있던 상황에서 마침내 올가 왕비가 후계자를 출산했던 것이다.

왕은 발코니에 나와 열광하는 군중을 향해 아기를 들어 보였다. 폐하의 얼굴은 기쁨과 마땅한 자부심으로 환하게 빛나고 있었다. 마침내 혈통의 미래가 안전하게 보장되었으니….